LE 7ᵉ CIEL

Né à New York en 1947, James Patterson publie son premier roman en 1976. La même année, il obtient l'Edgar Award du roman policier. Il est aujourd'hui l'auteur de plus de trente best-sellers traduits dans le monde entier. Plusieurs de ses thrillers ont été adaptés à l'écran.

JAMES PATTERSON
MAXINE PAETRO

Le 7ᵉ Ciel

ROMAN TRADUIT DE L'ANGLAIS (ÉTATS-UNIS)
PAR NICOLAS THIBERVILLE

JC LATTÈS

Titre original :

7TH HEAVEN
publié par Little, Brown and Company, New York

À nos épouses et nos enfants,
Susie et Jack, John et Brendan

PROLOGUE

THE CHRISTMAS SONG

1.

Scintillant de mille feux et richement décoré, l'imposant sapin de Douglas se dressait devant la fenêtre avec vue panoramique. Le salon, cossu, était paré d'une multitude de décorations de Noël ; des bûches de pommiers crépitaient dans la cheminée en répandant leur doux parfum, cependant qu'un Bing Crosby numérique fredonnait *The Christmas Song' Chestnuts roasting on an open fire' Jack Frost nipping at your nose…*

Henry Jablonsky distinguait à peine les deux garçons. Celui qui disait s'appeler Faucon lui avait retiré ses lunettes et les avait posées sur le manteau de la cheminée, ce qu'Henry avait d'abord considéré comme un signe positif.

Cela signifiait que les deux jeunes ne voulaient pas courir le risque d'être identifiés par la suite, et qu'ils avaient donc prévu de les libérer. *Je T'en prie, seigneur, laisse-nous vivre et je jure de Te servir fidèlement pour le restant de mes jours.*

Henry observa les deux silhouettes qui s'affairaient autour du sapin. Il savait que le pistolet se trouvait à la ceinture de Faucon. Il entendit le bruit d'un papier cadeau déchiré, et vit l'autre, celui qui s'appelait Pigeon, en train de jouer avec le chaton.

Ils ont dit qu'ils ne nous feraient pas de mal, que c'était juste un cambriolage.

Jablonsky avait suffisamment mémorisé leurs visages pour être en mesure de les décrire à la police et d'établir un portrait-robot, ce qu'il comptait bien faire dès qu'ils auraient enfin foutu le camp.

Les deux garçons semblaient tout droit sortis d'une pub Ralph Lauren.

Faucon. Allure soignée. Blond. Coiffure impeccable avec raie sur le côté. S'exprimait avec aisance. Pigeon. Un peu plus costaud. Taille approximative : un mètre quatre-vingt-dix. Longs cheveux châtains. Fort comme un bœuf. De grosses mains épaisses. Les deux avaient le genre *Ivy Leaguer*[1].

Peut-être ont-ils au fond d'eux une once de bonté ?

Comme Jablonsky observait la scène, Faucon – le blond – se dirigea vers la bibliothèque et se mit à passer en revue les romans alignés le long des étagères, lisant certains titres à voix haute, d'un ton chaleureux et sympathique, comme s'il était un ami de la famille.

— Ah, je vois que vous avez *Fahrenheit 451*, monsieur J. ! C'est un grand classique.

Il sortit le livre de la rangée, l'ouvrit à la première page et s'approcha de l'endroit où Henry Jablonsky gisait ligoté, une chaussette enfoncée dans la bouche. Il se pencha vers lui :

— Bradbury est vraiment le maître incontesté des ouvertures de roman !

Il entama la lecture, d'une voix claire et chargée d'intensité dramatique : « *Le plaisir d'incendier ! Quel*

---

1. L'appellation Ivy League regroupe les huit universités les plus prestigieuses du nord-est des États-Unis. (*N.d.T.*)

plaisir extraordinaire c'était de voir les choses se faire dévorer, de les voir noircir et se transformer. »

Tandis que Faucon lisait, Pigeon prit sous le sapin un énorme paquet emballé dans du papier doré et fermé par un gros ruban. C'était un cadeau dont Peggy rêvait depuis des années.

— « Pour Peggy, de la part du Père Noël », lut-il à voix haute.

Il fendit l'emballage à l'aide d'un couteau.

Il a donc un couteau !

Pigeon ouvrit la boîte, écarta les couches de papier, puis s'exclama :

— Wouah ! Un sac Birkin ! Tu te rends compte, Peggy ? Le Père Noël t'a apporté un cadeau à neuf mille dollars ! Désolé, mais pour moi, c'est non. Un non ferme et définitif, Peggy.

Il s'empara d'un autre paquet et le secoua pour essayer de deviner ce qu'il renfermait. Faucon se tourna vers Peggy. La femme l'implorait, mais ses mots étaient étouffés par la chaussette qu'elle avait dans la bouche. En la voyant tenter désespérément de communiquer avec les yeux, Henry eut le cœur serré.

Faucon passa doucement la main dans les cheveux blonds de Peggy ; il caressa sa joue trempée de larmes.

— Nous allons ouvrir tous vos cadeaux, madame J. Les vôtres aussi, monsieur J. Après ça, nous déciderons de vous laisser ou non la vie sauve.

2.

Henry Jablonsky sentit son estomac se soulever. Il eut une série de haut-le-cœur, freinés par l'épaisse laine de la chaussette. Il tenta de se débattre malgré ses liens, et une odeur aigre d'urine monta jusqu'à ses narines. Mon Dieu, il avait fait sous lui. Aucune importance. La seule chose qui comptait, c'était de sortir de là vivant.

Il ne pouvait ni bouger ni parler, mais il pouvait raisonner.

Que faire ?

Il jeta un œil sur le sol tout autour de lui, et aperçut le tisonnier à quelques mètres. Il le fixa intensément.

— Regardez, madame J., lança Pigeon en agitant une petite boîte turquoise. C'est de la part d'Henry. Un magnifique collier Peretti. Pardon ? Vous voulez dire quelque chose ?

Il lui ôta la chaussette qu'elle avait dans la bouche.

— Vous mentiez, n'est-ce pas ? Vous n'êtes pas des amis de Dougie ? demanda-t-elle.

— Dougie qui ? répondit Pigeon en rigolant.

— Ne nous faites pas de mal, je vous en p...

— Non, non, madame J., rétorqua le jeune homme en lui remettant la chaussette dans la bouche. Pas de ça. C'est *notre* jeu. C'est *nous* qui dictons les règles.

Le chaton, dans son coin, s'amusait avec les papiers d'emballage au fur et à mesure que Pigeon et Faucon finissaient d'ouvrir les paquets ; les boucles d'oreilles en diamants, la cravate Hermès, les couverts à salade Jensen. Jablonsky pria pour qu'ils emportent tout et qu'ils déguerpissent. Il entendit Pigeon s'adresser à Faucon, mais cette fois à voix basse. Le sang lui cognait dans les oreilles, et il devait se concentrer pour saisir leurs paroles.

— Alors ? Coupables ou non coupables ? demanda Pigeon.

— Les J. vivent dans le confort, répondit Faucon d'une voix pensive, et si c'est le meilleur moyen de se venger…

— Allez, arrête de me faire marcher !

Pigeon enjamba la taie d'oreiller dans laquelle était entreposé le contenu du coffre. Il ouvrit le livre de Bradbury, se plaça sous la lumière de la lampe et inscrivit une phrase sur la page de garde.

Il se relut à voix haute :

— *Sic erat in fatis*. C'était écrit, mec ! Prends le chat, on met les voiles.

Faucon se pencha vers Henry :

— Désolé, monsieur et madame J.

Il retira la chaussette enfoncée dans la bouche d'Henry :

— Dites au revoir à votre femme.

Henry Jablonsky ne comprenait plus rien. *Quoi ? Que se passe-t-il ?* Soudain, il se rendit compte qu'il pouvait parler !

— Pegg-yyyyy ! hurla-t-il comme le sapin de Noël s'embrasait dans une lueur jaune éblouissante.

VOUUUUUM.

La chaleur s'intensifia, et la peau, sur les joues d'Henry Jablonsky, se dessécha comme du papier. Un épais panache de fumée s'éleva jusqu'au plafond et y resta plaqué, masquant peu à peu la lumière.

— Ne nous abandonnez pas !

Henry vit les flammes se propager aux rideaux ; il entendit les cris étouffés de son épouse adorée, puis la porte d'entrée se referma en claquant.

I

BLUE MOON

1.

Nous étions assises en cercle autour du feu, derrière notre petite maison de location située non loin du spectaculaire *Point Reyes National Seashore*, à une heure de route au nord de San Francisco.

— Lindsay, tends ton verre, fit Cindy.

Je goûtai la margarita – délicieuse. Yuki faisait griller des huîtres. Mon border colley, Sweet Martha, poussa un soupir et croisa ses pattes devant elle. Les flammes dessinaient des ombres dansantes sur nos visages tandis que le soleil se couchait sur le Pacifique.

— C'était l'une de mes premières affaires au sein du département médico-légal, expliquait Claire. J'étais le « chat », et c'est moi, avec une simple lampe torche, qui ai dû grimper l'échelle branlante jusqu'en haut du grenier à foin.

Yuki se mit à tousser comme la tequila descendait le long de sa trachée. À l'unisson, Cindy et moi nous écriâmes « Bois doucement ! », pendant qu'elle reprenait son souffle.

Claire lui tapota le dos et poursuivit :

— C'était déjà suffisamment horrible de devoir hisser mes grosses fesses jusque là-haut dans le noir le plus complet, avec des bruits bizarres de bestioles autour de moi – et là, tout à coup, le faisceau de ma lampe a éclairé le mort.

» Ses pieds flottaient au-dessus du vide, et je jure devant Dieu qu'il avait l'air de léviter. Il avait les yeux exorbités et la langue pendante, comme une horrible goule.

— Eh ben ! s'exclama Yuki en rigolant.

Les cheveux noués en queue-de-cheval, en bas de pyjama et sweat-shirt Boalt Law, Yuki, déjà pompette après une seule margarita, ressemblait davantage à une lycéenne qu'à une jeune femme approchant la trentaine.

— J'ai hurlé dans le noir pour appeler à la rescousse deux types costauds, des anciens, et je leur ai demandé de venir détacher le type et le mettre dans la housse mortuaire.

Claire marqua un temps de pause, pour l'effet – et, à cet instant précis, la sonnerie de mon téléphone retentit.

— Lindsay, *non*, implora Cindy. Ne réponds pas.

Je jetai un coup d'œil au numéro affiché sur l'écran, m'attendant à un coup de fil de mon cher et tendre, Joe – je pensais qu'il venait de rentrer et qu'il appelait pour prendre des nouvelles –, mais il s'agissait en fait du lieutenant Warren Jacobi, mon ancien partenaire et actuel supérieur.

— Allô, Jacobi ?

— Ne t'arrête pas, Claire, s'écria Yuki. Si ça se trouve, elle va rester au téléphone toute la nuit !

— Lindsay... ? Bon, très bien, fit Claire en reprenant le fil de son récit. Au moment où j'ai ouvert la housse... une chauve-souris s'est envolée des vêtements du cadavre. Je vous jure que j'en ai pissé dans mon froc !

20

Je m'éloignai un peu du groupe.

— Boxer ? Tu m'entends ? grommela Jacobi.

— Je suis en repos, répondis-je d'un ton bourru. On est samedi, aujourd'hui, au cas où ça t'aurait échappé.

— Attends de savoir pourquoi je t'appelle. Si ça ne t'intéresse pas, je passerai le relais à Chi et Cappy.

— Je t'écoute. Qu'est-ce qu'il y a ?

— Une grosse affaire, Boxer. C'est à propos du fils Campion. Michael.

2.

Mon pouls s'accéléra lorsque j'entendis prononcer le nom de Michael Campion.

Michael Campion n'était pas un jeune comme les autres. Il représentait, pour les Californiens, ce que JFK Jr. avait pu représenter pour la nation. Fils unique de Connor Hume Campion, notre ancien gouverneur, et de sa femme Valentina, Michael Campion était né avec une petite cuillère en argent dans la bouche, et une malformation cardiaque inopérable. Le temps lui était compté.

Par l'intermédiaire de nombreuses photos et reportages télévisés, Michael faisait partie de nos existences. Il avait été un bébé adorable, un enfant précoce et surdoué, un adolescent au physique avantageux, à la fois drôle et intelligent. Son père s'était fait le porte-parole de l'*American Heart Association*, et Michael en était le représentant adulé. Même s'il apparaissait rarement en public, les gens se préoccupaient de son état, et espéraient toujours qu'une découverte capitale dans le domaine de la recherche médicale permettrait au « jeune homme au cœur brisé » de connaître ce que beaucoup considéraient comme quelque chose de normal – le simple fait de mener une vie pleine et entière, en bonne santé.

Un soir, en janvier de cette année, Michael avait dit bonne nuit à ses parents, et le lendemain matin, ces derniers avaient trouvé la chambre de leur fils vide. Aucune demande de rançon. Aucun élément suggérant une quelconque agression. Rien qu'une porte de derrière déverrouillée et Michael qui avait disparu.

La thèse du kidnapping avait été privilégiée, et le FBI avait lancé une campagne de recherche à l'échelle nationale. De son côté, le SFPD avait mené sa propre enquête, interrogeant le personnel domestique et les proches du jeune homme, ses professeurs et camarades de classe, sans oublier ses amis virtuels sur le Web.

La hotline avait été inondée d'appels provenant de personnes croyant l'avoir vu, et des photos du jeune homme, depuis sa naissance jusqu'aux plus récentes, avaient fait la une du *Chronicle* et de divers magazines. Enfin, les chaînes de télé avaient diffusé de nombreux reportages consacrés à la triste vie de Michael.

Des mois plus tard, les différentes pistes n'ayant rien donné, et aucun ravisseur ne s'étant manifesté, les attaques terroristes, les feux de forêt, la politique et les crimes violents avaient relégué l'affaire Michael Campion loin des gros titres.

L'enquête se poursuivait, mais tout le monde supposait le pire. Que Michael avait été kidnappé, qu'il était mort durant l'enlèvement et que ses ravisseurs avaient enterré son corps avant de se volatiliser. Les

22

citoyens de San Francisco compatissaient avec la célèbre et tant estimée famille de Michael, et si les gens ne l'avaient pas oublié, du moins avaient-ils fait une croix sur l'espoir de le revoir vivant.

Et voilà qu'avec cet appel, Jacobi me donnait l'espoir de voir enfin résolue cette terrible énigme.

— On a retrouvé son corps ? demandai-je.

— Non, mais on tient enfin une piste sérieuse. Il n'est jamais trop tard…

Je pressai le téléphone contre mon oreille. J'avais déjà oublié les histoires de fantômes et la première escapade annuelle du Women's Murder Club.

— Si tu veux que je te mette au jus, Boxer, retrouve-moi au palais…

— J'y serai dans une heure.

3.

Au lieu d'une heure, le trajet jusqu'au palais de justice me prit à peine quarante-cinq minutes, montre en main. Je grimpai l'escalier en trombe direction le troisième étage, où se trouvaient les locaux de la brigade, à la recherche de Jacobi.

La grande salle, de type *open space*, était éclairée par des néons tremblotants qui donnaient aux membres de l'équipe de nuit l'allure de zombies. Quelques types, parmi les vieux de la vieille, levèrent la tête et me lancèrent un « Quoi de neuf, sergent ? » tandis que je me dirigeais vers le bureau de Jacobi, avec sa baie vitrée donnant sur la bretelle d'accès de l'autoroute.

Mon coéquipier, Richard Conklin, était déjà là ; trente ans, un mètre quatre-vingt-dix, beau mec, l'Américain bien bâti dans toute sa splendeur. Il était assis sur un coin du bureau surchargé de Jacobi.

Je tirai une chaise à moi, me cognai le genou au passage et poussai un juron.

— Bien dit, Boxer ! lança Jacobi.

Je m'assis, et me fis la réflexion que la pièce n'avait plus rien de l'espace de travail fonctionnel qu'il avait été à l'époque où c'était *moi* qui l'occupais. J'ôtai ma casquette et dénouai mes cheveux tout en espérant que les deux ne remarqueraient pas mon haleine parfumée à la tequila.

— Quel genre de piste ? demandai-je sans préambule.

— On a reçu une information, répondit Jacobi. Un appel anonyme provenant d'un portable à carte prépayée – impossible à identifier, bien entendu. La personne nous a dit avoir vu Michael Campion entrer dans la maison d'une prostituée, à Russian Hill, la nuit de sa disparition.

Tandis que Jacobi faisait de la place sur son bureau pour étaler les feuilles du casier judiciaire de la prostituée en question, je songeai à la vie que devait mener Michael Campion.

Pour le jeune homme, pas de petites amies, pas de virées entre copains, pas de sport. Son existence était rythmée par les trajets en voiture avec son chauffeur pour aller et revenir de la très chic Newkirk Preparatory School. Rien de bien étonnant à ce qu'il ait eu envie de rendre visite à une prostituée. Il avait probablement soudoyé son chauffeur pour, l'espace d'une heure ou deux, s'évader de la prison dorée que constituait l'amour de ses parents.

Mais que lui était-il ensuite arrivé ?

— En quoi cette piste est-elle crédible ? demandai-je à Jacobi.

— Le type a décrit les vêtements que portait Michael ce jour-là, et notamment un blouson de ski bleu marine bien particulier, avec une bande rouge au niveau de la manche, que Michael avait reçu pour Noël. La presse n'a jamais mentionné ce détail.

— Pourquoi cette personne a-t-elle attendu trois mois avant de se décider à parler ?

— Je ne peux que te répéter ce qu'il a dit. À savoir que Michael Campion est arrivé chez cette prostituée au moment où lui-même en sortait. Il s'est tu jusque-là parce qu'il est marié et qu'il a des enfants. Il ne tenait pas à se retrouver embringué dans un tapage médiatique, mais j'imagine que sa conscience a dû finir par le travailler…

— Russian Hill ? intervint Conklin. Plutôt chicos comme quartier pour une professionnelle.

Russian Hill se situait à mi-chemin entre le French Quarter et South Beach. On pouvait facilement s'y rendre à pied depuis la Newkirk School. Je sortis un carnet de mon sac à main.

— Comment s'appelle cette prostituée ?

— Son nom de baptême est Myrtle Bays, répondit Jacobi en me tendant une fiche de son casier.

Y figurait la photo d'une jeune femme au visage enfantin. Elle avait les cheveux blonds coupés court et des yeux immenses. Sa date de naissance indiquait qu'elle était âgée de vingt-deux ans.

— Elle a changé de nom légalement il y a de ça quelques années, et s'appelle maintenant Junie Moon.

— Michael Campion serait donc allé voir une prostituée... Quelle est ta thèse, Jacobi ? demandai-je en reposant la fiche sur son bureau.

— Selon moi, le jeune homme est mort *in flagrante delicto*, dans le feu de l'action. C'est peut-être Mlle Myrtle Bays, alias Junie Moon, qui a tué Michael en lui offrant sa première partie de jambes en l'air, et qui a ensuite fait disparaître son corps d'une manière ou d'une autre.

4.

Un jeune homme d'une vingtaine d'années, cheveux blonds en bataille et veste de sport noire, sortit de chez Junie Moon en sifflotant. Conklin et moi l'observâmes depuis notre voiture de patrouille. Nous le vîmes se dandiner jusqu'à sa BMW dernier modèle, entendîmes le bip lorsqu'il déverrouilla les portières.

Tandis que ses feux arrière disparaissaient au coin de la rue, Conklin et moi remontâmes l'allée menant à la porte d'entrée. La maison était ce que l'on appelle une *Painted Lady* : une maison de style victorien peinte en couleurs pastel, à l'architecture tarabiscotée. Celle-ci se révélait plutôt décrépite et aurait eu bien besoin de quelques réparations. Je pressai le bouton de la sonnette ; une minute s'écoula ; je sonnai à nouveau.

La porte s'ouvrit, et nous nous retrouvâmes face au visage non maquillé de Junie Moon.

Dès le premier instant, je me rendis compte que la jeune femme n'était pas une prostituée ordinaire.

Il y avait chez elle une fraîcheur, une naïveté, que je n'avais jamais rencontrées chez ce genre de filles. Elle sortait de la douche, ses cheveux étaient encore humides, des boucles blondes qui se terminaient en une fine tresse dont le bout était teint en bleu. Ses yeux étaient d'un gris cendré très profond. Une fine cicatrice apparaissait sur sa lèvre supérieure.

C'était une fille splendide, mais ce qui me frappait surtout, c'était son apparence enfantine et désarmante. Elle noua la ceinture de son peignoir en soie dorée autour de sa taille fine, mon partenaire lui présenta sa carte, annonça nos noms et :

— Brigade criminelle. Nous pouvons entrer ?

— La brigade criminelle ? Vous êtes sûrs que c'est *moi* que vous êtes venus voir ? demanda-t-elle d'une voix semblable à son apparence, non seulement jeune mais rendue plus douce encore par son ingénuité.

— Nous avons quelques questions à vous poser concernant une personne disparue, expliqua Rich en dégainant son irrésistible sourire de tombeur.

Junie Moon nous fit signe d'entrer.

La pièce dégageait un parfum floral où se mêlaient des notes de lavande et de jasmin. Les abat-jour en soie diffusaient une lumière tamisée. Nous prîmes place sur une causeuse en velours tandis que Junie s'installait dans une ottomane, jambes croisées, mains sur les genoux. Elle était pieds nus. Ses ongles étaient peints d'une pâle couleur nacrée.

— Très chouette intérieur, lança Conklin.

— Merci. C'est une maison que je loue. Meublée.

— Avez-vous déjà vu cet homme ? demandai-je

tout de go en montrant à Junie Moon la photo de Michael Campion.

— Vous voulez dire, en vrai ? C'est bien Michael Campion ?

— Tout à fait.

— Je n'ai *jamais* rencontré Michael Campion, répondit-elle en écarquillant ses immenses yeux gris.

— Très bien, mademoiselle Moon, fis-je. Nous avons quelques questions à vous poser. Veuillez nous suivre au poste de police.

5.

Junie Moon était assise face à nous dans la salle d'interrogatoire numéro 2, une petite pièce carrelée de gris et pourvue d'une table en métal, de quatre chaises, ainsi que d'une caméra fixée au plafond.

J'avais vérifié à deux reprises pour en être certaine. La caméra fonctionnait.

Junie portait à présent un cardigan rose par-dessus un débardeur bordé de dentelle, un jean et une paire de baskets. Elle n'était pas maquillée, et, sans exagérer, elle avait l'air d'une lycéenne de seconde.

Conklin, mine de rien, avait commencé l'interrogatoire en lisant ses droits à Junie Moon, d'une façon tout à fait respectueuse et charmante. Elle avait acquiescé sans protester, mais pourtant, tout cela me contrariait au plus haut point. Junie Moon n'était pas en état d'arrestation. Nous n'avions pas à lui lire ses droits pour un simple interrogatoire, et cette initiative de Conklin risquait de l'amener à taire quelque chose qu'il nous fallait absolument découvrir. Je ravalai mon dépit. Ce qui était fait était fait.

Je levai les yeux vers Junie après avoir relu la fiche de son casier judiciaire. Elle avait réclamé du café, et était en train de le siroter. Je lui rappelai ses trois arrestations pour prostitution. Elle me répondit qu'elle n'avait plus eu affaire à la police depuis son changement d'identité.

— Je me sens comme une nouvelle personne.

Il n'y avait visiblement aucune trace de piqûre sur ses bras, ce qui me laissait encore plus perplexe. Comment une fille aussi jolie que Junie Moon en était-elle venue à se prostituer ? À quoi était-elle accro ?

— J'ai choisi ce nom à cause d'un vieux film de Liza Minnelli, expliqua-t-elle à Conklin. *Tell Me That You Love Me, Junie Moon*. C'est une phrase que mes clients me demandent souvent de leur dire, ajouta-t-elle avec un petit sourire mélancolique.

Conklin se passa la main dans les cheveux pour chasser une mèche tombée devant ses yeux noisette. J'étais certaine qu'il n'avait ni vu le film, ni lu le livre.

— Ah oui ? fit-il. Très cool.

— Bien, Junie, intervins-je, la plupart de vos clients sont des étudiants ?

— Dites-moi la vérité, sergent Boxer. Est-ce que je dois prendre un avocat ? J'ai l'impression que vous êtes en train de m'accuser d'avoir eu des relations sexuelles avec des mineurs, ce qui est parfaitement faux.

— Vous leur demandez leur permis de conduire avant qu'ils enlèvent leur pantalon ?

— Nous ne nous intéressons pas à vos activités

professionnelles, Junie, intervint Conklin. Ce qui nous intéresse, c'est Michael Campion.

— Je vous l'ai dit, lâcha-t-elle d'une voix légèrement tremblante, je ne l'ai jamais rencontré. Je m'en serais rendu compte si ç'avait été le cas.

— On ne vous reproche rien, répondis-je. Nous savons que Michael avait une maladie. Peut-être que son cœur a lâché pendant qu'il était avec vous…

— Il n'a jamais été l'un de mes clients, insista Junie. J'en aurais été honorée, mais ça n'est jamais arrivé.

— Collaborez avec nous, Junie, lança Conklin en abandonnant son sourire ravageur, et nous n'irons pas mettre le nez dans vos affaires. Mais si vous vous entêtez à répondre n'importe quoi, je vous garantis que la brigade des mœurs se chargera de vous épingler.

Ce petit jeu se prolongea pendant presque deux heures. Nous eûmes recours à toutes les méthodes légales qui étaient en notre possession. Mise en confiance, intimidation, mensonge, menace. Malgré ça, Junie Moon continuait à nier avoir jamais rencontré Michael Campion. Pour finir, je décidai d'abattre notre dernière carte. Frappant du poing sur la table, je m'écriai :

— Et si je vous disais que quelqu'un est prêt à venir témoigner ? Et que ce témoin a vu Michael Campion entrer chez vous le soir du 21 janvier, et qu'il l'a attendu parce qu'il voulait ensuite le raccompagner à son domicile ? Le problème, Junie, c'est que cette personne n'a pas pu le raccompagner, parce que Michael n'est jamais ressorti de votre maison.

— Un témoin ? C'est impossible. Il y a erreur, je vous assure.

Je voulais à tout prix m'appuyer sur cette unique et misérable piste, mais je commençais à me dire que l'indic anonyme de Jacobi avait fabulé, et j'étais même sur le point de téléphoner à Jacobi pour lui balancer quelques paroles bien senties, lorsque Junie baissa le regard. Ses yeux étaient embués de larmes et son visage semblait s'être transformé sous l'effet du chagrin.

— C'est vrai, vous avez raison. Je ne peux plus garder ça pour moi. Si vous éteignez cette caméra, je vous dirai ce qui s'est passé.

J'échangeai un regard ébahi avec Conklin, puis me repris aussitôt et me levai pour aller éteindre la caméra.

— Dites-nous toute la vérité, Junie, fis-je.

Mon cœur battait à tout rompre. Je me penchai vers elle, croisai les mains sur la table, et Junie se mit à parler.

6.

— C'est arrivé exactement comme vous l'avez dit, expliqua la jeune femme en levant les yeux.

Son visage aux traits tirés trahissait l'angoisse, la douleur. Elle semblait effrayée.

— Michael est donc bien mort ? demandai-je.

— J'aimerais tout raconter depuis le début, si c'est possible ? s'enquit Junie en se tournant vers Conklin.

— Bien sûr, répondit Rich. Allez-y, prenez votre temps.

— En fait, je ne me suis pas tout de suite rendu compte qu'il s'agissait de Michael Campion. En appelant pour prendre rendez-vous, il avait donné une fausse identité. C'est en ouvrant la porte que j'ai découvert qui il était. Vous imaginez le choc. Michael Campion venait me voir, *moi* !

— Que s'est-il passé ensuite ? questionnai-je.

— Il était très nerveux. Il n'arrêtait pas de se dandiner d'un pied sur l'autre et de regarder par la fenêtre, comme s'il avait peur d'être observé. Je lui ai proposé un verre, mais il a refusé. Il disait qu'il voulait se souvenir de tout. Il m'a expliqué qu'il était encore vierge.

Junie baissa la tête ; des larmes se mirent à couler le long de ses joues et s'écrasèrent sur la table. Conklin lui tendit une boîte de mouchoirs en papier. Nos regards se croisèrent tandis que Junie Moon reprenait ses esprits.

— Beaucoup de garçons sont vierges quand ils viennent me voir, reprit-elle au bout d'un moment. Parfois, ils aiment faire comme si on était ensemble, et je fais en sorte qu'ils vivent un moment inoubliable.

— Je n'en doute pas, marmonna Conklin. Alors, que s'est-il passé avec Michael ? Il faisait semblant d'avoir rencard avec vous ?

— Oui. Et dès que nous sommes arrivés dans la chambre, il m'a dit son vrai nom — et je lui ai dit le mien ! Je crois que ça l'a beaucoup touché, et il a commencé à me parler de sa vie. Vous saviez que c'était un champion d'échecs sur Internet ? En tout cas, j'ai trouvé qu'il ne se comportait pas du tout comme une célébrité. Il était tout à fait normal. Au bout d'un moment, moi aussi, j'ai commencé à imaginer que nous avions rencard.

— Vous avez quand même fini par coucher ensemble ? demandai-je.

— Oui, bien sûr. Il a posé l'argent sur la table de nuit, puis je lui ai retiré ses vêtements, et on venait juste de… commencer, vous voyez, mais on a dû s'arrêter. Il m'a dit qu'il ressentait une douleur.

À ces mots, Junie porta la main à sa poitrine.

— Évidemment, j'étais au courant de ses problèmes cardiaques, mais j'ai cru que ça passerait.

Et soudain, elle s'effondra. La tête enfouie dans ses mains, elle se mit à pleurer comme si elle était sincèrement peinée.

— La crise a empiré, poursuivit-elle entre deux sanglots. Il m'a demandé d'appeler son père, mais j'étais incapable de bouger. Je ne savais pas comment joindre son père. Et même si j'avais pu, qu'est-ce que je lui aurais dit ? Que j'étais une prostituée ? Au gouverneur Campion ? Il m'aurait envoyée en prison pour le restant de mes jours.

» Alors j'ai serré Michael dans mes bras et je lui ai chanté une chanson. J'espérais que ça allait passer et qu'ensuite il irait mieux.

Elle leva vers nous son visage ruisselant de larmes :

— Mais ça n'a pas passé.

7.

Le muscle que je voyais tressauter sur la mâchoire de Conklin constituait le seul signe visible de la consternation qu'il devait éprouver, tout comme moi, en entendant la confession de la jeune femme.

— Combien de temps s'est-il écoulé avant sa mort ? demanda-t-il à Junie.

— Je ne sais pas. Quelques minutes. Peut-être un peu plus. En tout cas, c'était horrible, vraiment horrible.

Elle secoua la tête en se rappelant ce souvenir.

— C'est à ce moment-là que j'ai appelé mon petit ami.

— Vous avez appelé votre *petit ami* ? m'écriai-je. Pourquoi ? Il est médecin ?

— Non, mais j'avais besoin de lui. Quand Ricky est arrivé, Michael était déjà inconscient. Nous l'avons mis dans la baignoire, et puis nous avons parlé longtemps pour savoir ce qu'on allait faire.

J'aurais voulu hurler, *Espèce d'abrutie ! Tu aurais pu le sauver ! Michael pourrait être encore de ce monde*. J'aurais voulu gifler son visage de bimbo décérébrée. Je pris sur moi pour me contenir, et laissai à Conklin le soin de poursuivre l'interrogatoire.

— Qu'avez-vous fait de son corps, Junie ? Où est-il ?

— Je n'en ai aucune idée.

— Comment ça, vous n'en avez aucune idée ? lançai-je en me levant brusquement de ma chaise.

Je fis plusieurs fois le tour de la table.

Junie se mit à parler très vite, comme pour se débarrasser au plus tôt de cette corvée.

— Au bout de quelques heures, Ricky a décidé de découper le corps avec un couteau. C'était la chose la plus horrible que j'aurais pu imaginer – et pourtant j'ai grandi dans une ferme ! J'ai cru que j'allais vomir, ajouta-t-elle comme si c'était sur le point de lui arriver.

Je repris place sur ma chaise, déterminée à ne pas effrayer la jeune prostituée – même si son histoire me glaçait le sang.

— On a commencé à le découper, et après ça, on ne pouvait plus revenir en arrière, fit Junie en lançant à Conklin un regard suppliant. J'ai aidé Ricky à mettre le corps de Michael dans huit sacs poubelle différents, puis on les a chargés dans sa camionnette. Il devait être 5 heures du matin. Il n'y avait personne dans la rue.

Je la dévisageai longuement, essayant d'imaginer l'inimaginable. Cette créature à l'allure enfantine, les mains couvertes de sang. Le corps de Michael Campion débité en morceaux.

— Poursuivez, Junie, l'encouragea Conklin. Vous verrez, ça vous soulagera.

— On a roulé jusqu'à la côte pendant quelques heures, reprit-elle, cette fois comme si elle racontait un rêve. Je me suis endormie. Quand je me suis réveillée, Ricky m'a dit : « Voilà, on y est. » J'ai vu qu'on était garés sur le parking d'un McDonald's, et il y avait une rangée de bennes à ordures alignées devant nous. C'est là qu'on a jeté les sacs.

— Dans quelle ville étiez-vous ? demandai-je.

— Je ne m'en souviens pas vraiment.

— Faites un effort de mémoire, lâchai-je d'un ton abrupt.

— J'essaie !

Junie nous communiqua le nom et l'adresse de son petit ami. Je notai les informations. Rich lui tendit un bloc-notes, un stylo, et lui demanda si elle aimerait écrire sa déposition noir sur blanc.

— Pas vraiment, répondit-elle avec une expression vide et lasse. Vous… vous allez me ramener chez moi ?

— Pas vraiment, rétorquai-je en écho. Levez-vous et mettez vos mains derrière le dos.

— Vous allez m'arrêter ?

— Exactement.

Même serrées au maximum, les menottes flottaient autour de ses poignets.

— Mais… je vous ai pourtant dit la vérité !

— Et nous vous en remercions infiniment. Vous êtes en état d'arrestation pour dissimulation de preuves et entrave au bon déroulement d'une enquête de police. Ça devrait suffire dans un premier temps.

Junie s'était remise à sangloter. Elle gémissait auprès de Conklin, répétant qu'elle était désolée, que ce n'était pas sa faute. De mon côté, je parcourais mentalement la carte en essayant de me représenter toutes les villes côtières, et les quelque six cents McDonald's du nord de la Californie.

Et surtout, je me demandais s'il existait une chance de retrouver les morceaux du cadavre de Michael Campion.

8.

Peu après minuit, j'étais assise sur un tabouret dans la cuisine et je regardais Joe qui me préparait un plat de pâtes. Joe est un mec à tomber par terre. Un mètre quatre-vingt-cinq, les cheveux bruns, les yeux d'un bleu éclatant. Il se tenait debout devant la cuisinière, en boxer-short, les cheveux ébouriffés et le visage marqué par le sommeil. Il avait tout du mari idéal, et il était fou amoureux de moi.

Moi aussi, je l'aimais.

C'était la raison pour laquelle Joe venait de quitter Washington pour s'installer à San Francisco, mettant ainsi fin à notre tumultueuse relation à distance au profit d'une nouvelle relation qui allait peut-être se révéler durable. Et même s'il avait loué un appartement fantastique sur Lake Street, un mois après son emménagement, il avait déjà rapatrié sa batterie de cuisine en cuivre et dormait chez moi cinq nuits par semaine. Par chance, j'avais pu m'installer au troisième étage de mon immeuble, afin que nous ayons un peu plus de place.

Notre relation était devenue plus riche, plus affectueuse, exactement comme je l'avais espéré.

Alors pourquoi la bague de fiançailles que Joe m'avait offerte était-elle encore rangée dans sa boîte, avec ses diamants qui étincelaient inutilement dans le noir ?

Pourquoi ne pouvais-je me résoudre à lui dire oui, tout simplement ?

— Qu'est-ce qu'elle voulait, Cindy ? demandai-je.

— Mot pour mot, elle m'a dit : « Je sais que Lindsay a du nouveau dans l'affaire Campion, et qu'elle est sur l'enquête. Dis-lui qu'elle a ruiné notre week-end, que je l'appelle dans la matinée et qu'elle a *intérêt* à me donner des infos. »

J'éclatai de rire en entendant son imitation de Cindy.

En plus d'être mon amie, Cindy est reporter au *Chronicle*, pour la rubrique des affaires criminelles.

— Soit je lui dis tout, soit je ne lui dis rien, répondis-je. Et pour le moment, je préfère ne rien lui dire.

— Et moi, maintenant que je suis réveillé, pourquoi tu ne me mettrais pas un peu au parfum, Blondie ?

Je pris une profonde inspiration et racontai à Joe l'épisode Junie Moon ; comment elle avait d'abord nié pendant presque deux heures avant de nous demander d'éteindre la caméra, son « rencard » avec Michael, la crise cardiaque et comment, au lieu d'appeler le 911, elle lui avait chanté une berceuse pendant qu'il agonisait, le laissant ainsi mourir.

— Doux Jésus ! s'exclama Joe.

Affamée, je l'observai me servir des *tortellini in brodo* dans un bol. Il se servit une généreuse portion de crème glacée.

— Où est le corps ? me demanda-t-il en prenant un tabouret pour s'asseoir à côté de moi.

— Ça, c'est la question à soixante millions de dollars, répliquai-je, faisant référence à la fortune des Campion.

Je lui racontai la fin de l'interrogatoire : le récit hébété que nous avait livré Junie, le démembrement du corps de Michael Campion, le trajet jusqu'à la côte avec son petit ami, les bennes à ordures sur le parking du fast-food, quelque part dans une ville dont elle avait oublié le nom.

— Tu sais, Conklin lui a lu ses droits au début de l'interrogatoire. Ça m'a contrariée. Junie n'était pas en garde à vue, et j'étais certaine qu'elle refuserait de parler après ça. Au début, je dois avouer que je l'ai crue, lorsqu'elle disait ne pas connaître Michael Campion – en dehors de ce qu'elle avait lu dans les magazines people. J'étais même prête à la laisser repartir, mais Conklin a su appuyer sur le bon bouton, et elle s'est mise à table. Au final, c'était une bonne chose qu'il lui ait lu ses droits.

Je hochai la tête en repensant à tout ça.

— Rich a vraiment beaucoup d'assurance, pour un flic aussi jeune. Et il sait s'y prendre avec les femmes, ajoutai-je avec enthousiasme. Il n'est pas seulement beau, il est surtout… extrêmement respectueux. Et intelligent, sensible. C'est comme ça, il a le chic pour amener les femmes à se confier à lui…

Joe s'empara de mon bol vide et se leva brusquement.

— Joe, trésor ?

— À force, j'ai presque l'impression de le connaître, ce mec, lança-t-il par-dessus le bruit du robinet. Il faudrait que je le rencontre un de ces quatre.

— Bien sûr…

— Et si on allait se coucher, Lindsay ? Je suis vraiment claqué.

9.

Aux alentours de 8 heures, le lendemain matin, nous tombions sur Ricky Malcolm qui introduisait sa clé dans la serrure de la porte d'un appartement miteux, sur Mission Street. Il avait immédiatement repéré que nous étions flics et tenté de prendre la poudre d'escampette ; nous avions dû le maîtriser pour le convaincre de nous suivre au poste.

— Vous n'êtes pas en état d'arrestation, lui avais-je expliqué comme nous l'escortions jusqu'à notre voiture. Nous voulons seulement entendre votre version de l'histoire.

Ricky se tenait à présent dans le « box ». Il me fixait de ses étranges yeux verts largement espacés l'un de l'autre, ses bras couverts de tatouages croisés sur la table. Il avait le teint blafard, le visage de quelqu'un qui n'avait pas vu la lumière du jour depuis plusieurs années.

Parmi la jungle des tatouages qui couvraient son bras droit, on remarquait un cœur rouge empalé sur la pointe d'un croissant de lune, et ces initiales : R.M. Il émanait de Ricky Malcolm une certaine violence ; il avait l'air d'un prédateur, et je m'interrogeais à présent sur la véracité de l'histoire de Junie Moon concernant la mort de Michael Campion.

Fallait-il imputer le décès de Campion à une cause naturelle ?

Ou bien ce type avait-il surpris Michael et Junie – et tué le jeune homme dans un accès de rage ?

Le casier judiciaire de Malcolm comportait trois arrestations et une condamnation, chaque fois pour détention de produits stupéfiants. Je refermai le dossier d'un geste sec :

— Qu'avez-vous à déclarer concernant Michael Campion ?

— Rien d'autre que ce que j'ai lu dans les journaux, comme tout le monde, répondit-il.

L'interrogatoire se poursuivit sur le même registre pendant plusieurs heures. Le charme de Conklin n'opérant pas sur le jeune homme, j'avais pris le relais et tentais de lui faire dire n'importe quoi, même des mensonges que nous aurions pu par la suite utiliser contre lui, mais Ricky était soit borné, soit méfiant, soit les deux à la fois. Il niait avoir jamais rencontré Michael Campion, vivant ou mort.

J'optai pour une nouvelle approche :

— Je comprends très bien ce qui s'est passé, Ricky. Votre petite amie était dans le pétrin, et vous avez voulu lui venir en aide. C'est parfaitement naturel.

— Je ne vois pas ce que vous voulez dire.

— Je parle du corps, Ricky. Souvenez-vous. Michael Campion est mort dans le lit de Junie.

Malcolm poussa un ricanement :

— C'est ce qu'elle vous a raconté ? Et elle vous a dit que j'étais dans le coup ?

— Junie a avoué, vous saisissez ? lança Conklin. Nous savons ce qui s'est passé. Le jeune était déjà mort quand vous êtes arrivé là-bas. Ce n'était pas votre faute, et nous n'avons pas l'intention de vous charger pour ça.

— C'est une blague, ou quoi ? Je vous le dis tout de suite, je ne comprends rien à vos salades.

— Si vous êtes innocent, alors aidez-nous, intervins-je. Où étiez-vous le 21 janvier, entre minuit et 8 heures du matin ?

— Et vous, vous étiez où ? retourna Malcolm. Vous croyez que je me souviens de ce que j'ai fait il y a trois mois ? Tout ce que je peux vous dire, c'est que je n'ai pas aidé Junie à se débarrasser d'un macchabée. Vous me faites vraiment marrer avec vos conneries.

Il ponctua sa phrase d'un petit rire méprisant, puis ajouta :

— Junie s'est foutue de votre gueule, voilà !

— Vraiment ? rétorquai-je.

— Évidemment. Elle est du genre sentimentale, vous voyez ? Un peu comme la fille dans la pub : « Vraiment ? Ce n'est pas du beurre ? » Junie a envie de croire qu'elle s'est tapé Michael Campion...

À cet instant, j'entendis un petit coup frappé contre la vitre.

Malcolm se tourna vers Conklin :

— Je me fous de savoir quel baratin elle vous a servi. Je n'ai découpé personne. Je n'ai pas jeté de sacs poubelle dans une putain de benne à ordures. Junie a dit ça pour faire son intéressante. Avec le temps, vous devriez pourtant être capable de repérer une pute qui se fout de votre gueule ! Alors soit vous m'inculpez, soit je me tire d'ici, et tout de suite.

J'ouvris la porte et pris le papier que me tendait Yuki. Nous échangeâmes un sourire, puis je refermai la porte et, me tournant vers Malcolm :

— Monsieur Malcolm, vous êtes en état d'arrestation pour dissimulation de preuves et entrave au bon déroulement d'une enquête de police.

J'étalai sur la table les mandats de perquisition :

— D'ici demain à la même heure, tu n'auras plus de secret pour nous, *mec* !

10.

Tandis que Ricky Malcolm dormait dans une cellule au dixième étage du 850 Bryant Street, je pénétrais dans un studio au deuxième étage d'un immeuble, au-dessus d'un restaurant chinois, le Shanghai China, sur Mission Street. Conklin, McNeil et Chi m'accompagnaient. Sitôt franchi le seuil, une odeur de chair en décomposition me sauta au nez.

— Tu sens ? demandai-je à Cappy McNeil.

Cappy était dans la police depuis vingt-cinq ans. Les cadavres, il connaissait.

Il hocha la tête :

— Tu penses qu'il a oublié l'un des sacs ?

— Il a peut-être conservé un doigt ou une oreille, en souvenir.

McNeil et son coéquipier, Paul Chi, un homme svelte et ingénieux, se dirigèrent vers la cuisine pendant que Conklin et moi inspections la chambre.

L'unique fenêtre était équipée d'un store en tissu. Je le tirai d'un coup sec. Une faible lueur matinale pénétra dans le boudoir de Ricky Malcolm. La pièce était archicrasseuse. Les draps étaient roulés en boule dans un coin du matelas constellé de taches en tous genres. Des mégots flottaient dans une tasse de café posée sur la table de nuit. Des assiettes sales reposaient en équilibre instable sur le buffet et le poste de télévision. Des fourchettes y étaient figées dans des restes de nourriture vieux d'au moins dix jours.

J'ouvris le tiroir de la table de nuit et y trouvai quelques joints et divers produits pharmaceutiques, ainsi qu'une bande dessinée des *Rough Riders*.

McNeil entra dans la pièce, jeta un coup d'œil circulaire, et déclara :

— Il a su créer une ambiance très sympa.

— Vous avez trouvé quelque chose ?

— Non. Et à moins que Ricky n'ait démembré

Campion à l'aide d'un épluche-légumes, le couteau dont il s'est servi ne se trouve pas dans la cuisine. À propos, l'odeur est beaucoup plus forte ici.

Conklin ouvrit l'armoire et fouilla parmi les vêtements et les chaussures, dans les poches des pantalons, avant de se diriger vers la commode, qu'il vida de ses t-shirts et autres magazines porno. Ce fut finalement moi qui découvris la souris morte, coincée sous une chaussure de sécurité à bout renforcé, derrière la porte.

— Je crois que je l'ai trouvée, m'écriai-je.

— Tu as touché le gros lot, plaisanta McNeil.

La fouille se poursuivit pendant quatre heures, et après avoir soulevé chaque immondice dans l'appartement de Malcolm, Conklin poussa un soupir de déception :

— Il n'y a aucune arme.

— Bien, fis-je. Je crois qu'on en a fini.

Nous sortîmes dans la rue au moment où la dépanneuse se garait le long du trottoir. Les types du labo emportèrent le pick-up Ford de Malcolm ; nous observâmes le convoi s'éloigner, puis McNeil et Chi repartirent de leur côté, et nous réintégrâmes notre voiture de patrouille.

— Je suis prêt à parier qu'on trouvera l'ADN de Michael Campion quelque part dans le pick-up, lança Conklin. Cent billets, ou un dîner, au choix…, ajouta-t-il avec son sourire de playboy.

— Je ne veux pas parier, répondis-je en riant. Je veux juste que tu aies raison.

11

La *Painted Lady* de Junie Moon semblait fatiguée et lasse cet après-midi-là ; le ciel s'assombrissait et une fine pluie balayait la ville. Conklin souleva le ruban jaune qui barrait la porte d'entrée ; je me glissai en dessous, signai le registre et pénétrai dans cette même pièce où, la veille au soir, nous avions interrogé la ravissante jeune prostituée.

Cette fois, nous étions munis d'un mandat de perquisition.

Le bruit des marteaux s'abattant sur le carrelage nous guida jusqu'à la salle de bains, au deuxième étage. Les techniciens de scène de crime étaient en train d'éventrer les murs et le sol afin d'accéder à la tuyauterie de la baignoire. Charlie Clapper, le chef de notre département scientifique, se tenait dans le couloir, devant la porte. Il portait l'une de ses deux vestes avec motifs à chevrons, ses cheveux poivre et sel soigneusement coiffés. Un air sombre marquait son visage ridé.

— Ne t'emballe pas trop vite, Lindsay. Il y a suffisamment d'éclaboussures dans ce bordel pour occuper le labo une année entière.

— Un seul cheveu suffirait, répondis-je. Une seule goutte du sang de Michael Campion.

— Et moi j'aimerais voir Venise avant qu'elle disparaisse sous la mer et conduire un jour une Rolls Royce.

Un bruit sourd nous parvint : un des techniciens démontait le siphon dans la salle de bains. Tandis qu'ils emballaient les différents éléments de plomberie pour les analyser au labo, Conklin et moi retournâmes inspecter la chambre de Junie Moon.

Si la pièce n'avait rien à voir avec la porcherie dans laquelle vivait Ricky Malcolm, Junie n'était pas non plus ce qu'on pouvait appeler une fée du logis. D'innombrables minons traînaient sous les meubles, les miroirs muraux étaient couverts de taches, et l'épaisse moquette grise possédait l'aspect graisseux des tapis de sol d'un minivan de célibataire.

Une technicienne de scène de crime nous demanda si nous étions prêts – nous l'étions. Elle tira les rideaux, éteignit le plafonnier, puis entreprit de balayer minutieusement la pièce à l'aide du faisceau optique de l'*Omnichrome 1000* : dessus-de-lit, moquette, murs. Chaque passage révélait la présence d'éclaboussures bleu pâle correspondant à des traces de sperme.

— Si les types voyaient ça, lança-t-elle en me décochant un bref regard, à mon avis, ils y réfléchiraient à deux fois avant de se déshabiller ici.

Conklin et moi nous dirigeâmes ensuite vers le rez-de-chaussée, d'où nous parvenait le bruit d'un aspirateur. Nous restâmes un instant à observer les techniciens à l'œuvre.

— Je me demande ce qu'on espère trouver, trois mois après les faits ? hurla Conklin par-dessus le bruit du moteur. Une pancarte « Oui, Michael Campion est bien mort dans cette maison » ?

Soudain, le claquement métallique d'un objet aspiré par l'embout suceur se fit entendre. Le technicien éteignit l'aspirateur, se pencha et, de sa main gantée, s'empara d'un couteau à viande dissimulé sous le canapé en velours où nous étions assis la veille.

Il brandit l'objet devant moi et m'indiqua les traces couleur rouille qui apparaissaient sur la lame aiguisée, en dents de scie.

12.

J'étais encore tout à la joie de cette découverte lorsque mon portable se mit à sonner. C'était l'inspecteur principal Anthony Tracchio.

— Que se passe-t-il, Tony ?

— J'ai besoin de vous dans mon bureau, *pronto*, lâcha-t-il d'un ton sec.

Après quelques brèves et inutiles palabres, il raccrocha.

Quinze minutes plus tard, Conklin et moi entrions dans la pièce lambrissée où Tracchio nous attendait en compagnie de deux personnes bien connues. Le visage de l'ancien gouverneur, Connor Hume Campion, exprimait la colère ; quant à sa jeune épouse, Valentina, elle semblait sous l'influence d'un puissant sédatif.

Étalée sur le bureau, la page de garde du *Chronicle*. Même si le journal était à l'envers, et malgré une distance de plusieurs mètres, je n'eus aucune peine à lire le titre principal : DISPARITION DE MICHAEL CAMPION : UN SUSPECT AUDITIONNÉ.

Bon sang ! Cindy ne m'avait pas attendue pour publier son article.

Qu'avait-elle bien pu écrire ?

Tandis que Conklin et moi prenions place devant l'imposant bureau, Tracchio, après avoir lissé ses cheveux soigneusement rabattus en une longue mèche qui masquait sa calvitie, nous présenta les parents du jeune homme disparu. Connor Campion nous adressa un regard sévère.

— Vous rendez-vous compte que j'ai appris ça *dans la presse* ? s'exclama-t-il. Que mon fils était mort dans un *bordel* !

Je me sentis rougir :

— Si nous avions eu quelque chose de solide, soyez certain que vous en auriez été le premier informé, monsieur Campion. Mais nous ne disposions que d'un appel anonyme selon lequel votre fils était allé rendre visite à une prostituée. Le genre d'appels que nous recevons constamment. Ç'aurait très bien pu être un faux témoignage.

— Ce n'en est donc pas un ? Ce que dit cet article est vrai ?

— Je ne l'ai pas lu, mais je peux vous faire un compte-rendu des informations dont nous disposons.

Tracchio alluma un cigare pendant que j'entamais le récit des dix-huit dernières heures : les interrogatoires, notre vaine recherche d'indices et l'arrestation de Junie Moon, à présent placée en détention provisoire sur la base de sa déclaration, pour le moment non vérifiée, dans laquelle elle affirmait que Michael était mort dans ses bras. À la fin de mon récit, Campion se leva d'un bond, et je me rendis compte que, si nous avions fini par considérer Michael comme mort, les Campion, eux, n'avaient jamais cessé d'espérer. En les ramenant brutalement à la réalité, mon bref compte-rendu avait dû leur mettre une sacrée claque.

Ce n'était pas ce qu'ils souhaitaient entendre.

L'ancien gouverneur tourna son visage cramoisi

vers Tracchio, un homme qui s'était élevé dans la hié-
rarchie au cours d'une carrière administrative sans
grand relief.

— J'exige qu'on retrouve le corps de mon fils !
s'écria Campion. Même s'il faut fouiller à la main
toutes les bennes à ordures du pays !

— Comptez sur nous, répondit Tracchio.

Campion se tourna ensuite vers moi, et je vis sa
colère se dissiper. Ses yeux s'embuèrent de larmes. Je
m'approchai de lui et posai la main sur son épaule :

— Nous allons travailler sans relâche, monsieur
Campion. Nous ne dormirons pas avant d'avoir
retrouvé Michael.

13.

Junie Moon se glissa dans la salle d'interrogatoire
de la prison pour femmes. Elle portait une combinaison
orange ; des rides nouvelles apparaissaient sur son
jeune visage.

Elle était accompagnée de son avocate commise
d'office, Melody Chado, qui comptait bien asseoir sa
réputation sur ce procès, et ce quelle que soit la décision du jury. Vêtue intégralement de noir – tunique,
pantalon, collier de perles couleur jais –, Chado comptait la jouer 100 % pro. Elle indiqua une chaise à sa
cliente, ouvrit son attaché-case noir et consulta sa
montre à plusieurs reprises tandis que nous patientions.
Il n'y avait que quatre chaises dans la pièce, si bien
qu'à l'arrivée de ma bonne amie, l'assistante du district

attorney Yuki Castellano, il ne restait plus de place assise.

Yuki posa sa serviette et s'adossa contre le mur.

Melody Chado semblait tout juste sortie de la fac de droit. Elle devait avoir à peine quelques années de plus que sa cliente, laquelle semblait si faible et vulnérable que je ressentais presque de la pitié pour elle – même si cela m'agaçait au plus haut point.

— J'ai conseillé à ma cliente de ne plus faire aucune déclaration, annonça Mlle Chado en adoptant un air de dure à cuire que j'avais du mal à prendre au sérieux. Je vous laisse la parole, mademoiselle Castellano.

— Je me suis entretenue avec le procureur, fit Yuki. Votre cliente est inculpée d'homicide involontaire.

— Il n'était pas question de recel de cadavre ? demanda Chado.

— Cela nous a semblé un peu léger, retourna Yuki. Votre cliente est la dernière personne à avoir vu Michael Campion vivant. À aucun moment elle n'a tenté d'appeler les secours ou la police – pourquoi ? Parce qu'elle ne se préoccupait pas de l'état de Campion. Elle ne s'intéressait qu'à sa propre situation.

— Vous n'obtiendrez jamais l'accusation pour meurtre, rétorqua Chado. Votre théorie est plus que bancale.

Yuki se tourna vers Junie :

— Aidez-nous à retrouver les restes du corps de Michael, et si l'autopsie permet de démontrer que son malaise cardiaque l'aurait tué même avec votre intervention, nous abandonnerons les poursuites pour meurtre et vous vous en tirerez à bon compte.

— Hors de question, lança Chado. Qu'adviendrat-il si elle vous aide à retrouver le corps et que l'état de décomposition est trop avancé pour mener une autopsie en bonne et due forme parce que son cœur ne sera plus qu'un morceau de viande putréfiée ? Vous aurez alors de quoi inculper ma cliente et elle sera fichue.

Je réexaminai mon jugement concernant Melody Chado. Elle avait soit reçu une excellente formation, soit grandi dans une famille d'avocats – ou bien les deux. Junie s'effondra sur sa chaise, se tourna vers son avocate. L'angoisse se lisait sur son visage. La description de Chado avait dû effacer toute trace de romantisme dans sa mémoire.

— J'aimerais que vous me parliez du couteau, Junie, intervint Rich en orientant l'interrogatoire vers le seul et unique indice dont nous disposions.

— Quel couteau ?

— Celui que nous avons retrouvé chez vous, sous le canapé. Il comporte des traces sur la lame qui ressemblent fort à des traces de sang. Il faudra attendre quelques jours pour connaître les résultats des tests ADN, mais si vous nous aidez, Mlle Castellano y verra un nouveau signe de votre intention de coopérer.

— Ne répondez pas, fit Melody Chado. L'interrogatoire est terminé.

Junie observa Rich et, parlant par-dessus son avocate, expliqua :

— Je pensais qu'on l'avait jeté dans l'un des sacs poubelle. Je ne sais pas quel est ce couteau dont vous parlez. Par contre, je me souviens du nom de la ville.

— Assez, Junie. N'en dites pas plus !

— Je crois que c'était à Johnson. Je me rappelle

avoir vu une pancarte au moment où on a quitté l'auto-route.

— Ce n'était pas plutôt Jackson ? demandai-je.

— Oui, c'est bien ça. Jackson.

— Vous en êtes certaine ? Vous nous aviez dit avoir roulé jusqu'à la côte.

— J'en suis quasiment sûre. Il était tard quand vous m'avez interrogée, l'autre jour, et j'avais l'esprit un peu embrouillé.

Elle leva les yeux vers moi :

— En réalité, j'essayais d'oublier.

14.

Célèbre pour ses barbecues géants entre cow-boys et ses foires à l'artisanat, Jackson l'était aussi pour son immense décharge. Nous étions en début d'après-midi et l'odeur de pourriture augmentait à mesure que le soleil réchauffait les ordures. Mouettes et buses tournoyaient en cercle au-dessus des montages de poubelles qui se dressaient devant nous.

Le shérif Oren Braun pointa du doigt le périmètre d'un demi-hectare qu'il avait délimité – la zone approximative où les déchets avaient été déposés à la fin du mois de janvier.

— J'ai mis mes hommes sur le coup dès que j'ai reçu le coup de fil du gouverneur, nous expliqua-t-il. « Remuez ciel et terre », qu'il m'a dit.

Nous étions donc à la recherche de huit sacs poubelle noirs perdus dans un océan de sacs poubelle noirs.

Une centaine de mètres plus loin, une dizaine d'hommes fouillaient méticuleusement les trois mille tonnes d'immondices ; le contremaître de la décharge assistait l'homme de la brigade canine, lequel suivait ses deux chiens qui trottinaient à travers le site, la truffe collée au sol.

Je m'efforçais de conserver un semblant d'optimisme, mais dans un paysage aussi sinistre, cela n'avait rien d'évident.

— Trois mois que le corps est là-dedans… Il ne doit plus rester que des os et des ligaments, murmurai-je à Conklin.

À cet instant, comme si je leur avais transmis un signal télépathique, les chiens se mirent à aboyer avec frénésie.

Accompagnés du shérif, nous nous approchâmes avec précaution.

— Il y a quelque chose dans ce sac, fit le maître-chien en indiquant un sac plastique de supermarché.

En me baissant pour l'examiner de plus près, je constatai que le plastique avait été fendu et que le contenu était enveloppé dans du papier journal. J'écartai le papier et découvris les restes en état de décomposition d'un nouveau-né. La peau avait pris une teinte verdâtre et le corps avait été à moitié dévoré par les rats, si bien qu'il était impossible de déterminer s'il s'agissait d'un garçon ou d'une fille. Le journal était vieux d'à peine une semaine.

Ce bébé n'avait pas été désiré. Avait-il été étouffé ? Était-il mort à la naissance ? Vu l'état de décomposition, le légiste allait sûrement être incapable de déterminer la cause du décès. Rich se signa. Il était en train de prononcer une courte prière lorsque j'entendis sonner mon Nextel.

Je descendis le tas d'ordures pour prendre l'appel, soulagée d'échapper à la terrible vision de cet enfant mort.

— Annonce-moi une bonne nouvelle, Yuki. Par pitié.

— Désolée, Lindsay, mais Junie Moon est revenue sur ses aveux.

— Pas possible !

J'étais sur le point de flancher. La seule chose que nous possédions, c'était les aveux de Junie.

Comment pouvait-elle se rétracter ?

— Elle prétend qu'elle n'a rien à voir avec la disparition et la mort de Michael Campion. Elle dit qu'elle a avoué sous la contrainte.

— La contrainte ? Quelle contrainte ?

Je ne comprenais toujours pas.

— Celle que Conklin et toi avez exercée pendant l'interrogatoire. Les grands méchants flics l'ont forcée à avouer quelque chose qui n'a jamais eu lieu.

15.

Le Susie's Café est un mélange entre le bar de la série *Cheers* et une cahute du bord de mer, comme celles qu'on trouve à Ste Lucie. On y sert de la nourriture épicée, on y joue de la musique *live* et leurs margaritas sont de renommée internationale. En plus de nous connaître par nos prénoms, les serveuses savent se montrer discrètes lorsqu'elles voient que nous n'avons pas envie d'être dérangées – comme c'était le cas présentement.

Cindy et moi étions installées à notre table habituelle au fond de la salle.

— Tu comprends, Cindy ? lançai-je en lui jetant un regard furieux par-dessus mon verre de bière. Quand je te file des infos de manière non officielle, ça s'appelle une *fuite*. Le simple fait de te dire que nous avions une nouvelle piste dans l'affaire Campion pouvait me foutre dans la merde !

— Je te jure que je n'ai pas utilisé ce que tu m'as dit. Je n'en ai pas eu besoin, j'ai reçu l'info de plus haut.

— Comment ça ?

— Ma direction a une source, que j'ai interrogée, mais je ne te dis pas de qui il s'agit.

Elle reposa son verre d'un coup sec.

— Là n'est pas l'important, Linds, ajouta-t-elle. Tu ne m'as rien dit, OK ? Tu n'as rien à te reprocher.

Je suis un peu plus âgée que Cindy, et nous avons toujours entretenu un rapport de grande sœur à petite sœur depuis ce jour où elle s'était incrustée sur l'une de mes scènes de crime, il y a de ça quelques années, et m'avait aidée à résoudre l'enquête.

Il est toujours délicat d'être ami avec des journalistes lorsqu'on est policier. Leur fameux leitmotiv selon lequel « le public a droit à l'information », leur grande excuse, donne souvent des indications aux voyous et vient semer le trouble parmi les jurés.

On ne peut jamais vraiment se fier aux journalistes.

D'un autre côté, j'adore Cindy, et je lui fais confiance 99 % du temps. Assise face à moi, avec son pull blanc en soie, ses boucles blondes semblables à des ressorts, et ses dents de devant qui se chevauchaient et accentuaient le charme de son visage, elle semblait parfaitement innocente de ce que je lui reprochais et n'en démordait pas.

— OK, lâchai-je entre mes dents serrées.

— Tu t'excuses ?

— Je m'excuse.

— Bien. Tu es pardonnée. Maintenant, raconte-moi les derniers développements de ton enquête.

— Tu sais que tu as beaucoup d'humour ? m'exclamai-je en partant d'un grand éclat de rire.

Apercevant Claire et Yuki qui venaient d'entrer, je leur fis signe de nous rejoindre.

Claire était tellement enceinte qu'elle ne tenait plus entre la banquette et la table. Je me levai, lui installai une chaise en bout de table, et Yuki se glissa à côté de Cindy. Lorraine prit notre commande, et dès qu'elle se fut éloignée, Yuki se tourna vers Cindy :

— Tout ce que je m'apprête à dire, même si ça fait partie du domaine public, est non officiel.

Claire et moi éclatâmes de rire.

— Et dire que les gens pensent que c'est un avantage de vous connaître, soupira Cindy.

— L'audience s'est bien passée. Le juge dit que la déposition de Junie Moon est recevable, puisque ses droits lui avaient été stipulés au moment où elle a fait ses aveux.

— Super, fis-je en poussant un soupir de soulagement. Un bon point pour nous.

— Tu l'inculpes pour homicide alors que tu n'as pas de cadavre ? demanda Claire.

— C'est une affaire fondée sur des présomptions,

56

mais ce genre de procès se gagne très souvent. Bien sûr, je préférerais avoir une preuve matérielle. Et je préférerais que Ricky Malcolm vienne corroborer l'histoire de Junie Moon. Mais les autorités constituées mettent toute la gomme. On peut tout à fait gagner.

Yuki s'interrompit pour boire une gorgée de bière, avant de poursuivre :

— Le jury croira aux aveux de Junie Moon. Ils la déclareront coupable de la mort de Michael Campion, c'est moi qui vous le dis.

16.

Le lendemain, après le déjeuner, j'étais assise à mon bureau lorsque Rich se pointa. Il traînait derrière lui une forte odeur de poubelles.

— Rude matinée à Jackson ?

— Ouais, mais je pense que le shérif a la situation bien en main. Il tient à son quart d'heure de gloire avant de passer le relais aux fédéraux.

Je me pinçai le nez pendant que Rich prenait place sur une chaise, dépliait ses longues jambes et ouvrait son gobelet de café.

— Les relevés téléphoniques prouvent que Junie a appelé Malcolm à 23 h 21 le soir où Michael a disparu. Elle l'appelait tous les soirs à la même heure.

— Une fille reste toujours en contact avec son petit ami.

— Et Clapper a téléphoné, ajoutai-je. Les empreintes sur le couteau sont bien celles de Malcolm.

— Vraiment ? Super !

— Mais le sang est du sang de bœuf.

— En même temps, c'est un couteau à viande. Normal qu'il s'en soit servi pour couper son steak !

— Ouais. Et il y a pire.

— Attends, pause.

Rich lâcha deux morceaux de sucre dans son café, le touilla, but une gorgée, puis :

— Vas-y, balance.

— Il n'y a pas la moindre trace de sang dans la baignoire, et les cheveux ne correspondent à aucune personne répertoriée. Aucune preuve non plus que quelqu'un ait cherché à faire disparaître des traces de sang. La baignoire n'a pas été nettoyée à l'eau de Javel.

— Génial ! lâcha Rich en se renfrognant. Le crime parfait.

— Ce n'est pas tout. Il n'y avait pas la moindre trace de sang à l'intérieur du véhicule de Malcolm, ni sur la carrosserie, et aucun cheveu ou poil correspondant à Michael.

— Je m'étais trompé. C'est bête, tu aurais dû parier, Lindsay. Ce soir, on aurait dîné au resto – à mes frais.

— J'espère que tu aurais pris une douche avant, plaisantai-je avec un petit sourire.

Pour autant, mon moral était au plus bas. J'allais devoir appeler les Campion pour leur apprendre que nous ne disposions toujours d'aucune preuve matérielle, que Junie Moon était revenue sur sa déposition et que nous n'avions aucun élément permettant d'inculper Ricky Malcolm.

— Tu veux appeler Malcolm pour lui dire qu'il peut venir récupérer son pick-up ?

Rich s'empara de son téléphone, composa le numéro, mais n'obtint aucune réponse.

Nous nous rendîmes alors au labo, à Hunter's Point Naval Yard, toutes vitres ouvertes à cause de l'odeur de mon coéquipier. Sur place, je signai les papiers nécessaires pour récupérer le pick-up, et après trois nouveaux appels sans réponse à Ricky Malcolm, nous prîmes la décision de nous rendre à son appartement.

— Police ! hurla Rich en frappant lourdement contre la porte.

Alerté par le bruit, un Chinois de petite taille émergea du restaurant situé au rez-de-chaussée :

— M. Malcolm n'est plus là. Il a payé son loyer et il est parti en moto. Vous voulez voir le bordel qu'il a laissé ?

— C'est déjà fait, merci.

— On ne le reverra pas, marmonnai-je comme nous regagnions notre véhicule de patrouille. Ricky Malcolm, alias Easy Rider, génie du crime et plouc absolu, a pris la poudre d'escampette !

17.

Je fus tirée d'un rêve – et des bras de mon amoureux – par la voix de Jacobi dans mon téléphone :

— Habille-toi de toute urgence ! Conklin est déjà en route. Il passe te prendre devant chez toi.

Il raccrocha sans donner plus de détails, mais je savais déjà une chose : quelqu'un venait de mourir.

Peu après minuit, Conklin gara notre voiture sur la

pelouse d'une maison encore fumante de Clay Street, dans le quartier de Presidio Heights. Quatre camions de pompiers et autant de véhicules de patrouille étaient déjà stationnés devant la villa, de style *Greek Revival*. À l'intérieur, le vent soulevait la fumée en un long tourbillon. Des grappes de badauds hébétés observaient les pompiers occupés à noyer les restes calcinés de ce qui avait été autrefois l'une des plus belles maisons de ce quartier huppé.

Je remontai la fermeture Éclair de ma veste, me baissai pour passer sous le jet d'une lance d'incendie. Conklin en tête, nous montâmes les marches menant à la porte d'entrée. Il présenta son badge au policier en faction et nous pénétrâmes dans la carcasse noircie de la maison.

— Il y a deux victimes, sergent, m'apprit l'officier Pat Noonan. Première porte sur votre droite. C'est là que se trouvent les corps.

— La légiste a été prévenue ? demandai-je.

— Elle doit arriver d'un instant à l'autre.

Il faisait encore plus sombre à l'intérieur qu'à l'extérieur. La pièce que Noonan nous avait indiquée correspondait à une grande salle de séjour. Je promenai le faisceau de ma lampe torche tout autour de moi. Des ossatures de meubles, plusieurs bibliothèques, un immense écran de télévision. Je repérai ensuite une paire de jambes, sur le sol.

Elles n'étaient plus attachées au corps.

— Noonan ! Noonan ! hurlai-je. Qu'est-ce que c'est que ça ?

Mon faisceau éclaira un second cadavre à un mètre ou deux de l'endroit où gisait la partie supérieure de l'autre corps, tout près dc la porte.

Noonan entra dans la pièce suivi d'un jeune pompier dont le nom était inscrit sur la veste : Mackey.

— C'est ma faute, sergent, expliqua le jeune homme. Mon tuyau s'est pris dans le corps.

— Vous l'avez tiré pour pouvoir passer ?

— Oui, euh… Je… je ne pouvais pas me douter que le corps se détacherait en deux, fit Mackey d'une voix cassée par la fumée, et dans laquelle on percevait peut-être un peu de frayeur.

— Avez-vous déplacé l'intégralité du corps, ou seulement les jambes ? Où se trouvait-il exactement ?

— Juste là, sur le pas de la porte. Je suis désolé, sergent.

Mackey quitta promptement la pièce, et il faisait bien. Ce que le feu n'avait pas détruit, l'eau et les pompiers s'en étaient chargés. Je doutais de jamais découvrir ce qui s'était passé dans cette maison. Soudain, j'entendis quelqu'un prononcer mon nom, et reconnus aussitôt la voix. L'éclat d'une lampe se rapprocha de moi.

C'était Chuck Hanni, l'un des meilleurs enquêteurs spécialisés dans les incendies criminels. Je l'avais rencontré des années plus tôt, sur les lieux d'un incendie où il avait été appelé, pour lequel il avait dû quitter précipitamment un dîner du Rotary Club auquel il participait. Je me souviens qu'il s'était dirigé directement vers l'endroit d'où était parti le feu. Il m'avait appris pas mal de choses sur la façon d'analyser les incendies ce soir-là ; par contre, j'ignore encore comment il était parvenu à ressortir de là sans la moindre tache.

— Salut, Lindsay ! lança-t-il une fois parvenu à ma hauteur.

Il portait une veste et une cravate. Ses fins cheveux bruns étaient soigneusement peignés. Des cicatrices provoquées par des brûlures apparaissaient sur son pouce droit et remontaient jusque sous sa manche.

Accroupi près de l'un des corps, mon coéquipier se redressa et s'approcha de nous :

— Je connais les noms des deux victimes. Il s'agit de Bert et Patty Malone, lâcha-t-il d'une drôle de voix.

Les corps étaient si calcinés qu'il était impossible de reconnaître les traits de leurs visages. Je l'observai d'un air interrogateur.

— Je suis déjà venu dans cette maison, expliqua-t-il en réponse à ma question silencieuse. Je les connaissais.

18.

Je dévisageai Conklin. Autour de nous, des braises tombaient du plafond. L'eau projetée par les lances d'incendie crépitait au contact du bois fumant, dans un vacarme qui faisait concurrence aux chuintements aigus des radios et aux cris des pompiers.

— J'étais très proche de leur fille à l'époque du lycée. Kelly Malone. Ses parents étaient des gens bien.

— Je suis désolée, Rich.

— Je ne les avais pas revus depuis que Kelly est partie étudier à l'université du Colorado. Elle va être dévastée en apprenant la nouvelle.

Je posai ma main sur son épaule. Je savais que, jusqu'à preuve du contraire, nous allions considérer cette double mort comme un homicide. À l'étage, les pompiers s'affairaient pour éteindre les derniers foyers, au niveau des avant-toits.

— Le système de sécurité était désactivé, expliqua Hanni qui venait de nous rejoindre. C'est un voisin qui a donné l'alerte. Le feu a pris dans cette pièce, ajouta-t-il en pointant du doigt les meubles entièrement calcinés.

Il promena son regard tout autour de la pièce et observa les monticules de plâtre et de débris en tous genres.

— Je vous tiendrai informés de nos éventuelles découvertes une fois qu'on aura inspecté tout ça, mais ça m'étonnerait qu'on retrouve des empreintes ou quoi que ce soit d'intéressant.

— Tu vas quand même essayer ? lança Rich.

— Je viens de te le dire, Rich, nous allons tout inspecter.

Sentant que Conklin était à cran, je détournai son attention en lui demandant de me parler des Malone.

— Dans mon souvenir, Kelly me disait souvent que son père était un vieux con, mais quand on a dix-huit ans, il suffit que nos parents nous interdisent de sortir après minuit pour qu'on pense ce genre de choses.

— De quoi te souviens-tu les concernant ?

— Bert vendait des voitures de luxe. Patty était femme au foyer. Ils avaient pas mal d'argent. Ils recevaient souvent. Leurs amis avaient l'air d'être des gens sympas. Des parents normaux, en bref.

— Les apparences sont souvent trompeuses, marmonna Hanni.

Un éclat de phares balaya la baie vitrée. C'était la camionnette du coroner qui se garait parmi l'armada de véhicules déjà stationnés devant la maison.

— Sergent, j'ai inspecté la chambre au deuxième étage, lança Noonan à mon intention. Il y a un coffre dans le placard. Le cadenas est intact, mais la porte est ouverte – et le coffre est vide.

19.

— Tout ça pour un cambriolage ? s'écria Conklin tandis que Claire entrait dans la pièce, suivie par son assistante.

Avant qu'elle n'ait eu le temps de demander qui était mort, je m'approchai d'elle et lui glissai à l'oreille :

— Conklin connaissait les victimes.

— Pigé.

Pendant qu'elle déballait son équipement, je lui expliquai que l'un des corps avait été déplacé, puis je m'écartai pour lui laisser le champ libre. Elle prit une série de photos des corps à l'aide de son vieux Minolta.

— Deux portes donnent accès à ce salon, fit-elle. Chuck, tu dis que l'incendie est parti d'ici, mais dans ce cas, pourquoi les victimes n'ont-elles pas quitté la pièce ?

— Ils ont peut-être été pris par surprise, répondit Hanni.

Il était occupé à découper des morceaux de tapis, qu'il déposait dans de petits sachets.

— Ils ont aussi pu s'endormir une cigarette à la main.

Il nous expliqua que, même si c'était dur à croire, un feu pouvait remplir de fumée une pièce de cette taille en moins d'une minute. Les gens se réveillent parce qu'ils toussent et, aveuglés par la fumée, ils sont incapables de s'orienter.

— L'un suggère d'aller d'un côté. L'autre n'est pas d'accord. Il suffit que l'un des deux chute dans la panique, ou qu'ils s'évanouissent, et la mort peut survenir en quelques minutes.

À cet instant, Conklin revint dans la pièce en tenant un livre :

— J'ai trouvé ça dans l'escalier.

Il me tendit l'ouvrage.

— *Burning in Water, Drowning in Flame*, de Charles Bukowski. C'est de la poésie ?

J'ouvris le livre à la première page, et découvris une inscription au stylo à bille :

— Il y a une phrase en latin. *Annuit Cœptis*.

— « La Providence approuve notre entreprise. » C'est une devise inscrite sur les billets d'un dollar, au-dessus du symbole pyramidal avec l'œil.

— Depuis quand tu connais le latin, toi ?

— J'ai passé ma scolarité dans une école catholique, répondit-il en haussant les épaules.

— Qu'en penses-tu ? Tu crois que le pyromane a voulu nous faire passer un message ? Nous dire que Dieu ne voyait pas d'inconvénient à ce qu'il avait fait ?

Conklin observa les ruines fumantes tout autour de nous :

— En tout cas, pas le dieu auquel je crois.

À 3 heures ce matin-là, Hanni, Conklin et moi observions les pompiers qui condamnaient les fenêtres et posaient un cadenas sur la porte d'entrée. Les spectateurs étaient retournés se coucher, et tandis que les coups de marteau déchiraient le silence retombé sur le quartier, Hanni déclara :

— Un incendie assez similaire s'est produit il y a de ça quatre mois, à Palo Alto.

— Similaire à quel point ?

— Même genre de villa luxueuse. L'alarme désactivée. Deux cadavres retrouvés dans la salle de séjour. La même question m'était venue à l'esprit : Pourquoi n'ont-ils pas quitté la pièce ?

— La panique, la désorientation, comme tu nous l'as expliqué.

— Oui, c'est vrai que ça peut arriver. Mais comme je n'ai été appelé sur les lieux que plusieurs jours après l'incendie, j'ai été incapable de le déterminer avec certitude. Ça me rend dingue quand les pompiers décident qu'un incendie est accidentel sans demander l'avis d'un enquêteur… De toute manière, les corps avaient déjà été incinérés au funérarium quand je suis allé inspecter la maison.

— Tu penses qu'il pouvait s'agir d'un incendie criminel ? demanda Conklin.

Hanni hocha la tête :

— C'est possible. Les victimes étaient des gens sans histoires. Ils avaient de l'argent. Et puisque personne n'a été capable de trouver un mobile qui aurait pu amener quelqu'un à vouloir supprimer Henry et

Peggy Jablonsky – que ce soit pour une histoire de vengeance, de fraude à l'assurance, ou même de « j'aime pas ta gueule » – , j'ai dû me contenter de ça et rester sur cette impression désagréable sans aucun moyen de savoir si l'incendie était d'origine criminelle, ou bien si c'était une braise échappée de la cheminée qui avait mis le feu au sapin de Noël.

— Tu n'aurais pas trouvé un livre comportant une inscription en latin, par hasard ?

— En arrivant sur place, j'ai constaté que l'« unité spéciale de destruction des preuves » avait entassé dans le jardin une montagne de meubles et d'objets détrempés, mais comme je n'étais pas spécialement à la recherche d'un livre… Bon, je dois y aller. On se voit d'ici quelques heures ?

Rich et moi regardâmes la camionnette s'éloigner.

— Tu as réussi à joindre Kelly ? demandai-je.

— Je suis tombé sur son répondeur. Je ne savais pas trop quoi dire… J'ai fini par laisser un message du genre : « Salut, c'est Rich Conklin. Je sais que ça fait longtemps qu'on ne s'est pas vus, mais… euh… Est-ce que tu pourrais me rappeler ?

— Ça va. Tu t'en es bien sorti.

— Je n'en suis pas aussi certain. Soit elle va me prendre pour un psychopathe qui l'appelle au beau milieu de la nuit pour prendre de ses nouvelles douze ans après notre dernière rencontre, soit elle sait que je suis dans la police et je n'aurai réussi qu'à l'inquiéter.

21

Le bureau du médecin légiste se situe dans un bâtiment relié au palais de justice par un passage couvert, auquel on accède depuis le hall. À mon arrivée, Claire était déjà au travail dans la salle d'autopsie grise et froide. Il était 9 h 30. « Salut, ma belle », lança-t-elle en levant à peine la tête. À l'aide d'un scalpel elle pratiquait une incision depuis le sternum jusqu'au bassin de Petty Malone. La victime avait les poings serrés : son corps sans jambes était entièrement carbonisé.

— Elle n'a plus trop figure humaine.

— Les corps brûlent comme des bougies, tu sais, répondit Claire. Ils sont leur propre combustible.

— Le labo t'a communiqué les résultats des tests sanguins ?

— Oui, il y a tout juste dix minutes. Sache que Mme Malone avait bu plusieurs verres, et que le sang de son mari contenait des traces d'antihistaminique. Ça a pu le rendre somnolent.

— Et pour le monoxyde de carbone ?

À cet instant, Chuck Hanni entra dans la pièce. Il nous rejoignit à la table d'autopsie :

— J'ai récupéré les relevés d'empreintes dentaires des Malone, Claire. Je les déposerai sur ton bureau.

Claire répondit par un hochement de tête.

— J'allais expliquer à Lindsay que les Malone avaient absorbé une dose importante de monoxyde de carbone. Les radios n'ont montré aucune trace de projectile ou de fracture des os. En revanche, j'ai découvert quelque chose qui devrait vous intéresser.

Elle ajusta son tablier en plastique, qui peinait à faire le tour de ses hanches en perpétuelle expansion, et se tourna vers une table derrière elle. Elle tira le drap qui recouvrait les jambes de Patricia Malone et, de son doigt ganté, pointa une très fine ligne de couleur chair, presque impossible à discerner, autour de l'une des chevilles.

— Vous voyez, cette partie a été préservée des flammes. Pareil pour les poignets de M. Malone. La peau était protégée.

— Tu penses qu'ils étaient ligotés ? demandai-je.

— Exactement. Si cette particularité n'avait concerné que les chevilles, j'aurais pu supposer que Mme Malone portait des chaussettes, mais les poignets de son mari présentent les mêmes marques. Elles correspondent selon moi à des liens qui ont brûlé dans l'incendie. Le couple est mort asphyxié après avoir inhalé de la fumée, mais nous avons bien affaire à un homicide.

J'observai le corps de Patty Malone ravagé par les flammes.

La veille, cette femme avait embrassé son mari ; elle s'était lavé les dents, brossé les cheveux ; elle avait pris son petit déjeuner et peut-être plaisanté au téléphone avec une amie. Cette nuit-là, elle et son mari devaient périr ligotés, prisonniers d'un incendie. Pendant peut-être plusieurs heures, ils avaient su qu'ils allaient mourir. Cela s'appelle de l'horreur psychique. Les tueurs avaient *décidé* de leur faire connaître la terreur avant leur horrible mort.

Qui donc avait pu commettre un meurtre aussi brutal – et pourquoi ?

Jacobi et moi nous serions intéressés de près à la mort des Malone même si Conklin ne les avait pas connus personnellement, mais le fait qu'il ait été proche d'eux nous donnait l'impression de les avoir connus, nous aussi.

Jacobi était aujourd'hui mon coéquipier. Il remplaçait Conklin, parti accueillir Kelly Malone à l'aéroport. Nous nous tenions sur le pas de porte d'une maison de style Cape Cod, à Laurel Heights, non loin de celle des Malone, laquelle n'attendait plus que le passage des bulldozers. J'actionnai la sonnette, et un homme d'une quarantaine d'années, en jean et sweat-shirt, vint ouvrir la porte. Il m'observa comme s'il savait déjà pourquoi nous étions là.

Jacobi nous présenta, puis demanda :

— Ronald Grayson est-il là ?

— Je vais aller le chercher, répondit l'homme.

— Ça vous dérange si on entre ?

— Pas du tout, fit le père de Ronald Grayson. C'est à propos de l'incendie, n'est-ce pas ?

Il ouvrit la porte et nous découvrîmes une salle de séjour bien tenue et confortablement meublée. La cheminée était surmontée d'un gigantesque écran plasma.

— Ronnie, appela-t-il. Viens voir un instant, la police voudrait te parler.

J'entendis la porte de derrière se refermer violemment, comme si on venait de la claquer.

— Merde, m'écriai-je. Appelle du renfort.

Je laissai Jacobi dans le séjour et m'élançai à travers la cuisine pour ressortir par la porte de derrière. J'étais seule sur ce coup-là. Vu l'état de ses poumons et la surcharge pondérale qu'il avait accumulée depuis sa promotion, Jacobi n'était plus guère en mesure de courir.

Je vis Ronald Grayson sauter la haie séparant sa maison de celle des voisins. Il avait beau ne pas être un athlète, il possédait de longues jambes et connaissait parfaitement le quartier. Je commençais à perdre du terrain lorsqu'il prit un brusque virage sur la droite, au coin d'un garage.

— Arrête-toi ! hurlai-je derrière lui. Mains en l'air !

J'étais coincée. Je ne voulais pas lui tirer dessus, mais d'un autre côté, il apparaissait évident que ce jeune homme avait une bonne raison de s'enfuir. Était-il l'auteur de l'incendie ?

Ce gamin était-il un tueur ?

Je signalai ma position tout en continuant à courir, parvenant au garage juste à temps pour apercevoir Grayson Jr. traverser Arguello Boulevard et terminer sa course sur le capot d'un véhicule de patrouille. Il glissa à terre. Une seconde voiture s'arrêta à leur hauteur ; deux policiers sortaient de la première. L'un d'eux attrapa le gamin par le t-shirt et le projeta sur le capot, puis son collègue le força à écarter les jambes et commença à le fouiller.

Je remarquai alors que le visage du jeune avait pris une teinte bleuâtre.

— Mon Dieu !

Je tirai Grayson en arrière et me plaçai derrière lui, trouvai le point de contact au niveau de la cage thoracique et appliquai trois vigoureuses pressions, ce qui eut pour effet d'éjecter plusieurs sachets de sa bouche. Ils étaient remplis de cailloux de crack.

Furieuse, je menottai le gamin sans ménagement et le plaçai en état d'arrestation pour possession de stupéfiants avec intention de revendre. Je lui lus ses droits.

— Espèce d'abruti, haletai-je, hors d'haleine après cette course-poursuite improvisée. Tu ne sais pas que j'ai un flingue ? J'aurais pu te tirer dessus.

— Va te faire foutre !

— Tu ferais mieux de la remercier, pauvre connard, lança un policier en uniforme. Elle vient de te sauver la vie.

23.

Jacobi et moi savions déjà deux choses concernant Ronald Grayson : qu'il détenait du crack au moment de son arrestation, et que c'était lui qui avait signalé l'incendie chez les Malone.

En était-il également l'auteur ?

Assise face à lui en salle d'interrogatoire, je songeai à un autre adolescent, Scott Dyleski. Âgé alors de seize ans, le jeune homme s'était introduit chez une femme, à Lafayette, et l'avait poignardée à une dizaine de reprises avant de la mutiler. Dans son esprit perturbé, il s'était imaginé qu'elle avait pris livraison de sa drogue, la détenait cachée quelque part et voulait l'empêcher d'y avoir accès. Dyleski se trompait. C'était un psychotique, et ce meurtre n'aurait jamais dû avoir lieu. Et pourtant…

J'observais le jeune Grayson, quinze ans, avec sa peau claire et ses cheveux sombres, qui tambourinait des doigts sur la table comme si c'était nous qui étions en train de lui faire perdre son temps, et me demandai s'il avait condamné Pat et Bert Malone à une horrible mort dans le seul but de leur voler de quoi s'acheter de la drogue. Usant de ma voix la plus amicale, je l'interrogeai :

— Pourquoi refuses-tu de nous dire ce qui s'est passé, Ron ?

— Je n'ai rien à vous dire.

— C'est ton droit, grommela Jacobi d'un air menaçant.

Jacobi mesure un mètre quatre-vingts pour plus de quatre-vingt-dix kilos. Visage peu avenant, regard dur, cheveux gris et plaque en or brillante. Je me serais attendue à lire de la peur, ou au moins un peu de respect dans les yeux du gamin, mais ce dernier semblait imperturbable face à notre méchant flic.

— Tes histoires de crack, je m'en balance, pauvre petit merdeux, lança Jacobi en se penchant vers Grayson. Je te le dis d'homme à homme, parle-nous de l'incendie et je te promets qu'on fera en sorte de t'aider. Tu comprends ce que je suis en train de te dire ? J'essaie de t'*aider*.

— Fous-moi la paix, gros lard !

Avant que Jacobi n'ait eu le temps de lui envoyer une claque derrière la tête, le père, Vincent Grayson, surgit en trombe dans la pièce, talonné par son avocat. Il était livide.

— Ne dis surtout rien, Ronnie.

— T'inquiète, p'pa. J'ai rien dit.

Grayson se tourna vers Jacobi :

— Vous n'avez pas le droit d'interroger mon fils sans ma présence, hurla-t-il, furieux. Je connais la loi.

— Épargnez-moi votre speech, monsieur Grayson, grogna Jacobi. Votre imbécile de fils est en état d'arrestation pour usage et vente de produits stupéfiants, et je ne lui ai encore posé aucune question à ce sujet.

L'avocat avait pour nom Sam Farber. En lisant brièvement sa carte de visite, j'appris qu'il bossait seul et était spécialisé dans la rédaction de testaments et les successions immobilières.

— Vous, vous et toi, lança Jacobi en pointant du doigt successivement l'avocat, le père et le gamin. Je vous assure que je ferai pression sur le DA si Ronald accepte de nous aider dans cette histoire d'incendie. C'est la seule chose qui nous intéresse.

— Mon client est un bon Samaritain, pas un pyromane, répondit Farber en tirant une chaise à lui et en ouvrant son porte-documents en cuir. Son père se trouvait avec lui lorsqu'il a appelé le 911. Il n'a rien à voir dans cet incendie.

— Monsieur Farber, intervins-je, toute personne ayant signalé un incendie doit être interrogée afin d'être disculpée, vous le savez comme nous. Le problème, c'est que Ronald ne nous a pas vraiment convaincus.

— Vas-y, Ron, fit Farber. Raconte-leur comment ça s'est passé.

Le regard de Ronald se posa tour à tour sur moi, puis sur la caméra fixée dans un coin de la pièce.

— J'étais dans la voiture avec mon père, marmonna-t-il. J'ai senti une odeur de fumée et je lui ai indiqué dans quelle direction aller. En voyant les flammes dans la maison, j'ai fait le 911 sur mon portable et je leur ai expliqué ce qui se passait. Voilà, c'est tout.

— Quelle heure était-il ?

— 22 h 30.

— C'est à votre fils que je pose la question, monsieur Grayson.

— Écoutez, mon fils était assis à côté de moi dans la voiture. Le gars de la station-service peut en témoigner, Ronnie l'a aidé à nettoyer le pare-brise.

— Connaissais-tu les Malone, Ronnie ? demandai-je.

— Qui ça ?

— Ceux qui vivaient dans la maison.

— Jamais entendu parler.

— As-tu vu quelqu'un sortir de chez eux ?

— Non.

— Es-tu déjà allé à Palo Alto ?

— Je ne suis jamais allé au Mexique.

— Ça ira comme ça ? interrompit Farber. Mon client s'est montré assez coopératif, je crois.

— J'aimerais quand même fouiller sa chambre, rétorquai-je.

24.

Les psys disent des incendies criminels qu'ils sont une métaphore de la sexualité masculine, qu'allumer le feu correspond à la phase d'excitation, l'incendie en lui-même symbolisant le coït, et les lances à eau l'éjaculation. C'est peut-être vrai, car la plupart des pyromanes sont des hommes, et la moitié d'entre eux des adolescents.

Jacobi et moi laissâmes le jeune Ronald en cellule et retournâmes au domicile familial en compagnie de Grayson père. Nous nous garâmes à nouveau dans l'allée, essuyâmes nos pieds sur le paillasson « Bienvenue », et saluâmes la mère, qui semblait effrayée et désireuse de nous faciliter la tâche. Nous refusâmes le café qu'elle nous offrit, et allâmes directement fouiller la chambre de Ronald.

J'espérais y trouver deux ou trois choses, notamment du fil de pêche, de l'allume-feu, ou encore tout objet susceptible d'avoir appartenu aux Malone.

La commode de Ronald était du genre seconde main en provenance de l'Armée du Salut : bois abîmé, avec quatre grands tiroirs et deux plus petits. Une lampe posée sur le dessus, quelques boîtes en plastique remplies de pièces de monnaie, une pile de tickets de jeu déjà grattés, un magazine automobile et une petite boîte rouge contenant l'appareil dentaire du garçon. Une veilleuse était branchée dans la prise située près de la porte.

Jacobi retourna le matelas, prit chacun des tiroirs et les vida sur le sommier. La fouille ne nous permit de découvrir que quelques magazines pour adultes, un petit sachet de marijuana et une pipe.

Nous inspectâmes ensuite son armoire et son panier de linge sale. Slips kangourous, jeans, chaussettes, tout y passa. Si nous détectâmes bien les relents de sueur, en revanche, pas la moindre odeur d'essence ou de fumée. Je levai les yeux et vis Vincent Grayson qui nous observait depuis le pas de la porte.

— Nous avons presque fini, monsieur, fis-je avec un sourire. Il nous manque simplement un échantillon de l'écriture de votre fils.

— Prenez ça, fit Grayson en désignant un carnet à spirale posé sur la table de nuit.

J'ouvris le carnet et m'aperçus, sans avoir besoin de recourir à une analyse graphologique, que les lettrages stylisés du jeune Grayson ne correspondaient en rien à l'inscription latine que j'avais vue sur la page de garde du livre trouvé chez les Malone. Ronald Grayson avait un solide alibi, et je devais, à contrecœur, accepter qu'il nous avait dit la vérité. Mais ce qui m'inquiétait chez ce jeune, au-delà de son insolence à notre égard et du fait qu'il prenait de la drogue, c'était qu'à aucun moment il ne s'était enquis de savoir ce qui était arrivé aux Malone.

Était-ce parce qu'il nous avait menti en prétendant ne pas les connaître ?

Ou bien n'en avait-il réellement rien à faire ?

— Que va-t-il arriver à mon fils ? demanda Vincent Grayson.

— On vous le rend, lança Jacobi par-dessus son épaule.

Il quitta la maison en claquant la porte.

— Ron va rester en garde à vue en attendant d'être traduit en justice, expliquai-je. Mais nous allons intercéder en sa faveur, comme promis.

» À votre place, monsieur Grayson, je le surveillerais d'un peu plus près. Il enfreint la loi en consommant des produits stupéfiants, et il côtoie des criminels. Je vous garantis que si c'était mon fils, je ne le lâcherais pas d'une semelle.

25

Jacobi et moi passâmes les quatre heures suivantes à sonner chez les voisins des Malone, montrant nos insignes à des gens tous plus riches les uns que les autres, que nos questions effrayaient. Rachel Savino, par exemple, qui habitait la villa d'à côté, une immense et tentaculaire demeure de style méditerranéen. C'était une belle femme brune d'une quarantaine d'années. Elle portait un pantalon moulant et un chemisier plus moulant encore. La fine trace blanche sur son annulaire semblait indiquer qu'elle avait récemment divorcé.

Elle refusa d'emblée de nous laisser entrer.

Elle observa mon pantalon bleu poussiéreux, mon t-shirt et mon blazer, et posa un regard appuyé sur mon étui de revolver. Elle fit à peine attention à Jacobi. Je suppose que nous n'avions pas le look des résidents de Presidio Heights. Jacobi et moi restâmes donc plantés sur les marches couleur ocre, au milieu d'un troupeau de corgis bondissant et glapissant.

— Avez-vous déjà vu ce jeune homme ? demandai-je en lui montrant un Polaroid de Ronald Grayson.

— Non. Son visage ne me dit rien.

— Avez-vous vu quelqu'un de suspect rôder dans le quartier récemment ? demanda Jacobi.

— Darwin ! Tais-toi maintenant ! Non, je n'ai vu personne de suspect.

— Pas de voitures inconnues ? Personne n'est venu sonner à votre porte ? Pas d'appels téléphoniques un peu étranges ?

Non. Non. Non.

Et voilà qu'elle se mettait à poser des questions à son tour. Qu'était-il arrivé exactement chez les Malone ? La cause de l'incendie était-elle accidentelle comme elle le pensait, ou bien étions-nous en train de suggérer qu'il pouvait s'agir d'un acte criminel ?

Les Malone avaient-ils été *assassinés* ?

— Nous faisons seulement notre enquête, mademoiselle Savino, expliqua Jacobi. Inutile de vous mettre la rate au…

— Et vos chiens ? l'interrompis-je. Les avez-vous entendus grogner ou aboyer hier soir, aux alentours de 22 h 30 ?

— L'arrivée des camions de pompiers les a rendu complètement fous, mais avant ça, je n'ai rien entendu.

— Trouvez-vous surprenant que les Malone aient éteint leur système de sécurité ? demandai-je.

— Je crois qu'ils ne fermaient jamais leurs verrous, répondit Savino.

Ce furent ses dernières paroles. Elle rappela ses chiens et referma la porte derrière elle. J'entendis le bruit des cadenas.

Quatre heures et une dizaine d'interrogatoires plus tard, Jacobi et moi avions appris que les Malone allaient régulièrement à l'église, et qu'ils étaient appréciés dans le voisinage – on les disait généreux, sympathiques, et personne ne leur connaissait d'ennemis. Le couple idéal, en somme. Alors qui avait bien pu les assassiner, et pour quelle raison ?

Jacobi commençait à se plaindre d'avoir mal aux pieds lorsque retentit la sonnerie de mon téléphone portable. C'était Conklin, qui appelait depuis sa voiture :

— Je me suis un peu renseigné au sujet de ce fameux symbole pyramidal sur les billets d'un dollar.

Il est en rapport avec les francs-maçons, une société secrète fondée au XVIIIe siècle. George Washington en faisait partie, tout comme Benjamin Franklin et la plupart des pères fondateurs.

— OK. Et Bert Malone ? Lui aussi en faisait partie ?

— Selon Kelly, non. Elle est avec moi. On se dirige actuellement vers la maison de ses parents.

26.

Nous arrivâmes en même temps que Conklin. Sa portière côté passager s'ouvrit avant même l'arrêt complet de la voiture, et une jeune femme se précipita vers les restes calcinés de la maison. Conklin eut beau l'appeler, elle ne s'arrêta pas. L'espace d'une seconde, elle tourna la tête, et je pus la distinguer nettement. Elle portait des collants, une jupe moulante et une veste de cuir marron. Ses cheveux roux aux reflets cuivrés étaient coiffés en une longue tresse qui lui descendait jusqu'aux fesses. De fines mèches s'en étaient détachées et formaient, dans la lueur des phares, comme un halo de lumière dorée. *Halo* était vraiment le mot qui convenait.

Kelly avait le visage d'une madone.

Conklin courut la rejoindre, et le temps que Jacobi et moi arrivions à leur hauteur, il avait ouvert le cadenas posé par les pompiers sur la porte principale. Dans la pénombre qui filtrait par le toit démoli, nous conduisîmes Kelly Malone à travers l'ossature noircie de la maison de ses parents. Une visite éprouvante. Conklin ne la lâchait pas d'une semelle.

— Oh, mon Dieu, Richie ! s'écria-t-elle. Je n'en crois pas mes yeux. Personne ne pouvait les détester à ce point, c'est impossible.

Elle évita la bibliothèque où ses parents avaient péri et grimpa à l'étage, éclairée dans sa progression par un rayon de lumière mêlée de fumée. Conklin était à côté d'elle au moment où elle franchit le seuil de la chambre principale. Le plafond avait été découpé. La suie et l'eau avaient entièrement détruit les meubles, la moquette, ainsi que les photos accrochées aux murs.

Kelly s'empara d'un portrait de ses parents qui gisait au sol, et essuya le cadre du revers de sa manche. Le verre était intact, mais l'eau s'était infiltrée par les bords.

— On devrait pouvoir le restaurer, lâcha-t-elle en étouffant un sanglot.

— Bien sûr, Kelly, fit Conklin.

Il lui montra le coffre ouvert dans le placard, et lui demanda si elle savait ce que ses parents y avaient entreposé.

— Ma mère possédait des bijoux anciens qu'elle tenait de ma grand-mère. La compagnie d'assurances doit en avoir une liste.

— Mademoiselle Malone, auriez-vous la moindre idée d'une personne qui aurait pu avoir un différend avec vos parents ? demanda Jacobi.

— Je ne sais pas trop. Je suis partie de chez eux à l'âge de dix-huit ans, répondit la jeune femme. Peut-être le commerce de mon père faisait-il de l'ombre à la concurrence, mais s'il y avait eu de réels conflits, je pense que ma mère m'en aurait parlé.

Elle s'interrompit.

— Tu es certain qu'il ne s'agit pas d'un accident ? s'enquit-elle en levant vers Conklin un regard suppliant.

— Désolé, Kelly, mais cet incendie est d'origine criminelle.

Il la prit dans ses bras, et elle fondit en larmes. J'étais moi-même bouleversée par sa détresse. Pourtant, je me devais de lui poser la question :

— Kelly, qui est le principal bénéficiaire de l'héritage de vos parents ?

La jeune femme eut un mouvement de recul, comme si je venais de la frapper.

— C'est moi ! s'écria-t-elle. Moi et mon frère. Bravo, vous nous avez démasqués ! Oui, nous avons engagé un homme de main pour tuer nos parents et foutre le feu à la maison, dans le seul but de toucher l'héritage !

— Excusez-moi, Kelly, je n'étais pas en train d'insinuer que vous étiez mêlée à tout ça.

J'eus beau m'excuser, elle ne s'adressa plus par la suite qu'à Conklin.

J'étais en bas avec Jacobi lorsque j'entendis mon coéquipier mentionner l'inscription en latin retrouvée dans le livre.

— Une phrase en latin ? s'étonna Kelly. Ça ne me dit rien du tout. Si mes parents ont écrit quelque chose en latin, ç'aura été la première et la dernière fois de leur vie.

27

Faucon avait emprisonné le cafard sous un verre, sur le plan de travail qui lui servait de bureau. Il s'agissait d'un *Blatta orientalis*, une blatte orientale, d'environ deux centimètres et demi, d'un noir luisant, un insecte très commun dans les maisons huppées de Palo Alto.

Pourtant, aux yeux de Faucon, cet insecte était particulier.

— Bien joué, Macho, lança-t-il en s'adressant à la blatte. Ça ne vaut pas grand-chose, une vie de cafard, il faut bien le reconnaître, mais tu es digne de ce challenge.

Dans un coin de la pièce, Pigeon était allongé sur le lit de Faucon et parcourait des ouvrages afin de se documenter en vue d'un projet qu'il devait réaliser pour l'école : un fax tridimensionnel, un truc qui avait dû être inspiré par la série *Star Trek* et la célèbre phrase « *Beam me up, Scotty* », à présent disponible dans le monde réel.

Le fonctionnement était le suivant : une machine scannait un objet en un point A, et un laser, activé en un point Z, en sculptait une réplique à partir d'un matériau donné. Mais tout ça, Pigeon le savait déjà. Il avait vu la démo. Il ne cherchait qu'à s'occuper en attendant que Faucon décide de se bouger le cul et de se mettre enfin au travail.

— Tu es en retard sur les dialogues, grommela-t-il. Au lieu de parler à ton cafard, tu ferais mieux de t'y mettre avant que tes crétins de parents ne rappliquent.

— Pourquoi détestes-tu Macho ? Ça fait maintenant

seize jours qu'il survit sous ce verre avec seulement un peu d'air et les quelques sécrétions corporelles éventuellement présentes sur le bureau. Ça force l'admiration, quand même ! Non ?

— Franchement, laisse-moi te dire que t'es un abruti fini.

— Tu ne saisis pas toute la noblesse de cette expérience, poursuivit Faucon, imperturbable. Cette créature descend des premiers insectes apparus sur terre. Rends-toi compte que Macho survit avec seulement un peu d'air ! S'il tient pendant encore quatre jours, je le relâche. C'est le contrat que j'ai passé avec lui. Et il aura droit à une récompense.

» Macho ! appela Faucon en se penchant pour examiner sa proie.

Il tapota contre le verre. Les antennes du cafard s'agitèrent.

— Que dirais-tu d'un brownie au chocolat ?

Pigeon se leva du lit et se dirigea droit vers le bureau ; il souleva le verre et, de son poing fermé, écrasa l'insecte contre le Formica.

— Qu'est-ce qui te prend ? T'es malade ou quoi ?

— *Ars longa*, *vita brevis*. L'art est long, la vie est brève. Écris ces putains de dialogues, ou je me tire.

28.

Conklin et moi avions passé la journée à écumer les bureaux de prêteurs sur gages dans l'espoir de retrouver l'un des bijoux de style victorien de Patricia

Malone – et, le cas échéant, que cette découverte nous mettrait sur une piste intéressante. Le dernier mont-de-piété sur notre liste était un bouge littéralement coincé entre deux bars de Mission, le Treasure Coop.

Je ne suis pas certaine que le propriétaire avait entendu la sonnerie à notre entrée, mais il aperçut notre reflet dans l'un des nombreux miroirs accrochés aux murs et quitta l'arrière-boutique pour venir à notre rencontre. Il s'appelait Ernie Cooper. C'était un vétéran de l'époque du Vietnam, le genre taillé dans la masse – il semblait remplir tout l'espace de sa boutique. Il avait les cheveux gris ramenés en queue-de-cheval et un iPod dans la poche de sa chemise – les oreillettes pendaient autour de son cou. On distinguait le renflement d'un étui à revolver sous sa veste.

Tandis que Conklin lui montrait les photos des bijoux fournies par la compagnie d'assurances, j'observai les innombrables trophées, guitares et ordinateurs hors d'âge disséminés un peu partout. Près de moi, perché sur un guéridon, trônait un singe empaillé qui faisait office de pied de lampe. Une collection de fœtus de cochon était alignée dans des bocaux sur l'un des quatre comptoirs, au milieu d'une multitude d'alliances, montres, médailles militaires et autres chaînes plaquées or.

Ernie Cooper poussa un sifflement en découvrant les photos.

— Ça va chercher dans les combien, ce genre de trucs ? Plusieurs briques ?

— Oui, à peu près, répondit Conklin.

— On ne m'apporte jamais de bijoux aussi chers. Je suis censé avoir vu qui, exactement ?

— Peut-être lui, fit Conklin en sortant le Polaroid de Ronald Grayson.

— Je peux garder la photo ?

— Bien sûr, fit Conklin. Et voici ma carte.

— Brigade criminelle.

— En effet.

— Qu'est-ce qui s'est passé ? Cambriolage à main armée ?

Conklin lui adressa un sourire.

— Si jamais ce gamin, ou *qui que ce soit*, vient vous voir avec les bijoux, je veux que vous nous teniez informés.

Je remarquai une petite photo en noir et blanc scotchée sur la caisse enregistreuse. Elle représentait Ernie Cooper descendant les marches du Civic Center Courthouse en uniforme du SFPD. Cooper me surprit en train de la regarder.

— J'ai vu que votre plaque indiquait Boxer, lança-t-il. J'ai bossé avec un gars du même nom.

— Marty Boxer ?

— Exactement.

— C'est mon père.

— Sans blague ? Sans vouloir vous offenser, je dois avouer qu'il me tapait sur les nerfs.

— C'est votre opinion.

Cooper hocha la tête, ouvrit son tiroir-caisse et y rangea les photocopies du portrait de Ronald et les photos des bijoux de Patricia Malone, ainsi que la carte de Conklin.

— J'ai encore l'instinct, vous savez. Peut-être même plus depuis que j'ai quitté la police. Je ferai passer le mot. Si j'entends parler de quelque chose, je vous préviendrai. Vous avez ma parole, conclut-il en refermant son tiroir-caisse.

29.

Le ciel avait viré au gris pendant que nous interrogions Cooper. Un coup de tonnerre assourdi retentit tandis que nous remontions la 21ᵉ, et le temps que nous parvenions à la voiture, les premières gouttes commençaient à s'écraser sur le pare-brise. Je remontai la vitre en pestant plus qu'il ne le fallait.

Je me sentais frustrée, et Rich aussi. Cette exténuante journée ne nous avait pas fait progresser d'un iota. Sourcils froncés, Rich batailla pour parvenir à introduire la clé dans le démarreur. Le poids de la fatigue se faisait sentir.

— Tu veux que je conduise ? demandai-je

Rich coupa le contact, s'affaissa dans son siège et poussa un long soupir.

— Ça ne me dérange pas, Rich. Passe-moi les clés.

— Je peux conduire. Ce n'est pas ça le problème.

— C'est quoi, alors ?

— C'est toi.

Moi ? Pourquoi moi ? M'en voulait-il de la façon dont j'avais interrogé Kelly ?

— Qu'est-ce que j'ai fait ?

— Rien. Tu es là, voilà tout.

Pas ça... Je l'implorai du regard pour tenter d'esquiver la conversation, mais je ne pouvais empêcher les images de surgir dans ma tête – une séquence d'images stroboscopiques d'une soirée de travail à Los Angeles, qui s'était terminée par une étreinte aussi irresponsable que passionnée sur le lit d'une chambre d'hôtel. Mon corps qui hurlait oui, oui, oui, et ma raison qui m'avait poussée à freiner des quatre fers. J'avais fini par lui dire non.

Six mois plus tard, ce souvenir continuait à planer entre nous dans l'habitacle moisi de notre voiture de patrouille, crépitant comme les éclairs tandis que la pluie s'abattait sur nous. Richie perçut la détresse dans mon regard.

— Je ne vais rien tenter, Lindsay. Je n'oserais jamais. Simplement, je ne suis pas doué pour taire ce que je ressens. Je sais très bien que tu es avec Joe. Je l'ai intégré depuis longtemps. Je veux juste que tu saches que j'ai cette flèche plantée dans le cœur. Je ferais n'importe quoi pour toi.

— Je... Je ne peux pas, Rich.

Je le fixai droit dans les yeux. Je ressentais sa douleur mais ne savais que dire.

— Ah là là, fit-il en se prenant la tête à deux mains. Aaaaaargh !

Il donna un grand coup de poing dans le volant, puis chercha les clés pour remettre le contact.

Je posai la main sur son poignet :

— Tu préfères travailler avec quelqu'un d'autre ?

Il eut un petit rire.

— Oublie les quarante-deux secondes qui viennent de s'écouler, Lindsay. OK ? Je suis stupide et je m'excuse.

— Je parle sérieusement.

— Laisse tomber. N'y pense même pas.

Il contrôla le rétroviseur et s'engagea sur la chaussée.

— Je tiens à préciser que ce genre de choses ne s'est jamais produit quand je bossais avec Jacobi, lâcha-t-il avec un sourire forcé.

30.

La population de Colma, en Californie, est principalement composée de morts. La proportion est d'un habitant sur terre pour douze habitants sous terre. Ma mère y est enterrée dans le cimetière de Cypress Lawn, tout comme celle de Yuki. C'était à présent au tour de Kelly Malone et de son frère, Eric, d'y enterrer leurs parents.

Un simple observateur aurait pu croire que j'étais venue seule.

J'avais déposé un bouquet de fleurs au pied d'une tombe en granite rose sur laquelle étaient gravés les noms de « Benjamin et Heidi Robson », deux personnes qui m'étaient totalement inconnues. Je m'étais ensuite assise sur un banc, à une trentaine de mètres de l'endroit où se déroulait l'enterrement des Malone, sous un grand abri en toile installé pour l'occasion, et dont la brise, chargée de parfums d'herbe, faisait claquer les rabats.

Mon Glock était dissimulé sous ma veste. Un micro, fixé à l'intérieur de ma chemise, me permettait de communiquer avec les véhicules de patrouille en faction à l'entrée du cimetière. Je recherchais un adolescent dégingandé du nom de Ronald Grayson, ou toute autre personne dont la présence aurait semblé incongrue, quelqu'un d'étranger ayant un penchant pour la torture et le meurtre. Ça n'arrive pas toujours, mais certains tueurs éprouvent le besoin d'assister à la fin du spectacle, une manière de s'attribuer mentalement une salve d'applaudissements.

J'espérais que la chance serait de notre côté.

Une cinquantaine de personnes assistaient à la cérémonie. Kelly Malone se tenait face à l'assemblée, dos aux cercueils. J'observai Richie, les yeux braqués sur Kelly qui prononçait son éloge funèbre. Je ne distinguais pas les paroles. Seul me parvenait le bruit lointain d'une tondeuse à gazon. Ce fut bientôt le couinement du treuil descendant les cercueils dans la fosse. Kelly et son frère y jetèrent chacun une poignée de terre, puis la jeune femme se réfugia dans les bras de Rich.

Il y avait quelque chose de touchant et d'intime dans la façon qu'ils avaient de se comporter l'un envers l'autre, comme s'ils formaient encore un couple. Je ressentis un pincement intérieur, que je m'efforçai d'oublier. Lorsque Rich et Kelly quittèrent la grande tente en compagnie du prêtre pour s'avancer dans ma direction, je me levai et regagnai la sortie. Je ne voulais pas qu'ils voient mes yeux.

— Ici Boxer, fis-je en parlant dans mon col. J'arrive.

31.

Situé non loin du palais de justice, sur le trottoir opposé, le MacBain's Beers O'the World Pub est un resto fréquenté par de nombreux flics et avocats, et par tous ceux que ne rebute pas le fait de s'asseoir à une table de la taille d'une serviette en papier et de devoir hurler pour se faire entendre.

Cindy et Yuki étaient installées près de la fenêtre, Yuki adossée au montant de la porte, et Cindy sur une banquette qui se balançait dès que la personne assise derrière elle bougeait les fesses. Elle semblait hypnotisée par l'incessant mouvement des mains de Yuki. Ne disposant que de vingt minutes pour manger, cette dernière avait en conséquence accéléré son débit de parole, une cadence déjà infernale en temps ordinaire.

— J'ai fait des pieds et des mains pour décrocher cette affaire, répéta-t-elle pour la énième fois en chipant une frite à Cindy. Il y avait trois autres personnes sur le coup, et c'est à moi que Red Dog l'a confiée, à cause de Brinkley.

Red Dog n'était autre que Leonard Parisi, le boss de Yuki, le légendaire adjoint du procureur – un rouquin fort en gueule. Quant à Alfred Brinkley, c'était le fameux « tueur du ferry », la première grosse affaire de Yuki. Un procès à l'ambiance survoltée, car le public voulait à tout prix la peau de ce déséquilibré – Brinkley avait abattu cinq personnes à bord d'un ferry qui effectuait des excursions touristiques dans la baie.

— Quelle ironie, poursuivit Cindy. Je veux dire, avec Brinkley, je n'avais *que* des éléments à charge. L'arme du crime, les aveux, deux témoins oculaires, la bande vidéo du massacre. Avec Junie Moon, c'est tout l'inverse.

Elle s'interrompit le temps d'aspirer dans sa paille une gorgée de Coca Light.

— Il n'y a ni arme, ni cadavre, ni témoins – rien

que les aveux d'une fille qui n'a pas l'air d'avoir inventé le fil à couper le beurre, et qui s'est rétractée depuis. Il faut que je gagne ce procès, Cindy.

— Du calme, ma belle. Tu ne vas pas...

— Je pourrais. Je pourrais. Mais ça n'arrivera pas. À propos, Junie a une nouvelle avocate.

— Qui est-ce ?

— L. Diana Davis.

— Ouh là là !

— Comme tu dis. C'est la cerise sur le gâteau. Pauvre de moi, qui vais devoir affronter une impitoyable féministe. Oh ! J'allais oublier. Il y a un écrivain qui n'arrête pas de me coller aux basques depuis le début de la semaine, un certain Jason Twilly. Il prépare un bouquin sur Michael Campion, et il veut absolument te rencontrer.

— Jason Twilly ? L'auteur des romans policiers à succès ?

— Exactement.

— Jason Twilly est une star !

— C'est en tout cas ce qu'il prétend, fit Yuki en poussant un petit rire. Je lui ai filé ton numéro. Il veut simplement quelques informations me concernant. Je me moque de ce que tu vas lui raconter, tant que tu ne lui dis pas que je suis complètement *out* !

— Tu sais que t'es un phénomène, toi ?

Yuki partit d'un grand éclat de rire.

— Il faut que je me sauve, dit-elle en glissant un billet sous la corbeille de pain. J'ai rendez-vous avec Red Dog. Franchement, s'il avait confié cette affaire à quelqu'un d'autre, je me serais foutue en l'air. Je n'ai plus le choix, maintenant. Je dois gagner.

32

Cindy entra dans le bar du St. Regis Hotel, situé au coin de la 3ᵉ et de Mission, dans le quartier de SoMa. Jason Twilly y résidait le temps du procès, et c'était clairement l'endroit où il fallait être vu.

Il se leva en voyant Cindy se diriger vers sa table. Grand, mince, il faisait plus jeune que ses quarante-trois ans. Cindy le reconnut immédiatement. Elle avait vu sa photo sur les jaquettes de ses livres, ainsi que dans un récent article d'*Entertainment Weekly* qui lui était consacré. Son visage était d'une beauté saisissante.

— Jason Twilly, fit-il en tendant la main.

— Cindy Thomas, enchantée, retourna la jeune femme en se glissant sur la chaise que Twilly lui avait avancée. Désolée de mon retard.

- Aucun problème. J'en ai profité pour réfléchir tranquillement à différentes choses.

Cindy avait pris soin d'effectuer quelques recherches concernant Twilly, afin de compléter ce qu'elle savait déjà – à savoir qu'il était un homme intelligent, calculateur, talentueux et impitoyable. Un journaliste avait écrit que Twilly reprenait le flambeau de Truman Capote et son célèbre roman *De sang froid*. Selon lui, l'écrivain possédait un talent rare, celui de pénétrer dans l'esprit des tueurs, de les rendre humains et presque sympathiques aux yeux des lecteurs.

Cindy aurait voulu profiter entièrement de l'ambiance des lieux et de cette rencontre si peu banale, mais elle ne pouvait se permettre de baisser sa garde. Elle s'inquiétait pour Yuki. Elle se demandait comment

Twilly allait la dépeindre, et si le fait que son prochain livre ait pour sujet Michael Campion était ou non une bonne chose pour son amie. Même si Yuki ne semblait pas s'en inquiéter, Cindy savait que l'écrivain utiliserait à son avantage tout ce qu'elle pourrait lui confier.

— Je viens de terminer *Malvo*, fit Cindy en référence au best-seller de Twilly.

Le livre retraçait l'histoire du « sniper de Washington » qui, avec l'aide d'un partenaire, avait tué dix personnes et terrifié la capitale pendant un mois entier.

— Qu'en avez-vous pensé ? demanda Twilly avec un petit sourire.

C'était un sourire charmant, un peu de travers, le coin gauche de sa bouche légèrement relevé, ce qui avait pour effet de plisser le coin de ses yeux.

— Disons que ça m'a amenée à voir les adolescents sous un jour entièrement nouveau.

— Je prendrai ça comme un compliment. Que voulez-vous boire ?

Twilly fit signe à la serveuse, commanda un verre de vin pour Cindy, et une eau minérale pour lui-même. Il expliqua ensuite qu'il avait voulu la rencontrer car il souhaitait interroger la plus proche amie de Yuki, dont il voulait se faire une image plus précise.

— Je me suis entretenu avec certains de ses profs à Boalt Law, ainsi qu'avec ses anciens collègues, chez Duffy & Rogers.

— Elle était en voie de s'associer avec eux.

— C'est ce que j'ai cru comprendre. Yuki m'a raconté qu'après la mort de sa mère, tuée dans un hôpital, elle avait décidé de passer de l'autre côté de la barrière.

— En effet.

— Cet épisode l'aurait-il rendue… féroce ? Aurait-il pu éveiller en elle des désirs de vengeance ?

— Vous me faites marcher, ou quoi ? lança Cindy en riant. Vous avez vu Yuki ? Elle vous a donné l'impression d'une personne vindicative ?

— Pas le moins du monde, répondit Twilly en dégainant son sourire ravageur. En revanche, pour le côté féroce… Je l'ai vue en action lors de l'affaire Brinkley !

Il embraya en expliquant qu'au moment où Michael Campion avait mystérieusement disparu, il avait déjà signé un contrat avec son éditeur pour écrire une biographie non autorisée du jeune homme.

— L'énigme est restée entière jusqu'à ce que les flics mettent la main sur Junie Moon. Lorsque j'ai appris que Yuki Castellano allait l'inculper pour le meurtre de Michael, je me suis dit : voilà un procès qui va être du tonnerre de Dieu ! Vous voyez, ce que j'aime chez elle, c'est son caractère passionné, son côté intrépide.

Cindy approuva d'un hochement de tête :

— L. Diana Davis a intérêt à sortir le grand jeu.

— C'est intéressant, ce que vous venez de dire. J'étais justement en train de penser que Yuki avait de la chance d'avoir une amie telle que vous, Cindy. Je veux dire… malgré tout le respect que je lui dois, Davis va la massacrer.

11

HABEAS CORPUS

33.

Yuki se fraya un chemin à travers la foule compacte des reporters, photographes et autres cameramans qui l'avaient encerclée dès l'instant où elle avait garé sa voiture. Elle remonta la lanière de son sac à main sur son épaule, serra fort la poignée de sa mallette et se dirigea vers la rue, suivie par la cohorte des journalistes. Les questions fusaient : Comment le procès allait-il, selon elle, se dérouler ? Avait-elle une déclaration à faire ?

— S'il vous plaît, pas maintenant, répondit elle. Je ne veux pas faire attendre la Cour.

Tête baissée, elle fendit la foule jusqu'à l'intersection, d'où elle aperçut toute une flotte de camionnettes équipées d'antennes satellite : presse locale, chaînes câblées, chaînes nationales, étaient présentes pour couvrir le procès de Junie Moon.

Le feu passa au rouge et Yuki traversa la rue encadrée par les reporters qui continuaient à l'assaillir de questions. Elle fila droit jusqu'au palais de justice. La foule semblait plus dense encore au pied des marches. Len Parisi lui avait promis de répondre aux questions de la presse, mais il était pour le moment coincé sur l'autoroute à cause d'un carambolage provoqué par un camion-citerne qui s'était retourné et bloquait toutes les voies, sans compter les voitures qui s'étaient percutées en dérapant sur la chaussée rendue glissante par la flaque d'essence.

Parisi ignorait quand il pourrait arriver, et Yuki avait passé une demi-heure au téléphone avec lui pour répéter son réquisitoire. C'était la raison pour laquelle elle n'avait pas le temps de s'attarder. Elle s'élança et grimpa les marches les yeux rivés devant elle, s'excusant auprès d'un groupe de journalistes en expliquant qu'elle ne ferait aucun commentaire. Parvenue devant la lourde porte de verre et d'acier, à son grand regret, elle ne réussit pas à l'ouvrir.

Un type de KRON-TV vola à sa rescousse, et, tout en lui tenant la porte, glissa, avec un clin d'œil : « À tout à l'heure, Yuki. »

Yuki posa sa mallette et son sac à main sur le bureau de la sécurité, franchit le détecteur de métal, remercia le vigile qui lui souhaitait bonne chance et prit la direction de l'escalier, qu'elle gravit d'un pas alerte jusqu'au deuxième étage.

La salle d'audience, toute lambrissée de chêne, était pleine à craquer. Yuki prit place sur le banc de l'accusation et échangea un regard avec Nicky Gaines, son assistant. Visiblement aussi tendu qu'elle, il transpirait à grosses gouttes.

— Où est Red Dog ? demanda-t-il.

— Coincé dans un embouteillage.

L'huissier mit fin au brouhaha dans la salle en annonçant : « Levez-vous ! » Le juge Bruce Bendinger fit son entrée et vint s'asseoir entre la bannière étoilée et le drapeau de l'État de Californie.

La soixantaine grisonnante, Bendinger se remettait

d'une récente opération au genou. Le col de sa chemise, qu'on apercevait par-dessus sa robe, était rose, et sa cravate rayée en satin d'un éclatant bleu turquoise. Remarquant son front plissé, Yuki songea que le juge, habituellement d'humeur gaie, semblait déjà sous pression. Son genou devait le faire atrocement souffrir.

Yuki écouta distraitement les consignes données au jury, et profita de l'instant pour jeter un regard vers la redoutable avocate de Junie Moon, L. Diana Davis.

Âgée d'une cinquantaine d'années, Davis s'était bâti en vingt ans une solide réputation. Elle s'était spécialisée dans la défense des femmes victimes de persécution. Ce matin-là, elle portait l'un de ses costumes rouges qui faisaient sa marque de fabrique. Rouge à lèvres de couleur vive, bijoux clinquants, cheveux argentés et courts impeccablement coiffés, Davis paraissait prête à faire le show, et Yuki ne doutait pas un instant qu'elle obtiendrait, à chaque suspension d'audience, une armada de caméras et de micros braqués sur elle.

C'est alors que Yuki comprit que ce n'était pas simplement la pression conjuguée du procès et de l'intense couverture médiatique qui l'effrayait ; c'était Junie Moon, assise à côté de son avocat, l'air si vulnérable avec son col en dentelles et son ensemble beige qu'elle en devenait presque transparente.

— Êtes-vous prête, mademoiselle Castellano ? demanda le juge.

— Je suis prête, Votre Honneur.

Yuki se leva et s'avança vers le lutrin tout en vérifiant que sa veste était bien boutonnée. Elle sentit des fourmillements parcourir sa colonne vertébrale tandis que deux cents paires d'yeux se tournaient vers elle.

Elle marqua un temps de pause avant de prendre la

parole, adressa un sourire aux jurés, puis entama le réquisitoire le plus important de sa carrière.

34.

— Mesdames, mesdemoiselles, messieurs, commença Yuki, si nous connaissons bien la vie de Michael Campion, ce procès, hélas, nous amène à parler de sa mort. La nuit du 21 janvier, Michael Campion, ce jeune homme de dix-huit ans, s'est rendu au domicile de l'accusée, Junie Moon. Plus personne ne l'a revu par la suite.

» Mlle Moon exerce le métier de prostituée.

» Si je mentionne ce détail, c'est parce que Mlle Moon a rencontré Michael Campion dans le cadre de son activité professionnelle. Plusieurs témoins, des camarades de classe de la victime, viendront nous expliquer que Michael avait depuis longtemps prévu de lui rendre visite, car il souhaitait perdre sa virginité. Il s'est donc rendu chez elle, cette nuit du 21 janvier, nuit au cours de laquelle Michael Campion n'a pas seulement perdu sa virginité… mais aussi la *vie*.

» Ce drame n'aurait jamais dû se produire. Si l'accusée avait agi de manière responsable, si elle s'était comportée avec *humanité*, Michael serait peut-être encore parmi nous.

» Ce qui est arrivé à Michael Campion après être entré chez Mlle Moon, l'accusée elle-même nous l'a raconté en détail, fit Yuki en pointant du doigt la jeune femme. Elle a admis devant la police avoir laissé mourir Michael, puis s'être débarrassée de son corps comme on se débarrasse de vulgaires *déchets*.

Yuki raconta au jury comment Junie Moon était passée aux aveux, sa description de la mort de Michael Campion, le sinistre épisode du démembrement, et enfin l'abandon des sacs poubelle dans une benne à ordures. Puis elle tourna le dos à l'accusée et, laissant ses notes sur le lutrin, s'avança d'un pas mesuré vers les jurés.

Elle ne se souciait plus de l'absence de Red Dog, ni de voir que la moitié de la salle était remplie de journalistes qui se léchaient déjà les babines. Elle ne voyait plus Junie Moon et son air aussi innocent que celui d'une demoiselle d'honneur.

Toute son attention était focalisée sur le jury.

— Mesdames, mesdemoiselles et messieurs les jurés, la police a exploité des informations qui lui ont permis de remonter jusqu'à l'accusée, trois mois après la disparition de Michael Campion. Si les restes de son corps n'ont pas été retrouvés, c'est simplement parce qu'il était trop tard.

» Bien sûr, la défense vous dira « Pas de corps, pas de crime ». La défense vous dira que la police a extorqué des aveux à Mlle Moon, qui s'est depuis rétractée. La défense vous dira qu'en conséquence, ce procès n'a pas lieu d'être. Et tout ceci sera *faux*. Les éléments matériels sont ici *inutiles*.

» Les faits parlent d'eux-mêmes, et les présomptions sont nombreuses.

Yuki fit courir sa main le long de la balustrade du stand du jury. Elle ressentait toute la puissance de son discours, elle voyait que les jurés l'écoutaient avec attention, buvant chacune de ses paroles. Et elle comptait bien étancher leur soif.

— Mlle Moon est accusée de dissimulation de preuves et d'homicide involontaire. Pour prouver qu'il y a eu meurtre, il faut prouver qu'il y a eu préméditation. Ainsi fonctionne la loi. Une fois démontrée l'intention criminelle, nous pouvons en conclure que la personne a agi avec « malveillance et négligence ».

» L'accusée nous a dit que Michael Campion lui avait demandé d'appeler les secours, et nous a expliqué ne pas l'avoir fait parce qu'elle considérait comme primordial de se protéger elle-même. Elle l'a laissé mourir, alors qu'elle aurait pu le sauver. Quel exemple plus frappant d'un comportement malveillant et négligent ?

» Au cours de ce procès, nous apporterons la preuve, avec une quasi-certitude, que Junie Moon est bien coupable du meurtre de Michael Campion.

35.

L. Diana Davis posa ses mains de chaque côté du lutrin, qu'elle orienta de manière à faire face au jury. Elle leva les yeux vers le box :

— Bonjour à tous. Avant toute chose, je tiens à remercier l'accusation pour avoir prononcé ma plaidoirie à ma place. Nous avons gagné un temps précieux.

Cette entrée en matière provoqua une vague de rires dans l'assemblée. Davis était ravie de voir que certains jurés s'étaient joints au mouvement. Main sur la hanche, elle sourit et poursuivit :

— Souvenez-vous de ce slogan publicitaire : « Mais où est la viande ? » C'est un peu ce que j'aimerais savoir, et vous allez vouloir le savoir, vous aussi. Comme vient de le dire l'accusation, ce procès n'a pas lieu d'être. Si le jeune homme dont il est ici question n'avait pas été une célébrité, je doute que le procureur aurait eu le culot d'intenter un procès à ma cliente.

» Mlle Castellano a raison lorsqu'elle dit que, sans cadavre, il n'y a pas de crime. En l'occurrence, nous n'avons là ni cadavre, ni arme du crime. En ces temps où la police scientifique a réalisé de grandes avancées, la soi-disant scène de crime n'a même pas révélé l'ombre d'un microscopique début de preuve. Alors oui, fit Davis comme s'il s'agissait d'un simple aparté, il est vrai qu'à la suite d'un *intense* interrogatoire, que j'oserais même qualifier d'*hallucinant*, ma cliente a avoué un crime qu'elle n'a pas commis.

» Un expert vous parlera de ce que l'on appelle le syndrome des faux aveux. C'est ce qu'a connu Mlle Moon. En outre, ma cliente vous dira elle-même ce qui s'est réellement passé cette fameuse nuit du 21 janvier. Tout ce que l'accusation a à présenter, ce sont les aveux d'une jeune femme terrifiée, qui s'est laissé intimider par des enquêteurs déterminés et qui avaient un objectif clair : trouver un responsable pour la disparition du fils du gouverneur.

» Ils ont décidé que ce serait Junie Moon.

» Durant les jours qui vont suivre, vous entendrez les accusations grotesques qu'on fait peser sur ma cliente. À aucun moment il ne sera question d'analyses

ADN, et Henry Lee ne viendra pas vous montrer des photos sanglantes pour vous expliquer comment le meurtre s'est déroulé.

» Même Ricardo Malcolm, l'ancien petit ami de Mlle Moon, ne sera pas cité pour témoigner. Il a dit à la police qu'il ne savait rien, qu'il ne s'était rien passé, et que Junie Moon n'avait *jamais* rencontré Michael Campion.

» Dans ce cas, qu'est-il arrivé à Michael Campion ?

» Nous savons tous qu'il était né avec une malformation cardiaque qui pouvait lui être fatale, et que ses jours étaient comptés. Après avoir quitté son domicile, la nuit du 21 janvier, *quelque chose* est arrivé. Nous ignorons de quoi il s'agit, mais il n'est pas de notre ressort de nous perdre en conjectures.

» Lorsque vous aurez entendu parler de l'affaire dans ses moindres détails, l'accusation vous demandera de déclarer Junie Moon coupable avec quasi-certitude. Et le bon sens vous poussera à reconnaître que Mlle Moon n'est *pas* coupable des chefs d'accusation qui pèsent sur elle. Elle n'est *pas* coupable d'avoir dissimulé des preuves. Elle n'a *pas* aidé son petit ami à découper un cadavre dans sa baignoire puis à le jeter dans une benne à ordures.

» Et aussi vrai que je me tiens ici devant vous, Junie Moon n'est *en aucun cas* coupable de *meurtre*.

L'huissier appela mon nom ; je me levai de mon banc dans le hall, franchis les doubles portes du vestibule et pénétrai dans la salle d'audience. Je remontai l'allée à grands pas. Les têtes se tournèrent vers moi tandis que je m'approchais de la barre des témoins. Je savais que l'issue de ce procès reposait en grande partie sur mon témoignage. Je savais aussi que L. Diana Davis allait tout faire pour me démolir.

Je commençai par prêter serment, puis mon amie Yuki me posa les questions préliminaires concernant ma carrière et mon grade dans la police.

— Sergent Boxer, demanda-t-elle ensuite, avez-vous, le 19 avril, interrogé l'accusée ici présente ?

— Oui. L'inspecteur Richard Conklin et moi-même l'avons interrogée chez elle, puis un peu plus tard, dans les locaux de la division sud du SFPD, au troisième étage de l'immeuble.

— Paraissait-elle effrayée, inquiète ? Avait-elle l'air intimidé ?

— À vrai dire, non. Elle semblait à l'aise. Elle a accepté de nous suivre en vue d'un interrogatoire.

— L'avez-vous questionnée au sujet de Michael Campion ?

— Oui.

— Quelle a été sa réponse ?

— Au début, elle a affirmé ne l'avoir jamais rencontré. Mais au bout d'environ deux heures, elle nous a demandé d'éteindre la caméra.

— Que s'est-il passé ensuite ?

J'expliquai au jury que Junie nous avait raconté la

façon dont la victime était morte, le coup de fil à Ricky Malcolm, et comment les deux s'étaient ensuite débarrassés du corps.

— Aviez-vous des raisons de douter de son récit ?

— Aucune. Je le trouvais tout à fait crédible.

— Avez-vous interrogé l'accusée en d'autres occasions ?

— Oui. Quelques jours plus tard, nous lui avons rendu visite à la prison pour femmes. Nous espérions que Mlle Moon se rappellerait le nom de la ville où son petit ami et elle avaient abandonné les restes du corps de Michael Campion.

— S'en souvenait-elle ?

— Oui. C'était à Jackson, à environ trois heures et demie de route, dans le comté d'Amador.

— Il s'agissait donc là d'un second interrogatoire ?

— Tout à fait.

— L'accusée était-elle contrainte et forcée d'une quelconque manière ?

— *Objection !* s'écria Davis. On en appelle à de la pure spéculation.

— Accordée, répondit le juge Bendinger.

— Je vais reformuler ma question, Votre Honneur. Sergent Boxer, avez-vous menacé l'accusée ? L'avez-vous privée de nourriture, d'eau, de sommeil ?

— Non.

— Elle vous a donc communiqué cette information de son plein gré ?

— Oui.

— Merci, sergent, conclut Yuki. Je n'ai plus de questions, Votre Honneur.

C'était maintenant au tour de L. Diana Davis d'entrer en scène.

À ma grande surprise, je constatai que L. Diana Davis était petite et menue. Elle ne devait pas mesurer plus d'un mètre soixante, et je suppose que c'est le fait de la voir en gros plan à la télé, ainsi que sa réputation, qui laissait présager d'un physique plus imposant.

— Sergent Boxer, commença Davis. Vous travaillez à la brigade criminelle depuis plus de dix ans, et vous avez à votre actif un nombre incalculable d'enquêtes. Vous avez interrogé de nombreux suspects, et vous saviez que vous finiriez par venir parler de cette affaire devant un tribunal, n'est-ce pas ?

— C'est vrai.

— Comment avez-vous procédé pour amener l'accusée à passer aux aveux ? En lui disant que c'était un accident ? Que c'est le genre de choses qui arrivent ? Qu'elle n'y était pour rien ?

Je savais pertinemment qu'il valait mieux m'en tenir à des réponses brèves et précises, mais assise ainsi face à Davis, avec son expression à mi-chemin entre la grand-mère et le bull-dog, je ressentis le besoin de parler.

— Il est possible que j'aie dit ce genre de choses. Il n'existe pas d'interrogatoire type, vous savez. On peut être amené à hausser le ton, mais il est parfois préférable de se montrer bienveillant. Parfois aussi, il faut employer le mensonge. Tout cela se déroule dans un cadre légal parfaitement établi. À aucun moment mon coéquipier et moi n'en avons franchi les limites.

Davis eut un petit sourire, fit quelques pas en direction du jury, puis se tourna de nouveau vers moi :

— Bien. Vous avez expliqué que l'accusée, lors de l'interrogatoire qui s'est déroulé dans les locaux de la police, vous avait demandé d'éteindre la caméra.

— C'est exact.

— Laissez-moi clarifier les choses, sergent. Vous avez donc filmé l'interrogatoire, et ce jusqu'au moment où Mlle Moon a « avoué » ? En conséquence de quoi ses aveux ne figurent pas sur la bande…

— L'accusée semblait réticente à parler sous l'œil de la caméra. Je l'ai donc éteinte à sa demande, et c'est après qu'elle nous a raconté ce qui s'était passé.

— Vous avez donc enregistré tout ce que cette jeune femme avait à dire, *excepté ses aveux* ? Êtes-vous en train de suggérer que ma cliente était méfiante lorsqu'elle vous a demandé d'éteindre la caméra ?

Là, Davis haussa les épaules, comme pour envoyer un message aux jurés, une manière de leur indiquer que je racontais n'importe quoi.

— Êtes-vous en train de prétendre qu'elle aurait agi par calcul ?

— Je n'ai pas dit ça.

— Merci, sergent. Je n'ai plus de questions, Votre Honneur.

Yuki se leva d'un bond :

— Je demande la parole, Votre Honneur.

— Allez-y, mademoiselle Castellano, répondit le juge.

— Sergent Boxer, êtes-vous tenue de filmer les aveux ?

— Pas du tout. Des aveux sont des aveux, qu'ils soient écrits, verbaux, filmés ou non. Bien sûr, il est préférable d'obtenir des aveux filmés, mais ce n'est en aucun cas une obligation.

Yuki hocha la tête.

— Aviez-vous la moindre idée de ce que Mlle Moon s'apprêtait à vous dire lorsqu'elle vous a demandé d'éteindre la caméra ?

— Aucune. J'ai éteint la caméra parce qu'elle nous l'a *demandé* – et parce que je pensais que c'était le meilleur moyen d'obtenir la vérité. Et vous savez quoi, mademoiselle Castellano ? Ça a marché.

38.

Yuki aurait aimé que tous ses témoins soient aussi bons que Rich Conklin. Il était solide. Crédible. Il faisait penser à un jeune officier de l'armée. Il rappelait l'image du bon fils. Pour couronner le tout, il était loin d'être désagréable à regarder. En réponse aux questions préliminaires, Conklin expliqua d'un ton affable qu'il faisait partie du SFPD depuis cinq ans, et qu'il avait intégré la brigade criminelle depuis deux ans.

— Avez-vous interrogé l'accusée le soir du 19 avril ? lui demanda Yuki.

— Le sergent Boxer et moi-même avons interrogé Mlle Moon ensemble.

— Aviez-vous, avant de l'interroger, une idée préconçue à son sujet, concernant sa culpabilité ou son innocence ?

— Absolument pas.

— Avez-vous lu ses droits à Mlle Moon ?

— Oui.

— De la façon dont je comprends les choses, Mlle Moon n'était pas en garde à vue lorsque vous lui avez lu ses droits. Dans ce cas, pourquoi l'avoir avertie que tout ce qu'elle dirait pourrait être retenu contre elle ?

— C'était un coup de bluff, répondit Conklin.

— Pourriez-vous expliquer au jury ce que vous entendez par « un coup de bluff » ?

Conklin passa la main dans ses cheveux pour repousser une mèche tombée devant ses yeux.

— Bien sûr. Supposons que je demande à un suspect de me suivre au poste pour un interrogatoire, et que cette personne accepte de venir de son plein gré. Il, ou elle, ne sera pas tenu de répondre à mes questions, et sera libre de partir quand bon lui semble. De mon côté, je ne serai pas tenu de lui lire ses droits, car cette personne ne sera pas placée en garde à vue.

Conklin s'adossa confortablement dans son siège, et continua :

— Mais si, au cours de l'entretien, la personne devient méfiante, elle peut tout à coup exiger un avocat, lequel viendrait mettre fin à l'interrogatoire. Ou bien elle peut tout bonnement décider de partir. Et nous serions légalement contraints de la laisser filer.

— Si je comprends bien, inspecteur, vous avez pris cette précaution pour vous couvrir si jamais Mlle Moon venait à passer aux aveux ? Elle savait ce qu'elle risquait ?

— C'est ça. Je me suis dit que Mlle Moon était notre seul témoin, qu'elle était peut-être notre principale suspecte, et que, si jamais elle avait un lien avec la disparition de Michael Campion, je ne pouvais pas courir le risque d'avoir à interrompre l'interrogatoire pour lui lire ses droits. Ç'aurait carrément pu y mettre fin, tout bonnement. Et nous ne voulions pas seulement obtenir la vérité, nous voulions retrouver Michael Campion.

— Mlle Moon a-t-elle sollicité la présence d'un avocat ?

— Non.

— Vous a-t-elle donné les détails de la mort de Michael Campion, et de la façon dont elle s'était débarrassée du corps ?

— Oui.

— Inspecteur Conklin, quelle était son attitude lorsqu'elle a prononcé ces aveux ?

— Elle semblait triste et pleine de remords.

— Sur quoi vous fondez-vous pour le déterminer ?

— Elle pleurait. Elle disait qu'elle était désolée, et qu'elle donnerait tout pour pouvoir revenir en arrière et tout changer.

39.

— Inspecteur Conklin, fit Davis en souriant. Vous m'avez l'air d'être un enquêteur de police très rusé.

Yuki se raidit sur son siège. Elle anticipait déjà le piège que s'apprêtait à tendre l'avocate. Conklin, lui, se contentait d'observer Davis en attendant qu'elle poursuive.

— Est-il exact que, dès le départ, l'accusée a nié avoir jamais rencontré Michael Campion ?

— C'est exact, mais quatre-vingt-dix-neuf fois sur cent, les suspects nient.

— Vous avez déjà interrogé quatre-vingt-dix-neuf personnes suspectées de meurtre ?

— C'est une figure de rhétorique. J'ignore combien de personnes j'ai interrogées au cours de ma carrière. Un certain nombre.

— Je vois. Est-ce une figure de rhétorique de dire que le sergent Boxer et vous-même avez manipulé et intimidé ma cliente jusqu'à obtenir des aveux ?

— Objection ! lança Yuki.

— Accordée.

— Je vais reformuler ma question, Votre Honneur. Est-il exact que les prétendus « aveux » de Mlle Moon ne figurent pas sur l'enregistrement vidéo ?

— C'est exact.

— Nous ne pouvons donc juger de la teneur de l'interrogatoire ?

— Effectivement. Sur ce point, vous devez me croire sur parole.

Un sourire se dessina sur les lèvres de Davis.

— Inspecteur Conklin, avez-vous pris des notes de la déposition de Mlle Moon ?

— Oui.

— Pourtant, lorsque j'ai demandé à voir ces notes, il m'a été répondu que vous ne les aviez pas conservées.

Conklin se mit à rougir.

— C'est exact.

— J'aimerais être certaine de bien comprendre ce que vous êtes en train de nous dire, inspecteur, fit Davis de ce ton pédant qu'elle avait perfectionné au cours des années, et qu'elle employait pour tenter de déstabiliser et d'humilier Conklin. Vous enquêtiez sur un

114

probable meurtre, et, comme vous venez de nous l'expliquer, Mlle Moon était votre principal témoin. Un suspect potentiel, même. Ne disposant pas d'enregistrement vidéo, vous avez pris des notes de l'interrogatoire afin de pouvoir restituer, devant le tribunal et le jury, la déposition de l'accusée. Puis vous avez jeté ces notes – pouvez-vous nous expliquer pourquoi ?

— Je me suis servi de ces notes pour rédiger mon rapport. Après ça, je n'en avais plus l'utilité.

— Vraiment ? Pourtant, quelle trace plus fiable pour rendre compte d'un interrogatoire ? Des notes prises sur le vif, ou un rapport rédigé plusieurs jours après ? Vous êtes bien censé conserver ces notes, inspecteur ? Inspecteur… ?

» Votre Honneur, fit Davis en se tournant vers le juge, veuillez demander au témoin de répondre à ma question.

Yuki serra les poings. Elle ignorait que Conklin avait détruit ces notes ; cela avait beau ne pas être très réglementaire, c'était une habitude couramment répandue.

Le juge Bendinger changea de position sur son siège et demanda à Conklin de bien vouloir répondre à la question qui lui était posée.

À contrecœur, ce dernier expliqua :

— Mes notes auraient donné un compte-rendu mot pour mot, mais…

— Mais vous avez jugé inopportun de les conserver ? Manquez-vous d'espaces de stockage ? Vos meubles d'archives seraient-ils pleins à ras bord ?

— C'est ridicule.

— Ridicule, c'est bien le terme, lança Davis.

Elle laissa flotter cette phrase dans le silence de mort qui s'était abattu sur la salle.

— Qu'avez-vous fait de ces notes ? demanda-t-elle ensuite. Les avez-vous jetées à la *poubelle*, ou bien par la fenêtre de votre voiture ? Aux toilettes, peut-être ?

— Votre Honneur, fit Yuki, la défense harcèle le témoin.

— Objection rejetée. Le témoin peut répondre à la question.

— Je les ai passées à la déchiqueteuse, répondit Conklin d'une voix étranglée.

— Pouvez-vous expliquer au jury la raison pour laquelle vous les avez passées à la déchiqueteuse ?

Yuki aperçut la lueur qui traversa le regard de Conklin, mais ne put rien faire pour l'empêcher de répliquer :

— Si on se débarrasse de ces notes, c'est pour éviter que des avocats véreux dans votre genre viennent déformer la réalité.

Yuki dévisagea Conklin. Elle ne l'avait encore jamais vu s'emporter ainsi. Davis était parvenue à le mettre hors de lui, et elle s'apprêtait à porter le coup de grâce.

— Inspecteur Conklin, est-ce ainsi que vous avez réagi en interrogeant ma cliente ? Êtes-vous coutumier de ces sautes d'humeur ?

— Objection, Votre Honneur, s'écria Yuki.

— Pour quel motif ?

— Ces remarques sont *désobligeantes*.

Bendinger ne put réprimer un petit rire.

— Objection rejetée, mademoiselle Castellano.

Davis sourit. Elle se tourna face à Conklin, main sur la hanche :

— Une dernière question, inspecteur. Avez-vous passé à la déchiqueteuse d'autres éléments importants qui auraient permis d'innocenter ma cliente ?

40

Piquée au vif par le contre-interrogatoire de Davis, et accablée par le stress de cette épouvantable journée, Yuki quitta le palais de justice par la porte arrière et s'éloigna d'un pas pressé tout en consultant son Black-Berry.

Elle supprima plusieurs messages, prit quelques notes pour son dossier, puis envoya un e-mail à Red Dog, qui se trouvait à présent dans son bureau et attendait un rapport. Elle entra dans le parking, et elle venait juste d'ouvrir la portière de sa voiture lorsqu'elle entendit quelqu'un crier son prénom.

Elle se retourna, et aperçut au loin Jason Twilly qui se dirigeait vers elle d'un pas alerte :

— Yuki ! Attendez !

Twilly est vraiment un homme splendide, songea-t-elle tandis que l'écrivain s'approchait. Elle aimait tout chez lui : sa coupe de cheveux, ses lunettes Oliver Peoples qui encadraient ses yeux d'un brun très profond. Il portait une fine chemise bleue sous sa veste cintrée. Son pantalon était tenu par une ceinture Hermès qui avait dû coûter au bas mot sept cents dollars.

Twilly s'arrêta à sa hauteur, aucunement essoufflé par sa course.

— Jason ! Que se passe-t-il ?

— Rien de spécial, répondit-il en la regardant droit dans les yeux. Je tenais juste à vous dire que vous avez été sensationnelle.

— Je vous remercie.

— Non, vraiment, je suis sincère. Vous avez de la prestance, et vous manœuvrez la presse avec beaucoup de finesse. Pendant que Davis est en train de faire campagne sur les marches du palais...

— C'est normal, elle est l'avocate de la défense. De mon côté, je dois prouver que Junie Moon est coupable, et ce n'est pas en parlant aux journalistes que j'y parviendrai.

Twilly approuva d'un signe de tête.

— Je voulais aussi vous dire que j'avais entendu une conversation où il était question de Junie Moon. Elle posséderait un QI inférieur à la moyenne.

— Ce n'est pas l'impression qu'elle me donne, rétorqua Yuki en se demandant où Twilly voulait en venir.

Essayait-il de la faire parler ? Ou bien les six mois passés dans le bureau du procureur l'avaient-ils rendue cynique et méfiante ?

Twilly déposa sa mallette à ses pieds, sortit un étui à lunettes en cuir de sa poche intérieure et entreprit de nettoyer ses Oliver Peoples pour les débarrasser de la couche de pollution qui les ternissait.

— J'ai aussi cru comprendre que Davis allait faire appel à une psy, qui aura pour mission d'expliquer au jury que Junie Moon est limitée intellectuellement, facilement influençable, et que n'importe quel flic aux méthodes un peu brutales n'aurait aucun mal à lui faire avouer tout et n'importe quoi.

— Eh bien, merci pour ces infos, Jason.

— De rien. Écoutez, Yuki, fit Twilly en ajustant ses lunettes sur son nez, j'aimerais beaucoup avoir l'occasion de discuter un peu avec vous. Accepteriez-vous de dîner en ma compagnie ? Dites oui, je vous en prie.

118

Yuki se dandina d'un pied sur l'autre dans ses fines chaussures à talons. Elle songea à la bière bien fraîche qui l'attendait dans son frigo, à la dose considérable de travail qu'il lui fallait encore abattre dans la soirée.

— Ne m'en veuillez pas, Jason, mais quand je sors d'une audience, j'aime bien me retrouver seule chez moi. J'ai besoin de solitude et de temps pour remettre mon esprit au clair et...

— Il va bien falloir que vous mangiez quelque chose, non ? Laissez-moi vous offrir un plantureux repas. Je le passerai en note de frais. Caviar, homard, champagne... Vous choisissez l'endroit ! Et je vous promets que vous serez rentrée pour 20 heures et qu'on ne parlera pas travail. Ce sera uniquement du flirt, conclut Twilly en la gratifiant de son petit sourire en coin.

Il avait un charme fou, et il en jouait ouvertement.

Yuki éclata de rire face à une telle maîtrise de la séduction, et, à sa grande surprise, elle s'entendit accepter l'invitation.

41.

Steven Meacham et sa femme, Sandy, regardaient la série documentaire *48 Hours Mystery* dans leur spacieuse demeure de Cow Hollow lorsque retentit la sonnette de la porte d'entrée.

— On attend quelqu'un ? demanda Steve.

— Non, personne, répondit Sandy.

Elle pensa aussitôt à un énième démarchage en vue des élections du nouveau conseil d'administration des établissements scolaires. Elle but une gorgée de vin blanc :

— Bah, si on les ignore, ils finiront par partir.

— Je vais leur envoyer deux trois coups de poing bien sentis, tu vas voir, ils ne reviendront pas de sitôt, lança son mari en se levant et en mimant un combat de boxe.

Il glissa ses pieds nus dans ses mocassins et se dirigea vers la porte d'entrée. Il jeta un coup d'œil à travers l'imposte. Deux jeunes hommes se tenaient sur le perron. Ils devaient avoir le même âge que leur fils, Scott.

Que pouvaient-ils bien vouloir ?

Le plus costaud des deux portait les cheveux longs. Avec son t-shirt orange sous sa veste de treillis, il n'avait rien d'un Républicain ou d'un Témoin de Jého-vah. L'autre était vêtu de manière plus classique – veste à carreaux et polo couleur lavande – et coiffé avec une frange sur le devant, comme ces Anglais qui vivent en pensionnat. Ils tenaient à la main des bouteilles d'alcool encore pleines.

Steve Meacham désactiva l'alarme et entrouvrit la porte :

— Qu'est-ce que je peux faire pour vous ?

— Bonjour, monsieur Meacham. Je me présente : je m'appelle Faucon, fit celui qui portait une veste de treillis. Et voici Pigeon. Je précise que ces surnoms nous ont été donnés par notre confrérie, ajouta-t-il comme pour s'excuser. Nous sommes des amis de Scotty, et nous effectuons notre période d'essai en vue d'incorporer Alpha Delta Phi.

— Sans blague ? Scotty ne nous a pas prévenus…

— Non, monsieur, il ne sait pas que nous sommes là. Nous devons agir discrètement.

120

— Ah, les confréries ! plaisanta Meacham en se remémorant avec nostalgie son propre passé d'étudiant. Quand aura lieu l'initiation ?

— La semaine prochaine, monsieur, répondit Pigeon. Si on y arrive ! Nous devons vous poser des questions concernant Scotty, des choses que les gens ignorent. Il nous faudrait également une photo de lui bébé, de préférence tout nu.

Meacham éclata de rire :

— OK. Suivez-moi, les gars.

Il ouvrit la porte en grand et invita les deux garçons à entrer dans sa spacieuse villa avec vue grandiose sur la baie.

— Chérie, on a de la visite ! lança-t-il tout en conduisant les deux garçons à travers le hall d'entrée. Faucon, c'est à cause d'Ethan Hawke ? Non, bien sûr, c'est juste un thème sur les oiseaux.

Meacham accepta avec plaisir les bouteilles et les remercia du cadeau. Il ouvrit son luxueux meuble à alcool, tout en marqueterie, et sortit des verres tandis que les garçons se présentaient à sa femme.

— C'est vraiment gentil d'avoir apporté quelque chose, mais ce n'était pas la peine, fit cette dernière.

— Du Cointreau ! s'exclama Steve en servant un verre à chacun. Allez, trinquons !

À vrai dire, Meacham essayait de mettre un frein à sa consommation d'alcool. Sandy, elle, était déjà à moitié ivre. Elle fit tournoyer le liquide dans son verre, but une gorgée et dit à son mari :

— Trésor, pourquoi tu ne leur montrerais pas la chambre de Scotty ? Pendant ce temps, je vais sortir les albums photo.

— Je vais rester avec vous, madame Meacham, intervint Pigeon. Je vous aiderai à choisir une photo.

Sandy feuilletait avec attention l'album posé sur ses genoux lorsque l'ombre de Pigeon traversa son visage. Elle leva les yeux, et mit un instant à le distinguer nettement. *Le garçon tenait une arme pointée vers elle.*

Elle voulut crier, mais Pigeon porta un doigt à ses lèvres pour lui intimer le silence :

— Ne hurle pas, Sandy. Fais ce que je te dis, et tout ira bien.

42.

— Ça ne m'amuse plus du tout ! vociféra Steve Meacham.

Une grimace de douleur se forma sur son visage lorsque Faucon lui enfonça le canon de son arme entre les omoplates.

— Allez vous mettre à côté de votre femme, monsieur M. Ne vous inquiétez pas, c'est pour une sorte de rallye. On ne vous fera aucun mal. Sauf si vous nous y forcez, bien sûr…

Meacham vint se placer à côté de sa femme, puis observa tour à tour les deux armes braquées sur eux. Il songea à son propre revolver, emballé dans un torchon, tout en haut de l'armoire à linge. Il observa Sandy, qui sanglotait et essayait de comprendre ce qui était en train de se dérouler.

Lui-même aurait bien aimé le savoir.

Il se tourna vers Pigeon :

— C'est une farce organisée par votre confrérie ? C'est ça, les gars ?

— Tout à fait, monsieur M., répondit Faucon. Et maintenant, je vais vous demander de vous allonger face contre terre.

— Hors de question, espèce de cinglé, s'écria Sandy en secouant violemment la tête.

Ses yeux lançaient des éclairs.

— Sortez de chez nous ! hurla-t-elle. Et dites à Scotty que je veux lui parler dès ce soir, peu importe l'heure…

Pigeon, qui s'était placé derrière elle, leva le bras et lui assena un coup de crosse derrière la tête. Elle poussa un cri étouffé et s'effondra à genoux en se tenant la tête. Steven vit du sang suinter entre ses doigts. Il voulut s'approcher d'elle, mais l'effrayant claquement métallique des chiens le figea sur place.

Il aurait voulu continuer à refouler l'indicible terreur qui l'envahissait, mais c'était plus fort que lui. *Ces gamins avaient décidé de les buter – à moins que, d'une manière ou d'une autre…*

— Je préférerais ne pas avoir à vous tirer dessus, madame M., fit Pigeon. Alors vous allez vous allonger bien gentiment. Vous aussi, monsieur M. Dépêchez-vous.

Steven, à genoux, les supplia :

— Nous ferons tout ce que vous dites. Prenez tout ce qui vous plaira, mais je vous en prie, ne nous faites pas de mal.

— Ah, je préfère nettement cette attitude ! lança Pigeon.

Il força Sandy à s'allonger en la poussant avec le pied. Son mari s'exécuta également, et s'allongea face contre terre sur l'épais tapis persan.

— Les mains dans le dos, je vous prie, ajouta Pigeon.

Il sortit de sa poche une bobine de fil de pêche, attacha fermement les poignets de Steven, puis il leur ôta leurs chaussures, ainsi que les chaussettes de Sandy, et entreprit de ligoter les chevilles de Steven.

— Je dois vous avouer quelque chose, fit Pigeon. En réalité, nous ne sommes pas du tout le genre à appartenir à une confrérie comme Scotty.

D'un coup sec, il baissa le pantalon et la culotte de Sandy. La femme poussa un hurlement.

— Où est votre coffre, monsieur M. ? Et quel est le code ? demanda Faucon.

— Nous n'avons pas de coffre.

— Retourne à l'étage, Faucon. Moi, je vais rester ici pour leur tenir compagnie.

En forme de plaisanterie, il ponctua sa phrase d'une petite claque sur les fesses de Sandy. Il éclata de rire lorsque Steven s'écria : « Il y a de l'argent dans la boîte à cigares. Prenez tout ! »

Pigeon augmenta le volume de la télé, puis roula les chaussettes de Sandy en boule et leur en fourra chacun une dans la bouche. Sandy se mit à gémir et à se tortiller ; il la fessa de nouveau, cette fois presque avec tendresse ; à contrecœur, il lui ligota les chevilles. Une fois cette tâche effectuée, il fracassa le goulot de la deuxième bouteille de Cointreau contre la cheminée, et déversa l'alcool sur une pile de journaux qui traînaient près d'un fauteuil, dans un panier. Il aspergea également les cheveux des Meacham, ainsi que leurs vêtements. Steven essayait de hurler malgré la chaussette enfoncée dans sa bouche. Il commençait à avoir des haut-le-cœur.

— À votre place, j'éviterais, monsieur M. Vous pourriez mourir étouffé dans votre propre vomi. C'est sûrement très désagréable.

Faucon revint à cet instant, cigare aux lèvres, en faisant cliqueter une taie d'oreiller rembourrée.

— Bingo ! lâcha-t-il avec un grand sourire. Il y avait cinq mille dollars dans la boîte à cigares. Et j'ai aussi trouvé un livre.

Pigeon se pencha vers Sandy, qui gémissait à ses pieds. Il lui enleva ses bagues en diamants, puis hurla dans l'oreille de Steven :

— Quelle est cette phrase que les gens comme vous disent souvent ? « Vivre dans le luxe est la plus belle des revanches » ? Eh bien, je vous laisse savourer votre revanche. Et merci pour tout.

— Prêt ? demanda Faucon.

Pigeon inscrivit la phrase dans le livre.

— *Veni, vidi, vici*, mon pote, dit-il en craquant plusieurs allumettes qu'il jeta sur la pile de journaux imbibés d'alcool.

VOUUUUUM.

Les flammes envahirent la pièce. Une épaisse fumée s'éleva en tournoyant, empêchant les Meacham de distinguer les deux garçons qui leur adressaient un au revoir de la main et quittaient la maison par la porte principale.

43

Nous fûmes saisis par une odeur de chair brûlée avant même d'avoir pénétré dans l'amas de ruines fumantes qui avait autrefois été la maison des Meacham. D'un chef-d'œuvre architectural, il ne restait qu'une crypte.

Chuck Hanni, le spécialiste des incendies criminels, émergea des ténèbres pour venir à notre rencontre. Il semblait inhabituellement sombre et fatigué.

— C'est mon deuxième incendie de la soirée, expliqua-t-il.

— Le premier était du même ordre ? demanda Conklin.

— Non. C'était une explosion dans un laboratoire clandestin qui fabriquait de la méthamphétamine. La victime a été projetée hors de la maison jusque sur la plate-forme de son pick-up !

Il s'interrompit, secoua la tête, et ajouta :

— Par contre, cet incendie ressemble trait pour trait à celui qui a eu lieu chez les Malone.

Nous le suivîmes à l'intérieur, dans ce qui restait du salon des Meacham. Je me représentai l'endroit tel qu'il avait dû être – le plafond cathédrale, l'énorme cheminée surmontée d'un miroir. Les dorures et le marbre étaient noircis par la fumée. Les cadavres reposaient côte à côte dans une couche d'eau noirâtre d'une dizaine de centimètres, allongés sur le ventre, les mains recroquevillées dans une attitude pugilistique – cela était lié au fait que les tendons, lorsqu'un corps brûle, se raidissent.

— Si les victimes étaient ligotées, alors les liens ont brûlé, expliqua Hanni, accroupi auprès des cadavres. Inutile de chercher à relever des empreintes. Peut-être demain, à la lumière du jour… Sinon, j'ai trouvé ça sur le comptoir de la cuisine, ajouta-t-il en tendant un livre à Conklin.

Je lus le titre : *A History of Yachting*.

— Il y a une inscription à l'intérieur. C'est pour toi, Rich. La phrase est en latin.

Conklin ouvrit le livre à la page de garde et lut à voix haute :

— *Radix omnium malorum est cupiditas*.

— Ce qui signifie ? demanda Hanni.

— Quelque chose, quelque chose de mauvais… Je ne comprends pas vraiment. Il y a longtemps que je n'étudie plus le latin.

À cet instant, Claire entra dans la pièce, suivie par deux assistants.

— Tout le monde est là ? lança-t-elle. Alors ? De quoi s'agit-il ?

Elle s'approcha des corps et retourna le plus petit des deux pour le mettre sur le dos. Un souffle d'air s'échappa de la bouche de la victime. *Paaahhhhh*.

— Regardez ça, dit-elle à Chuck en montrant du doigt une bouteille d'alcool partiellement dissimulée sous le corps.

Hanni s'en empara de sa main gantée :

— Eh bien, il se pourrait qu'on dégote quelques empreintes, finalement.

Conklin et moi laissâmes Claire et Hanni à l'intérieur et quittâmes la maison. L'un des policiers présents sur place nous indiqua une belle femme qui se tenait en tête du groupe de badauds venus assister à la scène. Les gens commençaient à se disperser.

— C'est elle qui a appelé pour signaler l'incendie, nous apprit-il. Elle s'appelle Debra Kurtz. Elle habite juste en face.

Kurtz avait une quarantaine d'années. Elle mesurait environ un mètre soixante-cinq, était du genre un chouïa trop mince, peut-être anorexique, et portait une tenue de footing noire. Des traces de mascara, le long de ses joues, indiquaient qu'elle avait pleuré. Je me présentai, ainsi que mon coéquipier, et lui demandai si elle connaissait les victimes.

— Steve et Sandy Meacham étaient mes plus proches amis. J'ai appelé le 911 dès que j'ai vu les flammes, mais il était déjà trop tard... Mon Dieu, c'est horrible...

— Accepteriez-vous de nous accompagner au poste de police ? Nous avons besoin d'un maximum d'informations concernant vos amis.

44.

Debra Kurtz buvait du café réchauffé qui datait de la veille. Nous étions installés dans la plus petite et la mieux tenue de nos deux salles d'interrogatoire.

— Les Meacham étaient vraiment des gens extra, nous dit-elle d'une voix entrecoupée de sanglots.

— Pensez-vous que des gens pouvaient leur en vouloir ? demandai-je.

— Je descends au distributeur de boissons, lui dit Conklin. Je vous ramène quelque chose ?

Elle répondit d'un signe de tête négatif.

Une fois Conklin sorti de la pièce, Kurtz s'accouda à la table et me parla des problèmes d'alcool que rencontrait Sandy. Elle me confia également que Sandy et Steve avaient eu d'occasionnelles relations extra-conjugales.

— Je ne sais pas si ça a de l'importance, mais je voulais quand même que vous le sachiez.

Kurtz m'apprit que les Meacham avaient deux enfants : un garçon de dix-neuf ans prénommé Scott, actuellement à l'université, et une fille plus âgée, Rebecca, qui était mariée et vivait à Philadelphie. De nouveau, les larmes l'empêchèrent de poursuivre. J'avais le sentiment que quelque chose lui pesait sur la conscience.

— Y a-t-il autre chose que vous souhaiteriez ajouter, Debra ? Aviez-vous une liaison avec Steven Meacham ?

— Oui, lâcha-t-elle dans un murmure. En effet.

Elle n'arrêtait pas de regarder la porte en même temps qu'elle répondait à mes questions, comme si elle voulait en finir avant le retour de Conklin.

— Je me détestais de trahir ainsi mon amie. C'est difficile à expliquer, mais d'une certaine manière, je l'aimais autant que Steve.

Je lui tendis une boîte de mouchoirs en papier. Conklin entra à cet instant. Il tenait à la main une feuille imprimée par ordinateur.

— Vous avez un casier, madame Kurtz, lança-t-il en prenant place sur une chaise. J'avoue que ça m'a surpris.

— J'étais dévastée par le chagrin, répondit Debra Kurtz, les yeux embués de larmes et des sanglots dans la voix. Je n'ai fait de mal à personne, sauf à moi-même.

Conklin tourna la feuille dans ma direction.

— Vous avez été arrêtée pour cambriolage.

— C'est mon petit ami qui m'avait embarquée là-dedans. C'était stupide de ma part. De toute manière, j'ai été acquittée.

— Pas du tout, rétorqua Conklin. Vous avez été condamnée à une mise à l'épreuve. À mon avis, vous avez dû vous arranger pour charger votre petit ami. Je me trompe ? Oh, et il y a aussi cette histoire d'incendie criminel…

— Randy, mon mari, venait de mourir. J'avais le cœur en miettes, dit-elle en se frappant la poitrine avec le poing. J'ai mis le feu à notre maison parce que c'était le seul moyen d'extérioriser ce que je ressentais.

Je m'effondrai contre le dossier de ma chaise. J'étais littéralement bouche bée.

— Cette maison m'appartenait ! hurla Debra Kurtz en voyant ma réaction. Je n'ai même pas réclamé d'argent à ma compagnie d'assurances. Dans l'affaire, c'est moi et moi seule qui ai souffert. Vous comprenez ? *Moi* et moi *seule* !

— Steven Meacham avait-il mis fin à votre liaison ?

— Oui, mais c'était il y a plusieurs semaines, et d'un commun accord.

— Vous n'étiez pas un peu en colère, par hasard ? demanda Conklin. Vous n'aviez pas « le cœur en miettes » ?

130

— Non, non. Pensez ce que vous voulez, mais ce n'est pas moi qui ai incendié la maison des Meacham. Vous entendez ? Ce n'est pas moi !

Nous l'interrogeâmes pour savoir où elle se trouvait lors de l'incendie chez les Malone, et si elle connaissait la ville de Palo Alto. Elle avait des alibis, que nous notâmes noir sur blanc. Nous avions devant nous une femme mentalement perturbée, animée d'un désir brûlant de destruction et d'autodestruction mêlées.

Elle collait au profil, et en même temps, quelque chose clochait. Et puis il était déjà 5 h 30 du matin.

— Avez-vous prévu de voyager, prochainement, Debra ? demanda Conklin de son air charmeur.

— Non.

— Tant mieux. J'aimerais que vous nous préveniez si jamais vous aviez l'intention de quitter la ville.

45.

Joe dormait encore lorsque je me faufilai dans le lit. Je poussai Martha, affalée de mon côté, et vins me blottir contre Joe dans l'espoir qu'il se réveillerait. Je voulais lui parler de ce qui me tracassait. Il se tourna vers moi, m'attira contre lui et enfouit son visage dans mes cheveux qui embaumaient la fumée.

— Tu as fait la tournée des bars, ou quoi ?

— Incendie criminel dans une villa. Il y a deux morts.

— Comme chez les Malone ?

— Exactement comme chez les Malone.

Je passai mon bras autour de son torse, la tête posée dans le creux de son cou, et poussai un long soupir.

— Raconte-moi, trésor.

Pile-poil ce que j'avais envie d'entendre.

— C'est à propos de cette femme, Debra Kurtz.

Martha grimpa sur le lit et tourna plusieurs fois sur elle-même avant de se pelotonner contre mes jambes repliées.

— Elle habite la maison d'en face. C'est elle qui a appelé pour signaler l'incendie.

— C'est ce que font souvent les pyromanes.

— Exact. D'après ses explications, c'est en se levant pour aller boire un verre d'eau qu'elle a vu les flammes. Elle a appelé les pompiers, puis elle s'est jointe à la foule ameutée par la scène.

— Elle y était encore à votre arrivée ?

— Elle est restée plusieurs heures. L'une des victimes, Sandy Meacham, était sa meilleure amie, et elle avait eu une liaison avec l'autre, le mari de Sandy...

— Drôle de conception de l'amitié.

Je ne pus m'empêcher de rire.

— Cette Debra Kurtz a couché avec le mari de sa meilleure amie jusqu'à ce que le gars finisse par la plaquer. Elle possède une clé de la maison des victimes, et en plus, elle a un casier judiciaire. Une vieille affaire de cambriolage, mais aussi devine quoi ? Un incendie criminel.

— Ah ! Ce n'était donc pas son coup d'essai. Qu'en penses-tu ? Tu crois qu'elle a mis le feu chez ses voisins, juste en face de chez elle, qu'elle a ensuite appelé les pompiers et qu'elle a attendu tranquillement que les flics viennent la cueillir ?

— Justement. Je trouve ça un peu gros. D'un autre

côté, Kurtz a un mobile, des antécédents, elle avait accès au domicile des victimes. Et puis, tu connais la phrase : « Une femme dédaignée est plus à craindre que toutes les Furies de l'enfer. » Pyromane un jour, pyromane toujours… Qui sait, elle y a peut-être pris goût ?

— Elle t'a semblé capable de tuer ?

— Elle m'a fait l'effet d'une personne désespérément narcissique, avec un besoin constant d'attention.

— Comme tu dis.

Je l'embrassai sur la joue. Un baiser, puis un autre, puis beaucoup d'autres, pour le simple plaisir de sentir sa barbe rugueuse au contact de mes lèvres, de me serrer contre ce corps chaud et viril.

— Ne commence pas quelque chose que tu n'auras pas la force de finir, grogna Joe.

De nouveau, j'éclatai de rire. Je l'étreignis fort.

— Kurtz n'a pas arrêté de marteler qu'elle était innocente. Moi, ce que je crois…

Mes pensées dérivèrent et je songeai aux victimes, à l'eau noircie de suie dans laquelle reposaient leurs cadavres.

— Ce que tu crois…

— Ce que je crois, c'est qu'elle a allumé cet incendie par volonté d'autodestruction, en sachant pertinemment qu'elle se ferait prendre. Ou peut-être qu'elle l'a allumé en pensant que ses amis s'en sortiraient sains et saufs. Ou alors…

— Ton instinct te souffle qu'elle n'est pas coupable ? Que c'est juste une pauvre femme un peu cinglée ?

— Exactement. E… xac… te… ment…

En me réveillant, je me rendis compte que je tenais Martha enlacée dans mes bras. Joe était parti, et j'étais à la bourre pour mon rendez-vous avec Jacobi.

46.

Je retrouvai Claire devant sa voiture en fin de journée. Avant de pouvoir m'asseoir sur le siège passager de son 4 × 4 Pathfinder, je dus déplacer une paire de caoutchoucs, une lampe torche, la mallette contenant ses instruments, un énorme sachet de chips goût barbecue, et trois cartes routières.

— Richie a obtenu une traduction de la phrase en latin inscrite à l'intérieur du livre.

— Ah oui ? Alors, que signifie-t-elle ? demanda Claire en déroulant sa ceinture de sécurité au maximum afin de pouvoir la passer autour de son ventre proéminent.

Je m'attachai également.

— Grosso modo : « L'argent est à la base de tous les maux. » J'adorerais mettre la main sur l'abruti qui a écrit cette phrase et lui montrer les corps des victimes entièrement calcinés. Il verrait ce qu'est vraiment le mal.

Claire poussa un grognement :

— Tu l'as dit !

Elle s'engagea dans Bryant Street en direction du nord, apparemment décidée à parcourir les trois kilomètres qui nous séparaient du Susie's à la manière d'un pilote de formule 1.

— Tu dis « il ». Debra Kurtz ne fait donc plus partie de ta liste des suspects ? demanda-t-elle en donnant un brusque coup de volant pour contourner une voiture de touriste qui roulait à faible allure.

— Elle a un alibi…

Je serrai les dents et m'agrippai de toutes mes forces au tableau de bord comme elle franchissait un feu sur le point de passer au rouge.

— … Et ses alibis tiennent la route pour les Malone et les Jablonsky.

— Bon… En ce qui concerne les empreintes relevées sur la bouteille trouvée sur place, l'une appartient à Steven Meacham, mais l'autre ne correspond à aucune personne répertoriée. J'ai quand même un petit quelque chose pour toi. Sandy Meacham présente une trace de choc assez conséquente à l'arrière du crâne. Le coup a été porté avec un objet contondant. Peut-être une crosse de revolver.

Je songeai un instant à cette nouvelle information – le tueur devenait violent – puis j'expliquai à Claire que le porte-à-porte effectué dans le quartier des Malone n'avait rien donné. Elle me communiqua les résultats des analyses, d'où il ressortait que Sandy Meacham avait consommé pas mal d'alcool, et que le couple était mort asphyxié par la fumée.

Tout cela était très intéressant, mais ne nous menait pas à grand-chose. J'en fis la réflexion à Claire tandis qu'elle se garait sur la place handicapé, en face du Susie's.

— Je *suis* handicapée, se justifia-t-elle en me regardant droit dans les yeux. Je transporte vingt kilos de plus que d'habitude, et je ne peux plus parcourir dix mètres sans souffler comme un bœuf.

— Ce n'est pas tellement ça, le problème, Butterfly. C'est plutôt la vitesse *largement* excessive à laquelle tu roulais. Je te rappelle qu'on est en ville !

Ma meilleure amie déposa un baiser sur ma joue.

— Je trouve ça trop mignon que tu t'inquiètes pour moi.

— Me voilà bien avancée, répondis-je en la serrant dans mes bras.

Nous entrâmes dans le bar et fendîmes la foule des buveurs accoudés au comptoir pour nous diriger vers le fond de la salle. Un classique de Bob Marley repris par un *steel band* nous accompagnait dans notre progression, et de délicieux effluves de poulet rôti, auxquels se mêlaient des parfums d'ail et de curry, flottaient autour de nous. Cindy et Yuki étaient déjà installées à notre table habituelle. Lorraine apporta une chaise pour que Claire puisse s'asseoir en bout de table, nous distribua les cartes à moitié déchiquetées que nous connaissions par cœur et prit notre commande : un pichet de bière, et un verre d'eau minérale pour Claire.

Puis, face à l'insistance de Cindy – Dis-leur, Yuki, dis-leur ! –, Yuki, « de son plein gré », nous livra les dernières nouvelles :

— Ce n'est pas grand-chose, en fait. J'ai simplement passé la soirée avec Jason Twilly.

— Et tu as fait attention à ce que tu as dit, lança Cindy d'un air sévère. Tu t'es souvenue que c'était un *reporter*.

— Nous n'avons pas parlé du procès, répondit Yuki en rigolant. C'était un simple dîner. Un dîner très agréable, mais sans baiser fiévreux au moment de se dire au revoir, donc inutile de vous emballer, les filles !

— Et alors, c'était sympa ? Tu vas le revoir ?

— Oui. S'il me le propose, je pense que je dirai oui.

— Eh bien ! m'exclamai-je. Pour ton premier rendez-vous depuis au moins un an, je t'aurais imaginée plus enthousiaste !

— Ça ne fait pas un an, mais six mois, et de toute manière, peu importe. À quoi allons-nous trinquer ?

— À la santé de Ruby Rose, répondit Claire en levant son verre.

— Qui ça ?

— Ruby Rose, fit Claire en posant la main sur son ventre. C'est le prénom qu'Edmond et moi avons choisi pour notre petite fille.

47.

En rentrant du Susie's, j'aperçus, dans la lueur orangée du soleil déclinant, une voiture de patrouille garée juste devant chez moi. Je me penchai à la vitre :

— Salut. Qu'est-ce qui t'amène ?

— Tu as cinq minutes ?

— Bien sûr.

Rich ouvrit la portière, déplia ses longues jambes et se dirigea vers les marches de mon immeuble. Il s'assit. Je le rejoignis. Je n'aimais pas l'expression de son visage. Il sortit un paquet de cigarettes et m'en proposa une.

Je refusai d'un hochement de tête.

— Je ne t'ai jamais vu fumer.

— Une vieille habitude qui vient de me reprendre.

Ayant moi-même arrêté à plusieurs reprises, je ressentis l'appel du geste rituel, maintes fois magnifié, tandis que l'allumette s'embrasait et que le bout de la cigarette s'allumait en rougeoyant. Rich recracha une longue bouffée qui se perdit dans la lueur crépusculaire.

— Kelly Malone me téléphone tous les jours pour avoir des nouvelles, et moi, tout ce que j'ai à lui répondre, c'est que l'enquête piétine. J'ai dû lui parler des Meacham.

» Elle me dit qu'elle n'arrive pas à dormir, qu'elle pense sans arrêt à la façon dont ses parents sont morts. Elle pleure en permanence.

La fumée lui provoqua une quinte de toux, et il agita sa main pour me signifier qu'il ne pouvait plus parler pour le moment. Je comprenais sa détresse. Il semblait de plus en plus probable que la mort des Malone était l'œuvre d'un tueur en série. Et nous ne tenions toujours aucune piste.

— Un jour ou l'autre, il finira par commettre un faux pas, Richie. C'est toujours comme ça qu'ils se font coincer. Et puis on n'est pas seuls sur le coup. Il y a Claire, Hanni...

— C'est quelqu'un que tu apprécies, Chuck ?

— Bien sûr. Pas toi ?

Conklin haussa les épaules :

— Pourquoi en sait-il autant, et si peu à la fois ?

— Il fait son maximum, Rich. Il progresse en pataugeant, comme nous.

— En pataugeant dans la boue, c'est exactement le terme qui convient. On patauge, et le tueur, lui, il se marre. Mais je suis un type intelligent. Je sais traduire le latin, ce n'est quand même pas rien !

Je riais en écoutant Richie plaisanter sur son désespoir, lorsque j'aperçus une berline noire qui remontait lentement la rue à la recherche d'une place de stationnement. C'était Joe.

— Reste un instant, Rich. Je vais te présenter Joe. Depuis le temps que je lui parle de toi.

— Non, peut-être un autre soir, Linds, répondit-il en écrasant son mégot par terre. On se voit demain ?

La voiture de Joe s'arrêta. Celle de Richie démarra, bientôt remplacée par celle de Joe.

48.

— Il t'arrive de l'utiliser ? me demanda Joe.

— Évidemment.

— Ah oui ? Alors explique-moi ça, fit-il en sortant du four la notice, ainsi qu'un morceau d'emballage en polystyrène.

— Je m'en sers pour poser des choses dessus !

Il secoua la tête, me charria un peu, puis me demanda de déboucher la bouteille de vin et de préparer la salade. C'était a priori dans mes cordes. J'ouvris le chardonnay, disposai quelques feuilles de romaine dans un joli plat en verre que Joe m'avait offert, et entrepris de trancher une tomate. En contournant Joe pour aller chercher l'huile d'olive et les épices, j'en profitai pour lui pincer son joli petit derrière. Ces préparatifs une fois achevés, je m'installai sur un tabouret et ôtai mes chaussures.

Sur fond de Phil Collins, je sirotai mon vin en écoutant Joe me parler de son travail et de son prochain rendez-vous avec le gouverneur. Il semblait heureux. Et j'étais heureuse de constater qu'il utilisait son appartement comme bureau, et le mien comme lieu de vie.

Il faut dire que mon appartement, situé au troisième étage d'une maison de style victorien, était plutôt pas mal, avec ses quatre pièces un peu en pagaille mais néanmoins confortables, et sa véranda attenante au salon d'où l'on pouvait voir le soleil se coucher sur la baie scintillante. Cette vue magnifique que je considérais comme m'appartenant et qui, petit à petit, était en train de devenir la nôtre.

Je remplis le verre de Joe, occupé à farcir des tilapias avec de la chair de crabe. Il glissa le plat au four, se lava les mains, puis se tourna vers moi dans toute sa splendeur :

— Le poisson sera prêt d'ici trois quarts d'heure. Ça te dirait d'aller profiter un peu des derniers rayons ?

— Pas tellement, répondis-je.

Je posai mon verre, enroulai mes jambes autour de sa taille et l'attirai contre moi. Je lus dans ses beaux yeux bleus qu'il comprenait ce que j'avais en tête. Il me souleva du tabouret, plaça ses mains sous mes fesses et me conduisit le long du couloir en poussant un grognement théâtral :

— Tu pèses ton poids, poupée !

J'explosai de rire, lui mordis le lobe de l'oreille et rétorquai :

— Cinquante-huit kilos, ça ne te faisait pas peur avant.

— C'est ce que je dis. Tu es légère comme une plume.

Il me déposa doucement sur le lit, se glissa à côté de moi et encadra mon visage de ses grandes mains fortes. Son baiser m'arracha un gémissement. Je m'agrippai à son cou, et Joe parvint à réaliser l'impossible : retirer sa chemise tout en continuant à m'embrasser et en m'enlevant mon pantalon. J'ignore comment, mais il avait également réussi à fermer la porte pour empêcher Martha d'entrer dans la pièce.

— Tu es vraiment incroyable ! m'exclamai-je en riant.

— Et tu n'as encore rien vu, baby, me susurra mon homme.

Nous nous retrouvâmes bientôt entièrement nus, nos peaux au contact l'une de l'autre, chaudes et luisantes, nos corps enlacés. Mais tandis que nous bougions ensemble en une délicieuse ascension vers l'extase, l'image d'un autre homme s'immisça dans mon esprit.

Je luttai de toutes mes forces pour l'en déloger, car je n'avais aucune envie de l'y voir.

Cet homme, c'était Richie.

III

CUISSON MAISON

49.

Assis au premier rang de la tribune, juste derrière la frêle Junie Moon, Jason Twilly prenait des notes tandis que Connor Hume Campion répondait aux questions de Yuki Castellano. Campion avait pris un sacré coup de vieux depuis la disparition de son fils. Il semblait hagard, ratatiné, comme si la mort de Michael était en train de le détruire physiquement.

Observant tour à tour le gouverneur et Yuki, Twilly sentit un changement s'opérer en lui. Une nouvelle structure lui apparut pour son livre. Yuki défendait Michael Campion et on la donnait perdante ; fougueuse, habile, et en même temps touchante. Comme elle l'était sur le moment. Elle utilisait la célébrité de l'ancien gouverneur et sa détresse pour émouvoir les jurés et contrer la défense.

Il ouvrirait le livre avec le réquisitoire de Yuki, effectuerait ensuite un flash-back en incorporant des épisodes poignants de la vie du garçon tels que racontés par le père, reviendrait au temps du procès avec l'interrogatoire des témoins, s'attacherait à décrire le comportement très maternel de Davis envers sa cliente, s'attarderait un peu sur la fragile et vulnérable Junie Moon, et terminerait par la conclusion de Yuki. Verdict, justification, hourra !

L'attention de Twilly se porta de nouveau sur le gouverneur.

— Mike est né avec une malformation cardiaque, expliquait ce dernier. Bien sûr, il était suivi médicalement, mais il savait qu'il pouvait mourir à tout instant.

— Comment Michael envisageait-il cela ? demanda Yuki.

— Mike aimait la vie. Il me disait souvent : « Je veux vivre, papa. J'ai des projets d'avenir. » Il savait qu'il devait se montrer prudent. Il savait que plus longtemps il vivrait, plus ses chances de…

Campion s'interrompit, la gorge serrée, les yeux embués de larmes.

— Monsieur Campion, Michael vous parlait-il plus précisément de ses projets ?

— Oh oui, souvent, répondit-il, cette fois en souriant. Il s'entraînait pour participer à un tournoi d'échecs international. Un tournoi sur ordinateur. Et il avait entrepris l'écriture d'un livre traitant de la vie au quotidien avec une maladie potentiellement mortelle… Un livre qui aurait pu apporter un réconfort à de nombreuses personnes… Il avait également l'intention de se marier un jour ou l'autre…

Campion secoua la tête, leva les yeux vers les jurés et, s'adressant directement à eux :

— C'était vraiment un garçon formidable. Tout le monde l'a vu en photo dans la presse, tout le monde a lu ses interviews et savait à quel point son sourire égayait ceux qui croisaient sa route, à quel point il était courageux – mais tout le monde ne connaissait pas forcément ses qualités d'âme, son bon cœur.

Twilly remarqua le visage crispé de Davis ; pourtant, l'avocate n'osait pas interrompre le sinueux témoignage de Campion, égaré par la douleur d'avoir perdu son fils. L'ancien gouverneur se tourna vers l'accusée et la fixa droit dans les yeux, s'adressant à elle d'un ton empreint d'une profonde tristesse, mais où l'on ne décelait aucune aménité :

— Si seulement j'avais été là. Si seulement j'avais pu le serrer dans mes bras et le réconforter. Si seulement il avait été avec moi à ce moment-là, et non avec *vous*.

50.

— J'appelle à la barre M. Travis Cook ! annonça Yuki.

Les têtes se tournèrent vers les doubles-portes au fond de la salle, et un jeune homme d'environ dix-huit ans, en blazer gris orné de l'écusson d'une école privée, remonta lentement l'allée.

Ses cheveux broussailleux semblaient avoir été aplatis à la main plutôt que peignés, et ses chaussures auraient eu besoin d'un bon coup de cirage. Il semblait mal à l'aise au moment de jurer de dire toute la vérité, et rien que la vérité.

Yuki salua son témoin, puis demanda :

— Comment avez-vous rencontré Michael Campion ?

— Je l'ai rencontré à la Newkirk Preparatory School. J'ai fait sa connaissance en première année, mais nous ne sommes devenus amis que l'année dernière.

— Comment est née votre amitié, monsieur Cook ?

— Eh bien, disons que Michael n'avait pas beaucoup d'amis.

Le regard du jeune homme croisa brièvement celui de Yuki.

— Il était apprécié, mais peu d'élèves étaient proches de lui, parce qu'il ne pouvait pratiquer aucun sport, ni participer aux soirées étudiantes. À cause de ses problèmes cardiaques.

— Mais cela ne vous a pas empêché de lier amitié avec lui ?

— Je souffre d'asthme chronique.

— Et en quoi cela a-t-il influé sur votre relation ?

— Ce qu'il avait était bien plus grave, mais je comprenais ce qu'il vivait. On parlait souvent du fait d'être malade, de la galère d'avoir à gérer ça au quotidien.

— Est-ce vous qui avez parlé à Michael de Mlle Junie Moon, ici présente ?

— Oui.

— Travis, je me rends bien compte qu'il est un peu embarrassant pour vous de venir évoquer ce sujet, mais je vous rappelle que vous avez prêté serment.

— Je sais.

— Bien. Que lui avez-vous dit exactement ?

— Que j'étais allé la voir, marmonna-t-il.

— Parlez bien fort, pour que le jury vous entende.

— J'ai dit à Michael que j'étais allé la voir. On était nombreux à le faire. C'est une fille très bien pour un garçon qui… comment dire ? Elle est douce, patiente…

Le jeune homme poussa un soupir :

148

— C'est le genre de fille parfaite quand on veut s'initier.

— S'initier ? demanda Yuki. Je ne suis pas sûre de bien saisir.

— Quand on veut le faire pour la première fois. On ne se pose pas dix mille questions sur ce que la fille va penser. On peut être soi-même. On s'amuse, on paye, et puis on s'en va.

— Je vois. Et comment a réagi Michael lorsque vous lui avez parlé de Mlle Moon ?

— Il m'a dit qu'il ne voulait pas mourir puceau.

— Travis, avez-vous vu Michael la veille de sa disparition ?

— Oui, je l'ai croisé à la cafétéria.

— Comment l'avez-vous trouvé ?

— Il avait l'air joyeux. Il avait rendez-vous avec Junie le soir même.

— Merci, Travis. Maître Davis, le témoin est à vous.

L. Diana Davis portait une veste croisée de couleur bleue ornée de gros boutons en nacre, et une triple rangée de perles. Ses cheveux argentés étaient impeccablement coiffés.

Elle se leva et s'adressa à Cook depuis sa place :

— Je n'aurai qu'une seule question, monsieur Cook.

Le jeune homme la dévisagea avec sérieux.

— Avez-vous vu, de vos yeux, Michael Campion entrer chez Junie Moon ?

— Non.

— Pas d'autres questions, Votre Honneur, fit Davis en se rasseyant.

51

Tanya Brown s'amusait visiblement beaucoup, et, par la même occasion, donnait à Yuki une migraine carabinée.

Elle adressa un sourire à l'huissier, puis se passa la main dans les cheveux tandis qu'elle prêtait serment. Vêtue d'une combinaison orange, elle adoptait des postures de mannequin présentant un modèle haute couture de chez Versace. Tanya Brown était la dernière des trois détenues que Yuki présentait à la barre – toutes incarcérées pour vente de produits stupéfiants. La parole d'un prisonnier était généralement considérée comme peu crédible, mais Yuki espérait que le témoignage quasi identique des trois femmes viendrait justifier les aveux de Junie Moon.

— L'accusation vous a-t-elle promis quoi que ce soit en échange de votre témoignage ? demanda Yuki.

— Non.

— On ne vous a pas promis de vous transférer dans une autre prison, de vous accorder une remise de peine, ou de quelconques privilèges ?

— Non, madame. Vous m'avez bien prévenue que je n'obtiendrais rien.

Tanya se servit un verre d'eau, lança un sourire au juge, puis cala de nouveau ses fesses sur le siège des témoins.

— Très bien, mademoiselle Brown, poursuivit Yuki. Connaissez-vous l'accusée ?

— Je ne dirais pas que je la connais vraiment, mais on a partagé la même cellule pendant une nuit.

— Mlle Moon vous a-t-elle expliqué les raisons de son incarcération ?

— Bien sûr. Quand une nouvelle arrive, on lui pose forcément la question.

— Que vous a-t-elle dit exactement ?

— Elle a expliqué qu'elle se prostituait, et qu'elle avait eu Michael Campion comme client.

— Et pourquoi avez-vous gardé ce détail en mémoire ?

— Vous plaisantez ? Quelqu'un d'aussi célèbre ! On l'a bombardée de questions, vous pensez bien ! Et de fil en aiguille, elle nous a raconté qu'il était mort pendant qu'elle couchait avec lui.

— C'est ce que vous a dit Mlle Moon ?

— Oui. Elle nous a dit qu'il avait fait une crise cardiaque. Ça m'est arrivé à moi aussi, mais mon micheton n'était pas un golden boy, croyez-moi. C'était un vieux qui sentait la sueur, et il est mort sur le siège avant de sa Cadillac ; du coup, j'ai ouvert la portière, et – euh… pardon, excusez-moi.

— Mademoiselle Brown, Junie Moon vous a-t-elle raconté ce qui s'était passé lorsque Michael Campion a eu cette crise cardiaque ?

— Bah, elle s'est mise à chialer, et elle nous a expliqué qu'elle et son petit ami s'étaient débarrassés du corps.

— A-t-elle dit autre chose ?

— Elle a dit que Michael était le garçon le plus gentil qu'elle avait jamais rencontré, et que c'était triste qu'il soit mort le plus beau jour de sa vie.

Yuki remercia Tanya Brown, et autorisa L. Diana Davis à l'interroger tout en s'assurant que Tanya ne levait pas les yeux au ciel.

Davis lui posa la même question qu'aux deux détenues précédentes :

— Mlle Moon vous a-t-elle apporté la moindre preuve qu'elle avait effectivement couché avec la soi-disant victime ? A-t-elle, par exemple, décrit l'emplacement de certains grains de beauté ? Vous a-t-elle montré des souvenirs ? Une bague, un petit mot, une mèche de cheveux ?

— Non, madame. Rien de tout ça.

— Pas d'autres questions, Votre Honneur, fit Davis d'un ton dédaigneux.

52.

Twilly appela Yuki à son bureau pour l'inviter à dîner à L'Aubergine, un tout nouveau restaurant branché sur McAllister. « J'ai énormément de boulot », répondit-elle en râlant, avant de se laisser finalement fléchir : « D'accord, mais pas trop tard. »

À 18 heures, le restaurant commençait déjà à se remplir d'une foule animée, mais Twilly et Yuki étaient installées à une petite table loin du bar, où ils pouvaient discuter tranquillement. Les genoux de Twilly frottaient par moments contre ceux de Yuki, mais la jeune femme n'y voyait rien de désagréable.

— Pour moi, Davis est un peu comme un engin explosif improvisé, fit-elle en piochant une coquille Saint-Jacques dans son assiette. Elle risque de vous péter à la figure à tous les check points.

— Son petit numéro commence à s'essouffler. Ne

vous inquiétez pas. Je suis certain qu'elle passe toutes ses nuits à gamberger en appréhendant votre prochain affrontement.

Un sourire éclaira le visage de Yuki.

— Assez parlé de moi, dit-elle. J'aimerais que vous me racontiez un peu votre premier roman.

— Est-ce bien utile ? Il ne s'est vendu qu'à deux cents exemplaires.

— C'est faux.

— Je vous assure que c'est vrai. J'en sais quelque chose, c'est moi qui les ai tous achetés.

Yuki partit d'un grand éclat de rire. Elle relâchait enfin la pression, et était heureuse de partager ce moment exclusif avec Twilly.

— Je l'ai écrit sous un pseudonyme. Comme ça, si jamais vous faites une recherche sur Google, ce fiasco n'apparaît pas associé à mon nom.

— Eh bien, maintenant, je suis au courant ! Alors ? De quoi parlait-il ?

Twilly poussa un long soupir théâtral, mais Yuki voyait bien que ce n'était là qu'un tour de chauffe, avant de se lancer dans un récit qu'il affectionnait particulièrement.

— Le livre retrace l'histoire d'une chanteuse de country originaire de Nashville, Joey Flynn. Vous avez déjà entendu parler d'elle ?

— Jamais.

— Il y a de ça une dizaine d'années, elle avait sorti quelques disques qui avaient plutôt bien marché. Vous connaissez la chanson *Hot Damn* ? Ou *Blue Northern* ? Non ? Peu importe.

» Joey était mariée à un menuisier, Luke Flynn, son amour de lycée. À vingt-cinq ans, ils avaient déjà eu quatre enfants. Un jour qu'elle se produisait dans un saloon, un fan est venu lui apporter un énorme bouquet de roses. Cent au total. Elle a aussitôt craqué pour le type.

— Cent roses…, fit Yuki d'un air rêveur en essayant de se représenter la chose.

Twilly eut un petit sourire :

— Joey a fricoté avec lui pendant trois semaines avant que Luke ne découvre leur liaison. Il a alors décidé de la confronter.

— De quelle manière ?

— Il est allé frapper à la porte de leur chambre d'hôtel.

— Je vois…

— Ç'a été la fin de la petite passade de Joey, mais Luke ne lui a jamais pardonné. Plus tard, elle s'est rendu compte qu'il projetait de la tuer.

— Comment ?

— Comment elle s'en est rendu compte ? Ou comment Luke comptait-il s'y prendre ?

Yuki éclata de rire :

— Les deux, et je crois que je vais reprendre une part de ce délicieux gâteau à la mousse de chocolat.

— Vous l'avez bien mérité, vu la façon magistrale dont vous avez mené l'interrogatoire du gouverneur, fit Twilly en posant sa main sur celle de Yuki.

Il l'y laissa un long moment, avant d'adresser un geste au serveur. Après avoir passé commande, il reprit le cours de son récit :

— Cinq ans après son aventure avec le fan au bouquet de roses, en fouillant dans l'ordinateur de Luke, Joey a découvert qu'il faisait des recherches sur les différentes manières d'empoisonner quelqu'un.

— Oh, mon Dieu…

— Elle a alors écrit à sa meilleure amie, en expliquant dans sa lettre que si quelque chose venait à lui arriver, la police devrait aller interroger son mari. Dix jours plus tard, elle a été retrouvée morte, et les analyses ont révélé des traces de cyanure de potassium dans son sang. L'amie de la jeune femme est allée montrer la lettre à la police, et Luke Flynn a été arrêté et inculpé pour meurtre.

— Ça me rappelle l'histoire de Nicole Simpson, qui avait pris des Polaroids de ses bleus et les avait entreposés dans un coffre pour que sa sœur puisse y avoir accès si O.J. venait à la frapper plus durement.

— Exactement ! J'ai écrit un synopsis en vue d'en faire un livre, obtenu une grosse avance sur un contrat à six chiffres, et je suis allé passer du temps avec Luke Flynn, qui méditait son geste derrière les barreaux en attendant son procès. Laissez-moi vous dire qu'aux alentours de la prison de Nashville, la nourriture n'a rien de comparable avec celle qu'on sert dans ce restaurant.

— Tenez, finissez-le, fit Yuki en poussant devant elle les deux tiers de son gâteau.

— Vous êtes sûre que vous n'en voulez plus ? fit Twilly en prenant l'assiette.

— Ensuite, que s'est-il passé ? demanda Yuki.

Le serveur apporta l'addition. Twilly sortit sa carte de crédit.

— Laissez-moi vous raccompagner à votre voiture. Je vous raconterai ça en chemin.

— Pourquoi ne viendriez-vous pas chez moi ? Le moins que je puisse faire, c'est vous offrir un café.

Un sourire se dessina sur les lèvres de Twilly.

53

Confortablement installé dans une causeuse, Jason Twilly savourait tranquillement une tasse d'*Irish Coffee*. Assise face à lui, de l'autre côté de la petite table basse en verre, Yuki l'écoutait avec attention.

Plus elle l'observait, plus elle le trouvait attirant, et plus elle se disait qu'elle n'avait pas fait l'amour depuis si longtemps qu'elle n'était même pas certaine de se rappeler la marche à suivre. Et voilà qu'elle se retrouvait en compagnie d'un écrivain célèbre, qui lui briserait sûrement le cœur si elle le laissait faire. Le problème, c'est qu'elle n'avait le temps ni pour la bagatelle, ni pour s'appesantir sur d'éventuelles peines de cœur. Elle devait assister à une téléconférence tôt le lendemain matin, avec Parisi et le procureur ; elle devait se préparer à affronter le prochain round du procès ; et surtout, elle devait aller se coucher, et dormir.

Au comble de l'enthousiasme, Twilly avait, quant à lui, atteint le point culminant de son récit :

— Le procureur détenait donc la lettre que Joey Flynn avait envoyée à sa meilleure amie. Il s'est avéré que la chanteuse avait également confié ses craintes à sa coiffeuse.

— Je n'en peux plus, Jason. Racontez-moi vite la fin, car je dois aller me coucher dans dix minutes, et vous, vous devez rentrer à votre hôtel.

— Venez donc passer ces dix dernières minutes près de moi.

Yuki sentit son cœur se mettre à cogner dans sa poitrine. Elle sentait également autre chose : la présence de sa mère tout autour d'elle – une présence imprégnée dans les meubles, qui émanait du portrait accroché au mur – et elle savait que sa mère aurait voulu qu'elle dise au revoir à son hôte et qu'elle le raccompagne à la porte.

Elle se leva et vint s'asseoir à côté de Twilly.

Twilly la prit dans ses bras, se pencha vers elle et l'embrassa. Yuki s'abandonna et plongea ses mains dans les cheveux de Jason, chamboulée par la puissance du désir qui la transportait. C'était tout simplement incroyable ! Mais lors du second baiser, comme les mains de Jason glissaient vers sa poitrine, elle se dégagea de son étreinte. Le souffle court, troublée et confuse, elle était à présent hésitante.

Elle n'était pas prête. Il était encore trop tôt.

Yuki baissa la tête et évita le regard de Twilly qui, dans un geste tendre, lui rabattait une mèche de cheveux derrière l'oreille.

Puis, comme si rien ne s'était passé, il reprit le fil de son histoire :

— Le juge a décidé que la lettre écrite par Joey n'était pas recevable, parce qu'un prévenu, en l'occurrence Luke Flynn, devait pouvoir être confronté à son accusateur.

— Laquelle accusatrice était malheureusement décédée.

— Exact. En revanche, il a accepté de tenir compte du témoignage de la coiffeuse. L'avocat de Luke a combattu cette décision, arguant du fait que ce témoignage ne constituait qu'une rumeur et n'était pas non plus recevable. Rien n'y a fait, et Luke a été condamné malgré tout.

— C'est assez étonnant.

— Effectivement. L'avocat de Luke s'est pourvu en cassation auprès de la Cour suprême du Tennessee, et huit mois plus tard la condamnation a été annulée. À l'heure où je vous parle, Luke Flynn vit à Louisville avec sa nouvelle femme et ses enfants. Il fabrique des buffets de cuisine. Comme si Joey Flynn n'avait jamais existé.

— Laissez-moi deviner : l'histoire se termine en queue de poisson. Et vous deviez soit écrire le livre, soit rendre l'avance que vous aviez touchée.

— Exactement. J'ai donc écrit *Blue Northern*, en reprenant le titre de la chanson de Joey, et ça a fait un flop. Mais *Malvo* a rencontré un énorme succès, tout comme *Rings on Her Fingers*. Et mon prochain livre, la bouleversante histoire de Michael Campion, sa vie et sa fin tragique racontées par le séduisant – oh, Yuki…

Jason attira Yuki contre lui et tenta de l'embrasser à nouveau.

— Non, Jason. Je ne peux pas, fit la jeune femme en lui résistant.

Il la serra plus fort, et Yuki se leva d'un bond pour échapper à son étreinte. Elle se réfugia de l'autre côté de la table basse.

Le visage de Twilly s'assombrit. Il était en colère, et elle comprenait sa réaction : il avait parfaitement ressenti son désir, mais aucunement son anxiété.

— Je suis désolée, balbutia Yuki. C'est juste que…

— Arrête de t'excuser et sois une gentille fifille, l'interrompit Twilly.

Son sourire en coin semblait forcé. Il se leva, s'approcha d'elle, mais elle recula de plusieurs pas.

Une gentille fifille ? Qu'est-ce qui clochait, au juste, chez ce mec ?

Yuki traversa la pièce en direction de la porte, qu'elle ouvrit d'un geste brusque :

— Bonne nuit, Jason ! lança-t-elle.

Mais Twilly ne semblait pas pressé de partir.

— Vous vous foutez de moi, ou quoi ? Vous flirtez avec moi, vous m'invitez à venir boire un café chez vous, et au dernier moment...

Il s'avança vers Yuki ct lui agrippa le menton entre le pouce et l'index pour la forcer à le regarder.

— Écoutez-moi bien...

— J'ai dit non, fit Yuki en se dégageant. Maintenant sortez de chez moi ou j'appelle la police.

— Sale petite allumeuse, lâcha-t-il avec un sourire froid.

Il quitta l'appartement d'un pas nonchalant. Le cœur de Yuki battait la chamade. Elle claqua la porte derrière lui, tira le verrou et attendit le bruit de l'ascenseur à l'autre bout du couloir. Elle se dirigea ensuite vers la fenêtre et observa Twilly qui sortait de l'immeuble et montait dans sa voiture.

Un crissement de pneus retentit dans la nuit, puis la Mercedes noire s'éloigna à vive allure en descendant Jones Street.

54.

Après qu'un authentique tueur psychopathe avait été arrêté dans son immeuble, Cindy avait sérieusement songé à adopter un chien pour assurer sa protection. Les pitbulls étant interdits à San Francisco, et ne voulant ni d'un molosse, ni d'un toutou-à-sa-mémère, Cindy, dans sa quête du compagnon canin idéal, avait atterri à Seth on Sixth, la boutique animalière située à deux pas de chez elle.

— Prenez celui-là, lui avait dit Seth, le gérant. Il s'appelle Horndog.

Horndog était en réalité un cacatoès à huppe rouge, un parent de l'oiseau de Robert Blake, alias Tony Baretta dans la série télé éponyme. Mais Horndog n'avait rien d'une vedette. Il passait le plus clair de son temps à s'arracher les plumes de la poitrine, ne relevant la tête que pour râler chaque fois que la porte de la boutique s'ouvrait.

— Horndog est un peu dépressif, avait expliqué Seth. Il a besoin d'un foyer. Une chose est sûre, si jamais quelqu'un entre chez vous, il vous avertira.

Horndog, qui avait été rebaptisé Peaches, vivait donc à présent chez Cindy et n'était plus dépressif. Perché sur l'épaule de sa maîtresse, il mâchonnait un crayon tout en marmonnant sa phrase fétiche, qu'il répétait en boucle, inlassablement, et que Cindy avait mis une dizaine de jours à comprendre : « Tuer cette salope. Tuer cette salope. » Phrase à laquelle elle répondait souvent : « Gentil oiseau, gentil oiseau », plusieurs fois de suite, dans l'espoir que ce conditionnement finirait par le « reprogrammer ».

Ce soir-là, Peaches et Cindy étaient installés devant l'ordinateur. Cindy effectuait des recherches sur Internet en essayant différents mots-clés : « incendies mortels villas », « incendies mortels villas baie de San Francisco », « incendies villas origine du sinistre

160

inconnue ». Chaque fois qu'elle pressait la touche « Entrée », une avalanche de résultats envahissait son écran.

Cindy gratouilla le cou de Peaches, puis se leva pour aller se servir une nouvelle tasse de thé avant de retourner s'asseoir derrière son bureau. L'horloge, dans le coin de l'écran, indiquait 22 h 32, et elle n'avait toujours pas progressé d'un iota. Elle reformula sa requête et tapa cette fois : « incendie villa riche couple ».

— Hallucinant, Peaches ! s'exclama-t-elle en voyant les dizaines de réponses qui apparaissaient sur la page de résultats. Il y a trop d'informations !

Presque tous les liens traitaient du même incendie, celui d'une villa des environs de San Francisco, survenu quatre ans plus tôt. Tandis que Cindy étudiait les articles, l'histoire des victimes, Emil et Rosanne Christiansen, lui revint en mémoire. Elle n'était pas encore affectée à la rubrique des faits criminels à l'époque.

Emil Christiansen était le directeur financier d'une entreprise de matériel de bureau qui avait été rachetée par une entreprise d'informatique. Devenus multimillionnaires en très peu de temps, les Christiansen avaient quitté la ville pour aller s'installer dans une région boisée, le long de la côte. Selon les articles, la maison avait entièrement brûlé avant que les pompiers n'aient eu le temps d'arriver, et le couple avait péri dans l'incendie.

Les pompiers présents sur les lieux avaient établi que le sinistre était d'origine accidentelle. Pourtant, après avoir dressé l'inventaire des biens, le fils du couple avait signalé la disparition d'une collection de pièces de monnaie appartenant à son père, ainsi qu'une bague appartenant à sa mère, en saphirs et diamants, d'une valeur de cinquante mille dollars.

À la fin du dernier article, Cindy tomba sur une citation de l'enquêteur. Ce dernier avait expliqué au journaliste qu'une bougie avait mis le feu à des papiers, et que les flammes s'étaient ensuite propagées aux rideaux, puis à la maison tout entière. N'ayant relevé aucune trace de produit allume-feu, il n'était pas en mesure de déterminer si l'incendie était d'origine criminelle.

En poursuivant ses recherches, Cindy dégota le rapport du légiste. Selon lui, le décès des Christiansen était lié à une asphyxie consécutive à une inhalation de fumée. Il ajoutait qu'en se basant sur le seul rapport du capitaine des pompiers, il était impossible de déterminer si la mort était accidentelle ou le résultat d'un acte criminel.

— Dis-moi, Peaches. À ton avis, qu'est devenue cette fameuse bague ?

— Tuer cette salope. Tuer cette salope.

Cindy avait le cerveau en pleine ébullition. S'il était avéré que les Christiansen avaient été cambriolés, pourquoi l'enquêteur disait-il ignorer la cause de l'incendie ? D'autre part, cet homme travaillait également sur les affaires Malone et Meacham. Était-ce là une simple coïncidence ?

Cindy connaissait son nom, car Lindsay lui avait déjà parlé de lui. Il s'agissait d'un certain Chuck Hanni.

Elle remit Peaches dans sa cage, et passa plusieurs coups de fil. Le premier à son rédacteur en chef. Le second à Lindsay.

162

55

La fille était du genre obèse.

Assise à une table de pique-nique devant le Jamba Juice Bar, face au White Plaza, elle sirotait son smoothie avec une paille. Elle était habillée comme un sac, avec sa longue jupe informe et son sweat-shirt rouge gigantesque. Sa peau rêche, ses cheveux châtain terne venaient compléter le tableau. Elle était, pour tout dire, *parfaite*.

Faucon dressa le sourcil en l'apercevant. Il se tourna vers Pigeon, qui acquiesça d'un signe de tête. Tous deux se dirigèrent vers la table et prirent place, Faucon à côté de la fille, Pigeon face à eux.

Mimant un téléphone avec son pouce et son auriculaire, Faucon imita un bruit de sonnerie :

— Driiing !

— Allô ? répondit Pigeon en faisant semblant de prendre l'appel.

— Pigeon ? Il va falloir que tu bouges de là, mec. Je crois bien que je l'ai vue en premier.

— Peut-être, mais c'est moi qui ai craqué pour elle. Je te l'ai déjà dit, je suis dingue de cette nana.

La fille leva les yeux, intriguée par la conversation. Elle observa Faucon, assis à sa gauche, puis se tourna vers Pigeon, avant de retourner à son écran d'ordinateur portable – elle était occupée à mettre à jour sa page MySpace.

— J'ai l'impression qu'elle ne s'intéresse ni à toi ni à moi, mon pote, reprit Faucon en parlant dans son faux téléphone. Tu crois qu'elle nous snobe ?

— Attends, je vais essayer de lui parler, répondit Pigeon.

Il posa son combiné imaginaire sur la table et se tourna vers la fille :

— Salut. Moi, c'est Pigeon. Je suis en licence d'informatique, dit-il en pointant du doigt le Gates Building. Mon pote aimerait t'inviter à sortir, mais même s'il t'a vue en premier, c'est moi qui ai craqué pour toi.

— Ouais, c'est ça ! riposta la fille. Arrêtez de vous foutre de ma gueule.

Faucon lui posa la main sur le bras :

— Ça me fait de la peine, ce que tu viens de dire. Tu te trompes complètement sur nous. On s'est vus à la bibliothèque, tu ne t'en souviens pas ? Le truc, c'est que je ne suis pas très doué pour brancher les filles.

— C'est vrai, intervint Pigeon. Faucon est très timide. C'est souvent moi qui lui arrange ses coups. Sauf que là, en te voyant, je me suis dit : cette fille, c'est plus mon genre que le sien.

— Et de quel genre tu parles ? demanda la fille, qui se laissait peu à peu entraîner dans la conversation.

Autour d'eux, les cyclistes allaient et venaient gaiement. Une odeur de pain chaud flottait dans l'air. Le soleil dardait ses chauds rayons. C'était vraiment une journée magnifique, et elle venait de devenir plus belle encore.

— Tu es quelqu'un de créatif, ça se sent. Je parie que tu es en littérature.

— Non, en biologie.

— En biologie ? Cool, dit Faucon. N'écoute pas ce que dit mon ami, c'est moi qui suis écrivain. Comment t'appelles-tu ?

164

— Kara. Kara Lynch.

— Enchanté, Kara. Moi, c'est Faucon. Et lui, c'est mon pote, Pigeon.

— Alors comme ça, tu es écrivain ? Tu écris quoi, exactement ? lui demanda la fille.

— Eh bien, Pigeon et moi bossons sur un projet de roman. Mais dis-moi, Kara, je peux t'offrir quelque chose à boire ? Un autre *Strawberry Whirl* ?

— Avec plaisir, merci, répondit Kara, tout sourire.

Faucon quitta la table, et Pigeon se pencha vers elle :

— Sérieusement, Kara, ne me dis pas que c'est ton genre de mecs. C'est vrai qu'il est mignon, mais moi, je suis un génie de l'informatique. Le meilleur de ma promo. Si je te donnais mon vrai nom, je suis sûr que ça te dirait quelque chose. Écoute, au moment où Faucon va revenir, il faudra que tu choisisses. Soit c'est lui que tu invites, soit c'est moi, mais dans tous les cas, il faudra faire un choix. Sans ça, on serait forcés de se battre, lui et moi. Ce serait cruel, reconnais-le.

À cet instant, Kara leva les yeux vers Faucon, qui revenait avec un verre de smoothie. Elle le remercia, puis demanda :

— Euh... ça te plairait qu'on sorte ensemble un de ces soirs ?

Un sourire se dessina sur le visage de Faucon :

— Et moi qui venais juste de me dire que, finalement, tu étais plus le genre de Pigeon. Tu sais que c'est un génie de l'informatique ? Tu t'en voudrais toute ta vie d'être passée à côté d'une occasion de sortir avec lui.

L'air dubitatif, Kara se tourna vers Pigeon. Ce dernier lui adressa un grand sourire :

— Tu dois choisir, Kara.

— C'est ça ! Et mon cul, c'est du poulet ? lâcha-t-elle, vexée.

Elle rougit et retourna à son écran d'ordinateur.

— Je n'irais pas goûter pour vérifier, Kara. Après tout, c'est Faucon qui t'a vue en premier.

Il explosa de rire. Faucon, de son côté, fit mine de reprendre son téléphone imaginaire :

— Driiing.

— Allô ?

— Allô, Pigeon ? Hé ! Comme si on pouvait avoir envie de se taper cette grosse vache ! lança-t-il d'une voix assez forte pour attirer l'attention des autres étudiants attablés sur la terrasse.

Les deux amis partirent d'un grand éclat de rire et prirent un malin plaisir à s'esclaffer le plus bruyamment possible, le tout à grand renfort de claques sur les cuisses, allant même jusqu'à se rouler par terre.

Pigeon fut le premier à recouvrer son calme. Il se releva :

— *Mea culpa*, Kara *mia*, lança-t-il à la fille en lui ébouriffant les cheveux d'un geste moqueur. Tu auras plus de chance la prochaine fois.

Il la salua en faisant une révérence, ignorant les larmes qui coulaient sur ses joues.

56.

Conklin gara la voiture au bord d'une étroite route bordée d'arbres. Nous étions à Monterey, petite ville côtière située à deux heures de route au sud de San

Francisco. Sur ma droite, une aile de la maison à trois étages demeurait intacte, mais la partie centrale avait brûlé jusqu'à la charpente, laissant le toit béant, ouvert sur le ciel limpide comme un cri silencieux.

Conklin et moi nous frayâmes un chemin à travers les grappes de badauds amassés le long du trottoir, passâmes sous le cordon installé par la police et remontâmes l'allée d'un pas rapide.

L'enquêteur nous attendait à l'extérieur, au niveau de la porte principale. Grand, la trentaine, il faisait tinter ses clés et sa monnaie dans sa poche. Il se présenta, Ramon Jimenez, et me tendit sa carte, où figurait, inscrit au dos, son numéro de portable. Jimenez ouvrit le cadenas posé par les pompiers et nous entrâmes dans la partie centrale de la maison. Une vive odeur de pommes et de cannelle nous prit aussitôt à la gorge.

— C'est une bombe de désodorisant qui a explosé, expliqua Jimenez. Venez, suivez-moi dans l'antre des *crispy critters*[1].

Tandis que nous le suivions à l'intérieur de la carcasse calcinée, je songeai aux nombreux flics et pompiers qui se plaisent à jargonner pour montrer qu'ils sont des durs à cuire – alors qu'en réalité, intérieurement, ils sont effrayés. D'autres, au contraire, trouvent ça simplement marrant. À quelle catégorie appartenait Jimenez ?

— La porte principale était-elle verrouillée ? lui demandai-je.

— Non, et c'est un voisin qui a appelé pour signaler l'incendie. Vous savez, dans le coin, la plupart des

_____

1. Terme d'argot militaire qui désigne des personnes victimes de brûlures, généralement fatales. (*N.d.T.*)

gens ne prennent pas la peine de programmer leur alarme.

Des bris de verre crissaient sous ma semelle, et je sentais l'eau s'infiltrer dans mes chaussures au fur et à mesure que je progressais en pataugeant. J'essayais d'imaginer quelle avait pu être la vie des victimes en examinant les restes de leur maison, mais mon habileté à assembler les pièces du puzzle était mise à mal par l'ampleur de la destruction. L'incendie en premier lieu, puis l'arrosage intensif qui avait été nécessaire pour l'éteindre, avaient rendu la scène de crime presque inexploitable.

Il était inutile d'espérer relever la moindre empreinte digitale. Cheveux, fibres, traces de sang, empreintes de pas, tickets, notes – il n'y avait plus rien de tout ça. À moins de retrouver un détonateur ou de détecter d'éventuelles traces d'allume-feu, il nous était même impossible de déterminer si cet incendie et les autres avaient été allumés par la même personne.

Le seul élément probant dont nous disposions, c'était la similitude entre ce sinistre et ceux qui s'étaient produits chez les Malone et chez les Meacham.

— Il s'agit d'un couple marié, George et Nancy Chu, nous apprit Jimenez. Nancy était prof en collège, et son mari travaillait dans la finance. Ils payaient leurs impôts, respectaient la loi, étaient bien vus dans le quartier, etc. Pas de liens connus avec d'éventuels truands. Je peux vous faxer le compte rendu du porte-à-porte effectué dans le voisinage.

— Que dit le légiste ? demandai-je.

Derrière moi, Conklin barbotait dans les ruines calcinées. Il s'engagea dans l'escalier dont ne subsistait

168

qu'un squelette mais qui tenait encore debout, contre le mur du fond.

— Euh… Le légiste n'a pas été envoyé. Le chef des pompiers a classé l'incendie comme étant d'origine accidentelle. La sœur de Nancy Chu a fait venir les pompes funèbres aussi vite que possible.

— Le chef des pompiers n'a pas jugé utile d'appeler le légiste ? m'écriai-je, hors de moi. Je vous rappelle qu'on a actuellement affaire à une série d'incendies d'origine probablement criminelle, tous commis dans la région de San Francisco.

— Je n'ai pas été prévenu non plus, répondit Jimenez en me fixant de ses yeux sombres. Le temps que j'arrive sur place, les corps avaient déjà été emportés, et la maison était condamnée. Je commence à en avoir marre de me faire engueuler !

— Qui d'autre vous a engueulé ?

— Un gars que vous connaissez, Chuck Hanni.

— Chuck est venu ici ?

— Oui, ce matin. Nous l'avons appelé pour avoir son avis. Il m'a expliqué que vous enquêtiez sur des affaires similaires. D'ailleurs, avant que vous me reprochiez de ne pas vous avoir mis au courant, il se peut que nous ayons un témoin.

Avais-je bien entendu ce que venait de dire Jimenez ? Il y avait un témoin ? Je l'observai avec attention, en me cramponnant à l'espoir de pouvoir peut-être enfin résoudre cette enquête.

— Les pompiers ont découvert la fille des Chu inconsciente sur la pelouse. Elle se trouve actuellement au St. Anne's Children's Hospital. Elle souffre d'une intoxication au monoxyde de carbone.

— Elle va s'en sortir ?

Jimenez hocha la tête :

— Elle est consciente, mais extrêmement traumatisée. Pour le moment, elle n'a pas prononcé le moindre mot.

57.

Quelque part au deuxième étage, un téléphone sonnait de façon répétitive. J'attendis la fin des sonneries et leur triste écho sans réponse, puis demandai à Jimenez le nom et l'âge de la fille des Chu.

— Elle s'appelle Molly. Elle a dix ans.

J'inscrivis ces renseignements sur mon carnet, contournai un monticule de gravats détrempés, et me dirigeai vers l'escalier. Rich redescendait déjà. Avant que j'aie eu le temps de lui parler de Molly Chu, il me montra un livre de poche carbonisé.

Il subsistait suffisamment de la couverture pour que je puisse lire le titre : *Fire Lover*, de Joseph Wambaugh.

Ce livre, je le connaissais.

Il relatait l'histoire d'un pyromane en série qui avait terrorisé la Californie dans les années 80 et 90. Le texte de la jaquette relatait un incendie qui avait détruit un immense magasin de bricolage, tuant quatre personnes, dont un petit garçon de deux ans. Une scène d'horreur. Tandis que les flammes ravageaient le bâtiment, assis à l'avant de sa voiture, un homme filmait la scène par rétroviseur interposé – l'arrivée des camions, les pompiers qui tentaient l'impossible pour éteindre l'infernal brasier, cependant que, non loin de là, deux autres feux d'origine suspecte s'étaient déclarés.

Cet homme n'était autre que John Leonard Orr, un enquêteur spécialisé dans les incendies criminels, qui travaillait au Glendale Fire Department.

Orr était un homme reconnu et respecté. Il passait une grande partie de son temps à parcourir la Californie pour animer des conférences auprès des pompiers, aidait les forces de l'ordre à interpréter les indices et à comprendre la psychologie des pyromanes. Et lors de ces déplacements, John Orr allumait des incendies. C'est en faisant le rapprochement entre les villes où Orr se rendait pour ses conférences et les lieux des incendies que la police avait fini par le confondre.

Il avait été jugé, condamné, et emprisonné pour le restant de ses jours dans une petite cellule, à Lompoc, sans possibilité de libération conditionnelle.

— Aviez-vous vu ce livre ? demanda Conklin à Jimenez.

Ce dernier répondit par un signe de tête négatif :

— Pourquoi ? On est censés rechercher des livres ?

— Je l'ai trouvé dans la salle de bains principale, coincé entre le lavabo et la cuvette des toilettes, expliqua Conklin en se tournant vers moi.

Les pages étaient humides, mais le livre intact. Étonnamment, il est rare que les livres brûlent lors d'un incendie, car leur densité prive le feu de l'oxygène dont il a besoin pour se consumer. Rich l'ouvrit à la page de titre et me montra l'inscription en lettres majuscules, au stylo à bille.

J'en eus le souffle coupé.

C'était l'élément qui reliait entre eux tous ces incendies criminels.

La phrase en latin constituait la signature du tueur, mais quel en était le sens ? Quel message essayait-il de nous faire passer ?

— Hanni est venu ici, me dit Conklin d'une voix calme. Comment se fait-il qu'il ne l'ait pas trouvé ?

— Aucune idée, marmonnai-je en me concentrant sur la phrase écrite à la main sur la page de garde : *Sobria inebrietas*.

Même moi, j'étais capable de la traduire : « intoxication sans ébriété ».

Mais que diable signifiait-elle ?

58.

Conklin et moi ne nous étions jamais sérieusement disputés, mais ce jour-là, notre querelle dura les deux heures du trajet de retour. Rich persistait à affirmer qu'il était inconcevable, pour un professionnel comme Hanni, d'être passé à côté du « seul indice présent sur cette putain de scène de crime ».

J'aimais beaucoup Chuck Hanni. J'avais pour lui de l'admiration. Rich ne le connaissait pas depuis aussi longtemps, et ce détachement affectif lui permettait une plus grande objectivité. Je devais bien évidemment tenir compte de son point de vue. Hanni pouvait-il être un dangereux psychopathe ? Ou bien Conklin tenait-il si désespérément à élucider l'affaire Malone qu'il en venait à accorder à une simple étourderie une importance démesurée ?

En entrant dans les locaux de la brigade avec Rich,

j'aperçus, à travers les parois vitrées du bureau d'angle, Chuck Hanni en compagnie de Jacobi.

— Laisse-moi régler ça, OK ? me glissa Conklin.

Jacobi nous fit signe d'entrer. Conklin s'adossa au mur et je pris place sur une chaise à côté de Chuck, qui se tourna pour me faire face :

— J'étais en train de dire à Jacobi que l'incendie des Chu portait vraisemblablement la signature de l'enfoiré que nous recherchons. Qu'en pensez-vous ?

En observant le visage familier d'Hanni, je repensai à la fois où il m'avait parlé de la combustion spontanée. Nous étions attablés au MacBain's.

— Voilà comment ça se passe, Lindsay, m'avait-il dit par-dessus son verre de bière. Imagine un type obèse qui s'endort ivre mort dans son fauteuil, une clope à la main, après avoir picolé toute la soirée. Sa cigarette tombe entre deux coussins, prend feu, puis les flammes se propagent au fauteuil, et le type, dont la graisse est saturée d'alcool, s'enflamme à son tour, exactement comme une torche.

» Lorsque le tout a fini de brûler, si rien d'autre n'a été touché par les flammes, il ne reste plus que la structure métallique du fauteuil et les restes calcinés de notre homme, et voilà comment on en vient à croire à une combustion spontanée, qui n'a en fait pour origine qu'un simple mégot.

J'avais poussé un petit sifflement, éclaté de rire, et offert une nouvelle tournée.

— Dis-moi, Chuck, lança Conklin derrière moi, pourquoi es-tu allé sur les lieux de l'incendie sans nous en parler ?

— Ça veut dire quoi, cette question ? lâcha Hanni d'un ton irrité. Tu crois que je vous fais des cachotteries ? J'ai demandé à Jimenez de vous prévenir dès que j'ai vu les corps des victimes.

Conklin sortit le livre de la poche intérieure de sa veste, et le posa, emballé dans un sachet transparent, sur le bureau de Jacobi.

— J'ai trouvé ça dans la maison, fit-il d'une voix neutre, dénuée de toute ingénuité. Il y a une inscription en latin sur la page de garde.

Hanni observa le livre en silence.

— Comment j'ai pu ne pas le voir ? marmonna-t-il.

— Où l'as-tu trouvé exactement ? demanda Jacobi.

— Dans une salle de bains, lieutenant, bien en évidence.

Jacobi fixa Hanni de ce regard terrifiant qu'après vingt-cinq années passées à interroger les pires criminels, il maîtrisait à la perfection.

— Qu'as-tu à répondre, Chuck ?

59.

— Quoi ? s'écria Chuck avec un mouvement de recul.

Sa chaise racla le sol. Il avait été pris au dépourvu et semblait indigné :

— Vous me croyez de la même espèce que ce cinglé de John Orr ? Vous pensez que j'allume des incendies dans le seul but de venir jouer les héros ? Oh, et bien sûr, j'ai placé ce livre dans la salle de bains pour que les soupçons se portent sur moi ? J'ai personnellement salué le travail de l'ATF quand ils ont fait tomber John Orr.

Conklin eut un petit sourire et haussa les épaules.

Je sentis des gouttes de sueur perler sur mon front. Je n'imaginais pas Hanni coupable de ce dont Conklin l'accusait, mais j'avais vu tant de personnes au-dessus de tout soupçon reconnues coupables de meurtres en série... Il fallait que j'en aie le cœur net. Je restai donc coite et observai la scène qui était en train de se dérouler.

— Pourquoi tu ne nous as pas parlé des Christiansen ? demanda Conklin. Un couple richissime tué dans l'incendie de sa maison, plusieurs objets de valeur dérobés...

— Je ne passe pas ma vie à ruminer mes vieilles enquêtes, l'interrompit Hanni. Toi oui, peut-être ? C'est déjà suffisamment pénible d'en rêver la nuit...

— Quand même ! insista Conklin. Le mode opératoire était identique. J'en viens à me demander si le tueur n'a pas développé une certaine forme d'addiction. Peut-être est-il encore en activité, et maintenant, il laisse des indices sur ses scènes de crime. Comme par exemple un livre avec une phrase en latin inscrite à la main sur la page de garde.

Je me tournai vers Hanni pour tenter de déchiffrer l'expression de son visage. Je m'attendais à tout : le voir s'enfuir, ou bien se jeter sur Conklin, ou encore fondre en larmes.

Au lieu de ça, il se renfrogna et lança :

— Comment ça, le tueur a développé une forme d'addiction ? Matt Waters a avoué être l'auteur de l'incendie il y a déjà cinq ans. Il est actuellement incarcéré à San Quentin. Vérifie, Conklin, avant de lancer des accusations à tort et à travers.

Mon visage me cuisait.

Cindy s'était-elle trompée ? L'incendie de la maison des Christiansen s'était produit loin de San Francisco, pourtant, j'aurais dû vérifier l'exactitude de ses recherches.

L'interphone de Jacobi avait sonné à plusieurs reprises depuis le début de notre entretien, et Brenda Fregosi, notre assistante, fit soudain irruption dans la pièce et lui tendit un Post-it :

— Que se passe-t-il, lieutenant ? Vous n'entendez pas la sonnerie, ou quoi ?

Sans attendre de réponse, elle ressortit en balançant les hanches. Jacobi lut le message.

— Molly Chu a commencé à répondre aux questions du médecin psychiatre de l'hôpital, nous dit-il. Elle est peut-être prête à parler.

Chuck se leva de sa chaise, mais Jacobi l'arrêta d'un geste de la main :

— J'aimerais m'entretenir avec toi, Chuck. En tête à tête.

60.

Mon cœur se serra lorsque j'aperçus la petite fille. Ses cheveux avaient brûlé ; il ne lui restait plus qu'un duvet frisottant et noirci d'à peine trois centimètres de long. Ses cils et ses sourcils avaient eux entièrement disparu, et sa peau avait pris une teinte rose douloureuse à regarder. Nous nous approchâmes de son lit, qui semblait flotter sous une tonnelle de ballons brillants gonflés à l'hélium. Deux femmes d'origine asiatique s'écartèrent pour nous laisser de la place. Une femme aux cheveux blancs, septuagénaire au visage rond et aux yeux d'un bleu saphir, se leva et se présenta comme étant le médecin psychiatre, Dr Olga Matlaga.

S'adressant à la fillette, elle annonça :

— Ces deux personnes sont des policiers, mon petit cœur. Ils sont venus pour te voir.

Molly se tourna vers moi lorsque je lui dis mon nom, mais ses yeux étaient ternes, comme si on lui avait aspiré toute son énergie.

— Vous avez retrouvé Graybeard ? me demandat-elle dans un murmure, d'une petite voix ralentie par l'effet des analgésiques.

Je jetai un regard interrogateur au Dr Matlaga.

— Graybeard est le chien de Molly. Il a disparu.

J'expliquai à Molly que nous allions lancer un message à toutes les voitures de patrouille pour tenter de retrouver son Graybeard. Elle hocha la tête d'un air solennel.

— Peux-tu nous raconter ce qui s'est passé dans ta maison ? lui demandai-je ensuite.

La petite tourna son visage vers la fenêtre.

— Molly ? fit Conklin.

Il tira une chaise à lui, et s'assit de manière à se retrouver au même niveau que les yeux de la fillette :

— Je suis sûr que beaucoup de gens sont venus te voir pour te poser des questions. Je me trompe ?

Molly tendit la main vers la table de chevet. Conklin prit le verre d'eau qui y était posé, et le tint de façon qu'elle puisse boire à la paille.

— On sait que tu es fatiguée, trésor, mais si tu pouvais nous raconter une dernière fois ce qui s'est passé…

Molly poussa un soupir :

— Eh bien, à un moment, Graybeard s'est mis à aboyer. J'ai continué à regarder mon film, et un peu plus tard, j'ai entendu des voix. Je suis restée dans ma chambre, parce que mon papa et ma maman me disent toujours de ne pas descendre quand il y a des invités.

— Des invités ? demanda patiemment Conklin. Tu veux dire qu'il y en avait plusieurs ?

Molly fit oui de la tête.

— Ces personnes étaient des amis de tes parents ?

Elle haussa les épaules.

— Tout ce que je sais, c'est qu'il y en a un qui m'a prise dans ses bras pour me transporter dehors.

— Tu peux nous dire à quoi il ressemblait ?

— Il était très beau, et il avait les cheveux blonds, je crois. Il avait le même âge que Ruben.

— Ruben ?

— Mon grand frère, Ruben. Il est descendu à la cafétéria. Normalement, il habite sur le campus de *Cal Tech*. Il est en deuxième année, là-bas.

— Ce garçon, tu l'avais déjà vu ? intervins-je.

Je sentis la main du Dr Matlaga m'effleurer le coude, une manière de m'indiquer que l'interrogatoire était terminé.

— Je ne le connaissais pas, répondit Molly. Peut-être que j'étais en train de rêver, ajouta-t-elle en me fixant droit dans les yeux. Dans mon rêve, en tout cas, je sais que c'était un ange.

Ses paupières nues se fermèrent, et des larmes silencieuses se mirent à couler le long de ses joues.

61

— Hanni a été disculpé, fit Jacobi.

Il s'avança vers nous. Sa silhouette projetait son ombre sur nos bureaux.

— Il a été appelé pour un laboratoire de méthamphétamine qui a explosé le soir de l'incendie chez les Meacham. Il m'a dit qu'il vous en avait parlé.

Je m'en souvenais.

Il nous avait expliqué que l'incendie chez les Meacham était sa deuxième affaire de la soirée.

— J'ai parlé à cinq personnes présentes au labo. Ils m'ont tous affirmé que Chuck était resté avec eux jusqu'au moment où il avait reçu l'appel concernant l'incendie des Meacham. Et après vérification, Matt Waters purge bien une peine de prison à vie pour l'incendie qui a coûté la vie aux Christiansen.

Conklin poussa un soupir.

— Tous les deux, lança Jacobi. Bougez-vous. Trouvez ce que les victimes avaient en commun. Boxer – McNeil et Chi vont travailler sous tes ordres. Concentrez vos recherches sur les Malone et les Meacham – on nous a confié l'enquête. Voici le nom de la personne qui bosse sur l'affaire Chu, à Monterey. Quant à toi, Conklin, ce serait bien que tu arranges les choses avec Hanni. Il continue à bosser avec nous.

Je me tournai vers Rich tandis que Jacobi regagnait son bureau d'un pas lourd.

— Quoi ? Tu veux peut-être que j'aille lui acheter des fleurs ?

— Des fleurs, peut-être pas. Chuck risquerait de se poser des questions, répondis-je.

— Mes soupçons étaient quand même fondés, non ?

— Tu n'as rien à te reprocher, Richie. Ton raisonnement tenait debout, et tu ne t'es pas attaqué à Chuck de manière frontale. Tu as fait part de tes doutes à notre supérieur immédiat, et c'était la meilleure solution. Je suis simplement heureuse que tu te sois trompé.

— Toi qui le connais mieux que moi… tu crois que je vais retrouver les pneus de ma bagnole lacérés ?

L'idée me fit sourire.

— Tu sais quoi, Rich ? Je crois que Chuck s'en veut tellement d'avoir raté cet indice, que c'est aux pneus de sa propre voiture qu'il risque de s'en prendre. Va le voir, excuse-toi, serrez-vous la main et l'histoire sera oubliée.

À cet instant, la sonnerie de mon téléphone retentit.

Je soutins un moment le regard sombre de Richie – je savais ce qu'il ressentait et cela me faisait mal pour lui – puis décrochai le combiné. C'était la voix de Claire :

— Salut, ma belle. Conklin et toi avez un instant pour passer me voir ? J'ai deux ou trois trucs à vous montrer.

62.

Claire leva la tête lorsque nous franchîmes les portes de la salle d'autopsie. Elle portait une charlotte en papier à motifs floraux et un tablier dont les lanières étaient tendues à l'extrême à cause de son énorme ventre.

— Salut ! lança-t-elle. Venez un peu voir ça.

Au lieu d'un corps, nous avions devant nous, sur la table d'autopsie, un tube d'environ vingt centimètres, divisé en deux, qui ressemblait un peu à un muscle.

— Qu'est-ce que c'est ? demandai-je.

— Ceci est une trachée, nous apprit Claire. Elle appartenait au schnauzer qu'Hanni a découvert dans les buissons du jardin des Chu. Vous voyez comme elle est rose ? Il n'y a pas la moindre trace de suie. D'autre part, le test de monoxyde de carbone se révèle négatif ; j'en conclus donc que ce chien ne se trouvait pas dans la maison pendant l'incendie. Il était probablement dans le jardin, où il a donné l'alarme, et c'est là que quelqu'un l'a assommé d'un coup sur la tête, comme en atteste cette fracture, là.

Ainsi donc avait péri Graybeard. Il allait maintenant falloir annoncer à Molly que son chien était mort. Qui allait se charger de cette triste mission ? Claire poursuivit en nous expliquant qu'elle avait passé la journée à essayer de faire rapatrier les corps de George et Nancy Chu.

— Ce n'est pas notre juridiction, et ce n'est pas nous qui sommes sur l'enquête, mais j'ai finalement obtenu la permission du fils des Chu, Ruben. Je lui ai dit qu'en cas de procès, si jamais je devais témoigner contre le tueur sans avoir examiné les corps de *toutes* les victimes, l'avocat de la défense ne ferait de moi qu'une seule bouchée.

Claire s'interrompit. D'un regard, je l'encourageai à poursuivre.

— Ruben Chu était dans tous ses états. Il ne voulait pas que ses parents « subissent un nouvel outrage », mais j'ai finalement obtenu l'autorisation. Les deux corps sont actuellement en cours de radiographie.

— Quel est ton point de vue ? demandai-je.

— Les corps sont en très mauvais état. Certaines extrémités se sont d'ailleurs brisées au cours du trajet, mais j'ai retrouvé des fibres intactes enroulées autour de l'une des chevilles de George Chu. Et ça, mes amis, c'est la preuve qu'ils ont été ligotés.

— Bon boulot, Claire.

— Et j'ai prélevé suffisamment de sang pour établir un bilan toxicologique.

— Allez, arrête de nous faire languir…

— Je ne peux pas aller plus vite que la musique, plaisanta Claire en me pressant affectueusement l'épaule.

Elle ouvrit une enveloppe en papier kraft et en sortit une feuille qu'elle posa sur la table d'autopsie, à côté de la trachée. Elle fit courir son doigt le long d'une colonne de chiffres :

— Leur taux d'alcoolémie est important. Soit les Chu se sont enivrés, soit ils ont bu un liquide contenant un indice d'octane élevé.

— Comme Sandy Meacham ?

— À peu de chose près.

Je me remémorai soudain la phrase du livre. *Sobria inebrietas*. Intoxication sans ébriété. Je composai le numéro de Chuck sur mon téléphone portable. Si mon intuition était bonne, alors j'étais en mesure d'expliquer pourquoi il n'avait détecté aucune odeur de liquide inflammable sur les lieux des incendies.

— Chuck ? Lindsay à l'appareil. Dis-moi, est-il possible que les incendies aient été allumés à l'aide de boissons alcoolisées ?

63

Le soleil tomba derrière l'horizon, et quelqu'un alluma les plafonniers. Pour autant, Rich et moi continuions à errer dans l'obscurité la plus complète. Quelque part, un tueur bouffi de suffisance dînait en se réjouissant de ses succès. Peut-être même était-il en train de projeter un autre incendie – et ce tueur, nous ignorions qui il était et quand il allait frapper à nouveau.

Tandis que Chi et McNeil interrogeaient pour la seconde fois les voisins et amis des Malone et des Meacham, Conklin et moi étions plongés dans l'étude du dossier. Nous avions relu les conclusions de Claire, examiné les photos des badauds présents sur les lieux des incendies, et pris connaissance du compte-rendu de l'expert graphologue qui avait comparé l'écriture de chacune des phrases latines : « Je ne peux pas l'affirmer avec une certitude absolue, car nous avons affaire à des phrases en lettres capitales, mais il me semble qu'elles ont toutes été écrites par la même personne. »

Nous avions également fait le point sur nos propres souvenirs des scènes de crime, en condensant toutes ces informations dans l'espoir de parvenir à une illumination d'où aurait jailli la vérité, usant de ce langage bien personnel auquel nous avions recours lors de nos séances de brainstorming. Je ressentais toute la puissance de ce lien qui nous unissait et que j'interdisais à Rich d'évoquer, ce lien qui provoquait parfois un courant électrique entre nous, comme c'était le cas ce soir-là.

Je me levai pour me rendre aux toilettes et me passer de l'eau sur le visage, puis j'allai chercher deux tasses de café – une pour moi, l'autre pour Conklin. Noir, sans sucre.

— Bien, lançai-je en me rasseyant. Où en sommes-nous ?

Autour de nous, les membres de l'équipe de nuit allaient et venaient en discutant. Rich commença l'énumération des éléments dont nous disposions :

— Tous ces couples avaient la quarantaine et étaient des ménages très aisés. Autre point commun, tous avaient un enfant en âge d'aller à l'université. Chaque fois, les portes étaient déverrouillées, et les alarmes désactivées. Pas de trace de coups de feu. Toutes les maisons ont été cambriolées, mais le tueur n'a dérobé que de l'argent et des bijoux.

— OK. Plusieurs suppositions : le tueur est suffisamment malin et d'apparence suffisamment inoffensive pour que ses victimes lui aient ouvert la porte et l'aient invité à entrer. Selon moi, on peut même affirmer qu'il ne s'agit non pas d'un, mais de deux tueurs, l'un tenant les victimes en respect avec une arme pendant que l'autre les ligote.

Rich hocha la tête.

— Ils ont utilisé pour cela du fil de pêche, poursuivit-il, qui a la particularité de brûler rapidement. Ils ont également utilisé un liquide allume-feu impossible à déceler. C'est signe qu'ils se montrent prudents. Ils se débrouillent pour ne laisser aucune trace derrière eux.

» D'autre part, je ne crois pas que Molly Chu faisait partie de leur programme. C'est la première fois qu'une autre personne se trouvait dans la maison avec les victimes. À mon avis, elle s'était déjà évanouie à cause de la fumée quand son « ange gardien » l'a découverte puis transportée à l'extérieur. Une sorte d'acte héroïque… Qu'en penses-tu ?

— Le tueur a dû penser qu'elle ne le verrait pas, et se sentant en sécurité, il l'a transportée hors de la maison. Tu as raison, trésor, il ne voulait pas que cette fillette meure.

Rich leva les yeux vers moi en souriant :

— Comment tu m'as appelé, là ?

— Je, euh… je voulais dire…

— Laisse tomber, baby. Ça n'a pas d'importance.

Son sourire s'élargit un peu plus.

— C'que tu peux être bête ! m'exclamai-je en lui lançant un trombone à la figure.

Il l'attrapa au vol, et reprit :

— Donc, imaginons que Molly ait vu l'un des tueurs, et que ce dernier, comme elle nous l'a dit, ait le même âge que son frère, Ruben. Qu'il s'agisse des Malone, des Meacham, des Chu ou des Jablonsky, à Palo Alto, tous avaient des enfants inscrits à l'université. Le problème, c'est qu'ils étaient tous dans des campus différents.

— C'est vrai, mais n'importe quel jeune à l'allure présentable a des chances que des parents ayant un enfant du même âge lui ouvrent la porte.

» C'est peut-être ça, leur ruse. Je me souviens qu'à l'époque où j'étais étudiante, je ramenais souvent chez moi des gens que ma mère ne connaissait pas. Rien d'étrange à ce que des jeunes viennent frapper chez vous en disant être des amis de votre fils ou de votre fille.

— Ça ne doit pas être bien compliqué à mettre au point, renchérit Conklin. Les journaux locaux sortent souvent des articles, du genre le fils ou la fille d'Untel, inscrit dans telle ou telle université, a remporté tel prix, etc.

Il s'interrompit et tambourina des doigts sur son bureau. De mon côté, je réfléchissais, le menton appuyé au creux de ma main. Au lieu d'être sur le point de faire une découverte capitale, voilà que nous étions confrontés à la perspective d'avoir à rechercher nos suspects parmi l'ensemble de la population d'étudiants californiens connaissant le latin – et ayant un penchant pour le cambriolage, les actes de torture, la pyromanie et le meurtre.

J'essayai d'envisager toutes les pièces du puzzle. « La providence approuve notre entreprise. » « L'argent est la racine de tous les maux. » Le livre de science-fiction *Fahrenheit 451*, et maintenant un ouvrage concernant un enquêteur devenu pyromane. Lors de son arrestation, John Orr avait déclaré : « Je me suis comporté de façon stupide. »

Ces deux tueurs ne reproduisaient pas les mêmes erreurs que John Orr. Ils disparaissaient sans laisser de traces, pour montrer à quel point ils étaient habiles. Le sauvetage de Molly Chu constituait-il leur premier faux pas ? Leur première erreur de calcul ?

Le téléphone de Richie se mit à sonner. Il décrocha et fit pivoter sa chaise en direction du mur.

— On est justement en train de bosser dessus, Kelly, l'entendis-je dire à voix basse. On ne fait que ça. Je te promets que dès qu'il y aura du nouveau, je te tiendrai au courant. Ne t'inquiète pas, on ne te laissera pas tomber.

64

Yuki arpentait les rayons du *Whole Foods Market*, le supermarché situé non loin de chez elle. Penchée au-dessus des légumes, elle était en train de réfléchir à la composition de son dîner, lorsqu'elle crut apercevoir une silhouette qui lui était familière, un peu plus loin dans l'allée. Elle observa plus attentivement, mais l'homme avait disparu. Je dois être en pleine hallucination, se dit-elle. Elle était si fatiguée qu'elle voyait des croque-mitaines à tous les coins de rue. Elle fourra une tête de brocoli dans son caddie et se dirigea vers le rayon viandes et poissons. Là, elle choisit une caissette de crevettes géantes – et de nouveau, elle eut le sentiment que Jason Twilly se trouvait tout près d'elle.

Elle leva les yeux.

Effectivement, Twilly était là, à côté d'une pile de dindes surgelées. Vêtu d'un costume bleu marine à fines rayures, d'une chemise rose, il souriait de son air narquois. Il lui adressa un petit geste de la main, mais resta planté où il était. Il n'avait ni caddie, ni panier.

Cet enfoiré n'était pas venu faire ses courses.

Il la traquait.

La furie de Yuki était telle qu'elle ne voyait d'autre échappatoire que de remonter l'allée pour aller à sa rencontre. Ce qu'elle fit. Elle arrêta son caddie à un mètre de lui.

— Que faites-vous ici, Jason ? demanda-t-elle en se penchant vers son beau visage chaussé de lunettes à huit cents dollars et barré de ce petit sourire en biais qui lui donnait l'air d'un fou.

— Laissez tomber vos courses, Yuki, répondit-il. Je vous invite à dîner. Et cette fois, je promets d'être bien sage. Je ne voulais pas rester sur notre malentendu de l'autre soir…

— Que les choses soient bien claires, l'interrompit Yuki d'un ton sec. Un malentendu, ça peut arriver. Peut-être était-ce ma faute, auquel cas je m'en excuse. Croyez bien que je regrette ce qui s'est passé. Mais il y a un point que vous devez comprendre, Jason. Je ne suis pas disposée à fréquenter qui que ce soit en ce moment. Le travail accapare tout mon temps. Je ne suis tout bonnement pas disponible. Est-ce bien clair ? Je vous prierais donc d'arrêter de me suivre.

Jason éclata d'un rire joyeux :

— Excellent, votre petit speech, s'exclama-t-il en applaudissant bruyamment.

Yuki ressentit une légère frayeur s'emparer d'elle. Elle fit un pas en arrière. Quel était son problème, à ce type ? De quoi était-il capable, au juste ? Elle se remémora la mise en garde de Cindy, qui lui avait recommandé de surveiller ce qu'elle dirait en présence de Twilly. Avait-il l'intention de salir sa réputation dans son livre ?

Peu importe !

— Au revoir, Jason. Et à l'avenir, je vous demanderais de me laisser tranquille. Je ne plaisante pas en disant ça.

— N'oubliez pas que j'écris un bouquin ! lança-t-il dans son dos tandis qu'elle s'éloignait avec son caddie.

Elle entendit sa voix résonner derrière elle. Elle aurait voulu se cacher dans un trou de souris. Elle aurait voulu *disparaître*.

188

— Désolé, mais vous êtes un personnage-clé, Yuki… Que ça vous plaise ou non, vous êtes la star de mon prochain show !

65.

Nous étions rassemblées sur le porche de Rose Cottage, près de Point Reyes, à savourer la douce brise nocturne. Yuki allumait le chauffe-eau pour le jacuzzi pendant que Claire préparait une immense salade et des hamburgers pour le gril.

Cette escapade impromptue était l'idée de Cindy. Elle nous avait réunies par téléphone quelques heures plus tôt, en nous disant : « Puisque notre première tentative d'Escapade Annuelle du Women's Murder Club a échoué à cause d'une personne qui, ayant répondu à un appel professionnel, a décidé de retourner à son travail, je pense que nous devrions saisir cette opportunité pour tout plaquer et partir *maintenant*, sans plus attendre. »

Elle avait conclu par un : « J'ai déjà réservé le cottage et c'est moi qui conduis. »

Il était impossible de refuser quelque chose à Cindy, et pour une fois, j'étais heureuse de lui céder le volant.

Yuki et Claire avaient dormi à l'arrière pendant tout le trajet ; j'avais voyagé sur le siège passager, avec Martha sur les genoux, ses oreilles claquant au vent. J'avais écouté Cindy qui me parlait par-dessus la musique échappée du lecteur CD. Au fur et à mesure que nous approchions de l'océan, j'avais senti mon esprit se libérer.

Une fois arrivées dans la petite maison couverte de roses, avec ses deux chambres douillettes, sa table de pique-nique et son barbecue dans la clairière, à la lisière de la forêt, nous avions laissé exploser notre joie. Nous avions déposé nos sacs de couchage sur les lits, puis Yuki avait laissé ses dossiers dans sa chambre et était venue se promener avec Martha et moi au clair de lune, le long d'un sentier bordé d'arbres à flanc de colline.

J'étais à présent impatiente de savourer une margarita, un bon repas et une bonne nuit de sommeil. Mais au moment de regagner le cottage, j'entendis sonner mon portable.

— Éteins ce maudit engin, rouspéta Claire. Ou donne-le-moi, que je l'écrabouille une bonne fois pour toutes !

Je souris à ma meilleure amie, sortis le téléphone de mon sac à main et consultai le numéro qui s'était affiché sur l'écran.

C'était Jacobi.

Je pris l'appel, et entendis des bruits de circulation automobile mêlés aux hurlements des sirènes des pompiers.

— Jacobi, m'écriai-je. Que se passe-t-il ?

— Tu n'as pas eu mes messages ?

— Non, je viens juste de sortir mon portable.

Les sirènes que je distinguais en fond sonore, et le simple fait que Jacobi m'ait téléphoné, m'amenaient à envisager le pire. Un nouvel incendie, deux nouveaux corps carbonisés, un autre couple tué par un psychopathe en recherche d'adrénaline. Je pressai le téléphone contre mon oreille pour entendre ce que me disait Jacobi par-dessus le vacarme de la rue.

— Je suis sur Missouri Street, m'expliqua-t-il.

C'était ma rue ! Que faisait donc Jacobi dans ma rue ? Était-il arrivé quelque chose à Joe ?

— Il y a eu un incendie, Boxer. Écoute, je ne sais pas trop comment te dire ça, mais il va falloir que tu rentres tout de suite.

66.

Jacobi coupa l'appel, me laissant avec des bruits de parasites dans l'oreille. Entre ce qu'il m'avait dit et ce qu'il avait omis de préciser, il y avait un gouffre effrayant.

— Il y a eu un incendie dans Missouri Street, annonçai-je aux filles. Jacobi m'a demandé de rentrer tout de suite !

Cindy me tendit les clés, et nous nous entassâmes dans la voiture. J'écrasai l'accélérateur et nous redescendîmes à toute vitesse les routes sinueuses et cahoteuses d'Olema, direction l'autoroute. Tout en conduisant, j'appelai Joe pour tenter d'en savoir un peu plus. J'essayai de le joindre à son appartement, puis au mien, enfin plusieurs fois sur son portable, mais ces multiples tentatives demeurèrent infructueuses.

Où était-il passé ?

Il m'arrive rarement d'implorer Dieu, mais tandis que nous approchions de Potrero Hill, je priai pour que Joe soit sain et sauf. En atteignant Missouri, à hauteur de la 20ᵉ, je trouvai la rue barrée. Je me garai dès que je pus, agrippai la laisse de Martha et me précipitai le long de la côte abrupte, les filles derrière moi.

J'eus un choc en découvrant mon immeuble cerné par les véhicules de pompiers, les voitures de police et les badauds agglutinés. Je scrutai désespérément les visages autour de moi, aperçus les deux étudiantes du premier étage, ainsi que la gérante, Sonya Marron, qui vivait au rez-de-chaussée.

Sonya traversa la foule et se dirigea vers moi.

— Dieu merci, fit-elle en me pressant le bras.

Elle avait les yeux embués de larmes.

— Personne n'est blessé ?

— Non, répondit-elle. Il n'y avait personne à l'intérieur.

Je la serrai fort dans mes bras, soulagée de savoir que Joe ne s'était pas endormi dans mon lit. Mais il restait une foule de questions en suspens.

— Que s'est-il passé ? demandai-je à Sonya.

— Je l'ignore.

Je partis à la recherche de Jacobi, et découvris Claire aux prises avec le capitaine des pompiers :

— Je sais bien qu'il s'agit peut-être d'une scène de crime, mais je vous répète qu'elle est flic. Elle fait partie du SFPD !

Je reconnus Don Walker, un homme mince au nez proéminent ; ses yeux las se détachaient sur son visage couvert de suie. Il leva les deux mains et ouvrit la porte principale. Claire me prit sous son aile, et accompagnées de Yuki, Cindy et Martha, nous pénétrâmes dans le petit immeuble de trois étages où je vivais depuis une dizaine d'années.

67

J'avais les genoux qui flanchaient en grimpant les marches, mais je gardais l'esprit en éveil. L'escalier n'avait pas brûlé, et les portes des deux premiers appartements étaient ouvertes. L'intérieur ne semblait pas avoir été touché par les flammes. Je n'y comprenais rien.

Tout devint clair lorsque je parvins en haut de l'escalier.

La porte de mon appartement était entièrement calcinée. Je franchis le seuil et, là où se trouvait autrefois mon plafond, j'aperçus les étoiles et la lune. Je baissai les yeux, anéantie par la vision de ce qu'était devenu mon petit nid douillet. Les murs étaient noircis, les rideaux avaient brûlé, les verres avaient éclaté dans le buffet. Dans le garde-manger, la nourriture et la vaisselle avaient explosé. Il flottait une étrange odeur, mélange de pop-corn et d'eau de Javel.

De mon canapé et de mes fauteuils ne subsistait qu'un amas spongieux, d'où émergeaient çà et là des ressorts. Le feu avait tout détruit. À mes pieds, Martha poussa un gémissement strident. Je m'accroupis auprès d'elle et enfouis mon visage dans sa fourrure.

— *Lindsay !* entendis-je quelqu'un crier derrière moi. Lindsay, ça va ?

Je me tournai pour faire face à Chuck Hanni, qui sortait de la chambre.

Avait-il quelque chose à voir dans tout ça ?

Rich l'avait-il percé à jour depuis le début ?

Conklin arriva justement derrière Chuck. Tous deux avaient l'air bouleversé par ma détresse.

Rich m'ouvrit ses bras. Je me blottis contre lui au milieu des ruines fumantes de mon appartement. J'étais heureuse qu'il soit là. Et tandis que je m'abandonnais, la tête sur son épaule, une pensée me frappa : si Cindy ne nous avait pas convoquées pour cette petite escapade improvisée, j'aurais été chez moi avec Martha au moment où l'incendie s'était déclaré.

Je me dégageai de l'étreinte de Rich et, d'une voix tremblante, demandai à Chuck :

— Que s'est-il passé ? Je dois savoir. Quelqu'un a-t-il essayé de me tuer ?

68.

Hanni alluma les lampes portatives pour éclairer ce qui restait de mon salon, et dans ce moment d'aveuglement, Joe surgit dans l'encadrement de la porte et se précipita vers moi. Je me jetai dans ses bras ; il me serra fort, presque jusqu'à m'étouffer.

— Je n'ai pas arrêté de t'appeler !

— J'avais éteint ce maudit téléphone…

— À partir de maintenant, tu le laisseras toujours sur vibreur…

— Je porterai carrément un collier électrique, Linds ! Ça me rend malade de savoir que tu avais besoin de moi et que je ne le savais pas.

— Tu es là, maintenant.

J'éclatai en sanglots. Mes larmes se répandirent sur sa chemise. Je me sentais réconfortée par sa présence, et j'étais soulagée qu'il n'ait rien, soulagée que nous soyons tous les deux sains et saufs. J'ai un souvenir vague de mes amies et de mon coéquipier me disant au revoir, mais je me rappelle parfaitement ce que m'a dit Chuck Hanni : « Dès qu'il fera jour, je reviendrai inspecter le bâtiment de fond en comble pour comprendre ce qui a provoqué l'incendie. »

Don Walker, le capitaine des pompiers, ôta son casque, s'essuya le front avec son gant et nous demanda de quitter l'appartement afin qu'il puisse sécuriser l'immeuble.

— Juste une petite minute, Don, c'est possible ? demandai-je.

Sans attendre sa réponse, je me dirigeai vers l'armoire de la chambre, l'ouvris et en observai le contenu, hébétée.

— Tu ne pourras remettre aucun de ces vêtements, trésor, fit Joe derrière moi. Tout est bon à jeter. Viens, il faut partir.

J'embrassai du regard ma chambre entièrement ravagée : le lit à baldaquin, les albums de photos, la boîte contenant les lettres que ma mère m'avait écrites lorsque j'étais à l'université et qu'elle était mourante.

Puis je me concentrai et examinai attentivement chaque centimètre carré du plancher à la recherche d'un objet bien précis, un livre qui n'aurait pas été à sa place. Rien. Je m'approchai de la commode, empoignai les deux boutons du tiroir du haut, mais ils s'émiettèrent entre mes doigts.

Joe vint à ma rescousse et réussit à ouvrir le tiroir de force. Je fouillai parmi mes sous-vêtements, tandis que Joe me répétait patiemment : « Oublie ça, Lindsay. Tu t'en achèteras d'autres… »

Enfin je mis la main dessus.

Je déposai le petit cube de velours au creux de ma main et l'ouvris. Les cinq diamants montés sur un anneau de platine scintillèrent dans la lumière. C'était la bague que Joe m'avait offerte lorsqu'il m'avait demandée en mariage, quelques mois plus tôt. Je lui avais répondu que je l'aimais, mais que j'avais besoin de temps. Je refermai le couvercle et me tournai vers lui. L'inquiétude se lisait sur son visage.

— Je rangerais bien cette boîte sous mon oreiller, si seulement il m'en restait un.

— Ne t'en fais pas. J'en ai plein, chez moi, des oreillers. J'en ai même un pour Martha.

Don Walker nous attendait à la porte. Avant de sortir, je jetai un dernier regard autour de moi – et c'est à cet instant que j'aperçus le livre, posé sur un guéridon.

Je ne l'avais jamais vu auparavant.

Ce livre ne m'appartenait pas. J'en étais certaine.

69.

Choquée, incrédule, j'observai la couverture rouge barrée de fines bandes blanches en diagonale, et ce titre : *National Guide for Fire and Explosion Investigation.*

— Ce livre est un indice, hurlai-je. Ce livre est un indice.

Walker était épuisé, mais surtout, il n'était pas au courant de ce détail.

— L'enquêteur sera là demain matin, me dit-il. Pour le moment, je dois à tout prix condamner votre appartement pour le sécuriser. Vous comprenez ?

— NON ! Je veux qu'un policier vienne immédiatement chercher ce livre pour le mettre sous scellés.

Ignorant le soupir de Walker et Joe qui me pressait vers la sortie, je composai le numéro de Jacobi sur mon portable. J'avais déjà décidé qu'en cas de non-réponse de sa part j'appellerais Clapper, et ensuite Tracchio, et en dernier recours, le maire en personne. J'étais en proie à une véritable hystérie et j'en avais conscience, mais personne n'aurait pu m'arrêter ou me convaincre que je me trompais.

— Boxer, c'est toi ? fit la voix de Jacobi, brouillée par une mauvaise réception.

— J'ai trouvé un livre dans mon appartement ! hurlai-je dans le téléphone. Il est intact. Il n'a pas brûlé. Il y a peut-être des empreintes. Je veux qu'il soit répertorié et placé sous scellés, mais je ne veux pas m'en charger moi-même au cas où il y aurait le moindre doute.

— OK. Je peux être là d'ici cinq minutes.

J'attendis dans le hall avec Joe et Martha. J'entendais Joe me dire que Martha et moi allions venir vivre chez lui, j'étais cramponnée à son bras, mais dans ma tête défilaient des images de toutes les maisons incendiées au cours du dernier mois, et j'éprouvais un fort sentiment de honte de m'être montrée si professionnelle, si détachée. J'avais vu les cadavres. J'avais assisté au spectacle de la destruction. Mais je n'avais encore jamais *ressenti* la terrible puissance des flammes.

J'entendis les voix de Jacobi et de Sonya en bas de l'escalier, puis le pas lourd de Jacobi qui grimpait les marches en soufflant bruyamment. J'avais parcouru avec lui des milliers de kilomètres dans notre voiture de patrouille. Avec lui, je m'étais fait tirer dessus, et nos sangs s'étaient mêlés en coulant dans une ruelle du Tenderloin. Je le connaissais mieux que quiconque, et il en était de même pour lui. C'est pourquoi au moment où il arriva sur le palier, je n'eus qu'à pointer mon doigt en direction du livre.

Jacobi enfila une paire de gants en latex et ouvrit la couverture avec précaution. Effrayée, je m'attendais à découvrir une nouvelle inscription en latin, un autre dicton moqueur. Non, la page de garde comportait un simple nom.

Chuck Hanni.

70.

1 h 03 ; température extérieure : 20 degrés.

J'étais allongée à côté de Joe. Vêtue de l'un de ses t-shirts et pelotonnée sous l'épaisse couette blanche, j'observais fixement l'heure et la température projetée au plafond par l'un de ces réveils spécialement conçus pour les insomniaques et les ex-agents du FBI, qui ont besoin de connaître ces informations cruciales à la seconde où ils ouvrent les yeux.

La main de Joe recouvrait la mienne. Il m'avait écoutée lui parler de mes peurs pendant des heures, mais j'avais senti la pression de ses doigts se relâcher peu à peu en même temps qu'il se laissait gagner par le sommeil, et à présent, il ronflait doucement. Martha, elle aussi, était tombée dans les bras de Morphée. Sa respiration palpitante et les geignements qui accompagnaient ses rêves fournissaient un accompagnement stéréophonique aux ronflements réguliers de Joe.

Quant à moi, j'étais à mille lieues du sommeil.

Je ne pouvais m'empêcher de me questionner à propos de cet incendie qui avait épargné les deux premiers étages et détruit entièrement mon appartement. C'était indéniable, j'étais la cible d'un tueur brutal qui avait prémédité son geste, ce même tueur qui avait tué par les flammes huit autres personnes.

Avait-il mis le feu en pensant que j'étais chez moi ? Ou bien m'avait-il vue partir avec Martha et décidé de m'adresser un avertissement ? Chuck Hanni pouvait-il être l'auteur de cet incendie ?

J'avais souvent dîné en sa compagnie. J'avais travaillé avec lui sur de nombreuses scènes de crime. Je m'étais *confiée* à lui. À présent, j'essayais de me faire à l'idée qu'il était un tueur, et de surcroît un tueur expert dans l'art de déclencher des incendies et de repartir sans laisser la moindre trace derrière lui.

Mais pourquoi un homme de son intelligence aurait-il laissé dans mon appartement une carte de visite aussi lisible ?

La signature du tueur pouvait-elle être, tout simplement, sa *vraie* signature ?

Ça n'avait pas de sens.

Le sang me cognait contre les tempes et je sentais poindre une violente migraine. S'il y avait eu la moindre nourriture dans mon estomac, je pense qu'il l'aurait rendue. Lorsque la sonnerie du téléphone retentit, à 1 h 14, je lus le nom affiché sur l'écran digital et pris aussitôt l'appel. Joe se retourna.

— C'est Conklin, murmurai-je.

— OK, répondit-il avant de replonger aussitôt dans le sommeil.

— Alors ? Tu as quelque chose ? demandai-je à Rich.

— Ouais. Ça risque de ne pas te faire plaisir.

— Tant pis, balance. Dis-moi ce que tu as découvert, lançai-je à moitié en chuchotant, à moitié en criant.

Je quittai le lit, enjambai Martha et me dirigeai vers le salon, avec sa vue sur Presidio Park et ses grands eucalyptus dont les branches oscillaient de façon lugubre dans la lueur du clair de lune. J'entendis les griffes de Martha frotter contre le parquet tandis qu'elle me suivait. Elle lapa un peu d'eau dans son bol.

— C'est à propos du bouquin…, commença Rich.

— Tu as trouvé une inscription en latin ?

— Non. Il s'agit bien du livre de Chuck…

— Oh, mon Dieu !

— Laisse-moi finir, Linds. Il s'agit bien de son livre, mais ce n'est pas *lui* qui l'a laissé dans ton appartement. C'est *moi*.

71.

J'avais l'esprit complètement embrouillé. Je ne comprenais rien à ce que Conklin était en train de me raconter.

— Répète-moi ça, Rich.

— C'est moi qui ai laissé ce livre chez toi, répondit-il d'une voix contrite.

— *Tu te fous de moi, c'est ça ?*

Je ne voyais pas d'autre explication. Comment imaginer que Conklin avait pu laisser un manuel traitant des incendies et des explosions dans mon appartement ravagé par les flammes ?

— En fait, j'ai suivi tes conseils, et je suis allé voir Chuck pour remettre les choses à plat. On a dîné ensemble et j'ai payé l'addition, histoire de m'excuser. À la fin du repas, je lui ai dit que j'aimerais en apprendre un peu plus sur les enquêtes liées aux incendies criminels. Je veux dire, dans ce domaine, c'est lui le professionnel…

Il s'interrompit pour reprendre son souffle.

— Continue, m'impatientai-je en haussant la voix.

— On est allés dans sa voiture. Tu sais qu'il vit dedans pratiquement à temps plein ? Il y avait des emballages de Pop-Tarts vides partout sur les sièges, son ordinateur, des vêtements pendus à des cintres…

— *Rich, pour l'amour de Dieu !*

— Bref, juste au moment où il venait de retrouver ce manuel qu'il voulait me prêter, Jacobi appelle pour me signaler l'incendie de ton appartement. Hanni nous a conduits jusque chez toi, et j'avais toujours le livre à la main quand on est entrés dans l'appartement.

— Et tu l'as posé sur le guéridon, à côté du téléphone.

— Et je n'y ai plus repensé jusqu'au moment où Jacobi m'a appelé, ajouta Rich, tout penaud.

— Il en avait déjà parlé à Hanni ?

— Non. Il voulait d'abord s'entretenir avec moi. Hanni n'est au courant de rien.

Il me fallut de longues secondes pour digérer la nouvelle, remettre Chuck dans la case « amis », et me rendre compte que je n'étais pas plus avancée. Je tremblais, et pourtant je n'avais pas froid.

— Linds ?

— On ne sait toujours pas qui a mis le feu chez moi et chez les autres victimes. On est dans le flou le plus total…

72.

Il s'était écoulé une semaine entière d'interruption, le temps que le juge Bendinger retourne en centre de soins pour son problème de genou. Mais à présent, la pause était terminée. Bendinger était de retour. Et Yuki devait à nouveau affronter l'effet tsunami engendré par le procès Junie Moon et tout le cirque qui l'accompagnait – les journalistes déchaînés, la pression intense.

À 9 heures tapantes, l'audience débuta.

C'était à la défense d'ouvrir le feu.

L. Diana Davis ne leva pas les yeux tandis que son premier témoin s'avançait vers la barre. Il passa si près d'elle qu'elle dut sentir le souffle de sa veste contre son bras. Yuki vit Davis se pencher vers sa cliente et s'adresser à elle en se dissimulant derrière sa main, tout en jetant un regard panoramique sur la tribune. Les caméras de télévision tournaient, et les journalistes s'étaient entassés dans les allées, à l'arrière de la salle.

Un sourire se dessina sur les lèvres de Davis.

— Elle jubile, murmura Yuki à Len Parisi. Elle n'échangerait sa place pour rien au monde.

Red Dog sourit :

— Toi aussi, tu as cette bête tapie en toi, Yuki. Apprends à l'aimer.

Yuki observa Davis qui tapotait la main de sa cliente tandis que le lieutenant Charles Clapper, directeur de la police scientifique, prêtait serment. L'avocate se leva et salua son témoin.

— Lieutenant Clapper, depuis combien de temps dirigez-vous la police scientifique de San Francisco ?

— Quinze ans.

— Que faisiez-vous avant ça ?

— J'ai commencé ma carrière au sein de la police de San Diego, juste après avoir obtenu mon diplôme. J'ai travaillé pendant cinq ans à la brigade des mœurs, puis à la brigade criminelle pendant cinq autres années. J'ai ensuite rejoint la police scientifique de Las Vegas avant de partir pour San Francisco, où je travaille depuis lors.

— Vous avez également écrit plusieurs ouvrages traitant de la recherche de preuves, c'est bien ça ?

— C'est bien ça.

— Et vous apparaissez régulièrement à la télévision, n'est-ce pas ? Parfois même plus souvent que moi, lança Davis avec un grand sourire, provoquant les rires escomptés de la part du public.

— Là-dessus, je ne sais pas, répondit Clapper en souriant lui aussi.

— Bien. Sur combien de meurtres avez-vous déjà enquêté au cours des vingt-cinq dernières années, lieutenant ?

— Je n'en ai pas la moindre idée.

— Approximativement.

— Approximativement ? Je dirais… environ deux cents par an.

— On peut donc estimer sans trop se tromper que vous avez à votre actif au moins cinq mille enquêtes ?

— Oui, grosso modo.

— Nous accepterons « grosso modo », fit Davis d'un ton débonnaire. En plus d'enquêter sur des meurtres fraîchement commis, il vous arrive aussi de travailler sur d'anciennes affaires, dont certaines remontent à plusieurs mois, voire plusieurs années ?

— C'est exact.

— Avez-vous, en avril de cette année, été appelé pour inspecter le domicile de l'accusée ?

— Oui.

— L'endroit ressemblait-il à une scène de crime ?

— Non. Les pièces étaient en ordre. Il n'y avait pas de traces de sang, pas de douilles vides. Rien ne laissait penser à une scène de crime.

— Vous a-t-on dit qu'un homme avait peut-être été découpé dans la baignoire ?

— Oui.

— Et j'imagine que vous avez effectué les recherches qui s'imposaient ?

— En effet.

— Avez-vous découvert le moindre élément suspect ?

— Non.

— Pas la moindre preuve témoignant que du sang avait été nettoyé ?

— Pas la moindre.

— Pas de traces d'eau de Javel ou d'autres produits du même type ?

— Aucune.

— Je vais énumérer toute la liste, lieutenant Clapper, ça nous fera gagner du temps. Les murs n'avaient pas été repeints ? Les moquettes n'avaient pas été nettoyées ? Vous n'avez pas retrouvé un ustensile qui aurait pu servir à démembrer un cadavre ?

— Non.

— On peut donc affirmer que vous et votre équipe avez fait tout ce qui était en votre pouvoir pour tenter de déterminer la manière dont un crime avait été commis – ou même pour vérifier qu'un crime avait bien été commis, tout court, chez ma cliente ?

— Oui.

— En vous fiant à votre expérience, et en vous basant sur l'inspection que vous avez menée sur les lieux de la soi-disant scène de crime, pourriez-vous, s'il vous plaît, dire au jury si vous avez découvert la moindre preuve, directe ou indirecte, qui permettrait de relier Junie Moon au meurtre supposé de Michael Campion ?

— Non.

— Je vous remercie, lieutenant. J'en ai terminé avec le témoin, Votre Honneur.

73.

Yuki fulminait encore à cause de la remarque désobligeante de Red Dog. Confusément, elle sentait qu'il avait peut-être raison, et cela ne faisait qu'augmenter sa colère.

Apprends à aimer la bête qui est en toi.

Elle reposa sèchement son stylo, se leva en ajustant sa veste et se dirigea vers Charlie Clapper.

— Je ne vous retiendrai pas longtemps, lieutenant Clapper.

— Aucun problème, mademoiselle Castellano.

— Vous faites partie des forces de l'ordre depuis déjà longtemps, n'est-ce pas ?

— En effet.

— Et au cours de vos vingt-cinq années de carrière, successivement à la brigade des mœurs, à la brigade criminelle puis au sein de la police scientifique, avez-vous souvent été confronté à des problèmes concernant des prostituées ?

— Assurément.

— D'une manière générale, connaissez-vous bien la vie des prostituées, leurs habitudes ?

— Je peux dire que oui.

— Êtes-vous d'accord avec l'affirmation selon laquelle, en échange d'une certaine somme d'argent, une prostituée consent à un rapport sexuel avec un homme ?

— Oui. C'est la définition même de leur travail.

— Cela étant, il existe, au sein de cette profession, plusieurs sous-ensembles, n'est-ce pas ? Depuis la prostituée qui travaille dans la rue jusqu'à la call-girl ?

— En effet.

— Certaines prostituées exercent ainsi leur profession à domicile ?

— Certaines, oui.

— D'après vous, Junie Moon appartient-elle à cette catégorie ?

— C'est ce qu'on m'a dit.

— Et vous semble-t-il normal, d'un point de vue hygiénique, et pour des raisons de confort, qu'une prostituée exerçant à domicile prenne une douche entre chaque relation sexuelle ?

— C'est une pratique effectivement répandue.

— Savez-vous quelle quantité d'eau, en moyenne, nécessite une douche ?

— Tout dépend, mais je dirais environ soixante-quinze litres.

Yuki hocha la tête, et poursuivit :

— En vous fiant à votre expérience, et étant donné le fait que Junie Moon exerçait sa profession à domicile, êtes-vous d'accord pour affirmer qu'elle se douchait probablement après chacun de ses clients, donc entre six et dix fois par jour, sept jours par semaine ?

— *Objection !* s'écria Davis. On en appelle à de la pure spéculation, et de plus, je m'oppose fermement à la façon dont l'avocate décrit ma cliente.

— Votre Honneur, protesta Yuki. Nous savons tous que Mlle Moon est une prostituée. Je ne fais que supposer qu'elle est une prostituée soucieuse de son hygiène personnelle.

— Poursuivez, mademoiselle Castellano, fit le juge Bendinger en faisant claquer l'élastique sur son poignet. Mais essayez d'en venir au fait avant la tombée de la nuit.

— Je vous remercie, Votre Honneur… Lieutenant Clapper, pouvez-vous répondre à une dernière question ?

Yuki marqua un temps de pause, prit une profonde inspiration, et se lança dans un exercice qui était en passe de devenir sa marque de fabrique – une longue question, impossible à interrompre.

— Supposons qu'un cadavre ait été démembré dans une baignoire. Si, durant les trois mois séparant le jour du meurtre et le moment où ladite baignoire a été inspectée, une importante quantité d'eau mêlée à du savon et du shampoing s'est écoulée par le conduit d'évacuation – en l'occurrence, d'après mon calcul, environ quatre cents litres par jour, quantité que l'on peut doubler afin de prendre en compte les clients qui se sont eux-mêmes douchés avant de retourner, qui dans sa résidence universitaire, qui à son bureau, qui au domicile conjugal. Même en admettant que Mlle Moon ne travaille pas le dimanche, on en arrive à un total de presque cinq cent mille litres d'eau. Cinq cent mille litres d'eau savonneuse se sont donc écoulés dans le conduit de cette baignoire avant que la police scientifique ne vienne l'examiner. Cela aurait-il pu suffire à effacer complètement d'éventuelles traces résiduelles ?

— Eh bien, oui, tout à fait.

— Merci, lieutenant. Merci beaucoup. Je n'ai plus de questions, Votre Honneur.

Yuki sourit à Charlie Clapper, puis le juge lui notifia qu'il pouvait se retirer.

74.

Yuki reprit sa place à côté de l'imposant Len Parisi, tandis que Ricardo « Ricky » Malcolm, ancien petit ami et souteneur de Junie Moon, venait prêter serment à la barre.

Yuki savait pertinemment que Davis avait engagé un chasseur de primes pour aller cueillir Ricky Malcolm de l'autre côté de la frontière mexicaine, et tandis que le jeune homme jurait de dire toute la vérité et rien que la vérité, elle se demanda si Davis pensait vraiment que cette petite frappe aux bras couverts de tatouages et à l'apparence peu engageante était en mesure de convaincre les jurés de quoi que ce soit. L'avocate lui posa les questions préliminaires d'une voix pleine d'assurance, et devança Yuki en l'amenant à dire qu'il avait fait de la prison pour trafic de drogue.

Puis elle commença l'interrogatoire :

— Quelle est votre relation avec Mlle Moon ?

— J'étais son petit ami.

— Vous ne l'êtes plus ?

— On s'est séparés, répondit sèchement Malcolm. Je vis à Tijuana, et elle, elle est en taule.

Des gloussements se firent entendre dans l'assemblée.

— Depuis combien de temps connaissez-vous Mlle Moon ?

— Ça doit faire trois ans.

— Avez-vous, le 21 janvier, aux alentours de 23 h 30, reçu un coup de téléphone de Mlle Moon vous demandant de venir chez elle parce que l'un de ses clients avait fait un malaise cardiaque ?

— Non.

— Junie Moon ne vous a pas téléphoné pour vous demander de l'aide à la suite du décès de Michael Campion ?

— Non. Elle ne m'a pas téléphoné.

— Les policiers vous ont-ils interrogé pour vous

demander si vous aviez découpé, puis jeté dans une benne à ordures, le corps de Michael Campion ?

— Ouais, et je leur ai dit que je n'avais rien à voir là-dedans.

— Leur avez-vous dit la vérité ?

Malcolm éclata de rire :

— Bah ouais, bien sûr que je leur ai dit la vérité. Je n'ai jamais découpé personne. Je ne supporte pas de voir du sang. Même mes steaks, je les mange bien cuits. Franchement, je n'avais jamais rien entendu de plus débile.

— Je suis d'accord, fit Davis. C'était plutôt « débile ».

Yuki bondit sur ses pieds.

— Objection, Votre Honneur ! L'opinion de Mlle Davis est ici parfaitement hors de propos.

— Objection accordée.

Davis pivota sur ses talons, fit quelques pas en direction des jurés, puis se tourna de nouveau vers le témoin :

— Et *pourtant*, lança-t-elle en haussant la voix – l'écho se répercuta sur les panneaux de chêne qui ornaient les murs de la salle d'audience –, dans sa déposition, Mlle Moon affirme qu'elle vous a téléphoné parce que M. Campion venait de faire un malaise cardiaque, et que lorsque vous êtes arrivé sur place, il était déjà mort.

— N'importe quoi, rétorqua Malcolm, que la situation semblait beaucoup amuser.

— Selon la police, Mlle Moon a affirmé que vous aviez découpé le corps de Michael Campion à l'aide d'un couteau, puis que vous l'aviez transporté jusqu'à

210

une benne à ordures, dans laquelle vous l'avez jeté. Est-ce exact ?

— C'est un ramassis de conneries. Je ne sais même pas me servir d'un tournevis, alors découper un corps !

— Très bien, monsieur Malcolm. Selon vous, pourquoi Mlle Moon a-t-elle dit tout cela si rien n'est vrai ?

— Eh ben, répondit Malcolm en observant Junie de son regard de camé, parce que c'est une fille un peu simple, vous voyez ? Elle ingurgite des tonnes de bouquins à l'eau de rose, sans parler de tous ces feuilletons télé à la con...

— Je demande que ces propos soient retirés du procès-verbal, Votre Honneur ! s'écria Yuki. Il ne s'agit que de spéculations.

— Votre Honneur, le témoignage de M. Malcolm concerne la crédibilité de l'accusée.

— Poursuivez, monsieur Malcolm, trancha le juge.

Yuki poussa un profond soupir, puis se rassit entre Gaines et Red Dog.

— Comme je le disais, reprit Malcolm, et c'est mon avis perso, quand les flics lui ont demandé si elle avait couché avec le fameux Michael Campion, pour elle, c'était comme allumer un écran géant en 3D avec écrit : dans le rôle principal, Junie Moon, une stupide petite pute qui...

— Merci, monsieur Malcolm, l'interrompit Davis. Avez-vous été inculpé de complicité dans ce crime ?

— C'est ce que les flics voulaient, mais le proc' savait bien qu'il ne pouvait pas me mettre en examen rien qu'avec la déposition bizarroïde de Junie, surtout qu'elle s'est... comment vous dites, déjà ? Rétractée ?

— Merci, monsieur Malcolm. Le témoin est à vous, fit Davis en adressant à Yuki un petit sourire narquois.

75

Yuki consulta les notes que Len lui avait écrites. Les questions qu'il lui suggérait correspondaient exactement à celles qu'elle avait prévu de poser. Elle savait que le témoignage de Malcolm était essentiel pour la défense, et à quel point il était impératif qu'elle parvienne à l'invalider.

Elle se leva, et se dirigea vers la barre des témoins :

— Monsieur Malcolm, êtes-vous venu ici de votre propre gré ?

— Pas vraiment. La justice a le bras long : on est venu me chercher par la peau du cul alors que j'étais tranquillement installé dans un petit bar à strip-tease de Tijuana.

— Avez-vous des amis au Mexique, monsieur Malcolm ? demanda Yuki en haussant la voix pour couvrir les rires de l'assemblée. Ou bien cherchiez-vous à vous cacher, ou du moins à fuir ?

— Un peu les deux, fit Malcolm en haussant les épaules et en affichant son horrible sourire à moitié édenté.

— Il y a quelques minutes, vous avez juré de dire toute la vérité, est-ce exact ?

— Je n'ai rien contre la vérité, répondit Malcolm.

Yuki vint s'appuyer contre la balustrade devant le témoin :

— Que pensez-vous de l'accusée ? Mlle Moon.

— Junie est une chouette nana.

— Voyons s'il est possible d'affiner cette réponse, vous voulez bien ?

— Affinons, affinons ! lança Malcolm en haussant de nouveau les épaules.

Yuki s'autorisa un petit sourire, histoire de montrer qu'elle était bonne joueuse.

— Si vous et Junie Moon étiez tous deux libres de quitter cette salle d'audience, passeriez-vous la nuit avec elle, monsieur Malcolm ?

— Ouais. Bien sûr.

— Et imaginons qu'elle ait besoin d'un rein, accepteriez-vous de lui en donner un ?

— J'en ai deux, c'est ça ?

— Oui, monsieur Malcolm, il se trouve que vous en avez deux.

— Alors oui, je lui en donnerais un, répondit Ricky Malcolm avec un large sourire destiné à prouver à quel point il était généreux.

— Au cours de votre relation avec l'accusée – relation qui a duré trois ans – avez-vous partagé des choses avec elle ? Avez-vous partagé de bons moments ?

— Bah ouais. Évidemment.

— Quels sont vos sentiments pour elle, à présent ?

— C'est un peu personnel, comme question, non ?

— J'ignorais que nous étions dans l'émission du Dr Phil, Votre Honneur ! intervint Davis. Ces questions sont tout à fait hors de propos, et…

— Si la Cour me laisse le temps de démontrer la pertinence de mes questions, l'interrompit Yuki.

— Objection rejetée, mademoiselle Davis. Poursuivez, mademoiselle Castellano.

— Merci, Votre Honneur. Monsieur Malcolm, vos sentiments ne sont un secret pour personne, n'est-ce pas ? Pourriez-vous relever votre manche droite et montrer votre bras aux jurés ?

Malcolm hésita un instant, jusqu'à ce que le juge lui intime l'ordre de s'exécuter. Il releva sa manche.

Une impressionnante collection de tatouages – appelée *full sleeve* par les initiés – recouvrait le bras de Ricky Malcolm, depuis le poignet jusqu'à l'épaule. Parmi les serpents et autres têtes de morts apparaissait un cœur rouge avec les initiales R.M. qui semblaient suspendues à la pointe d'un croissant de lune en forme de silhouette féminine.

— Monsieur Malcolm, pourriez-vous nous dire ce que signifient les lettres visibles au-dessous du cœur rouge tatoué sur votre bras ?

— T-M-T-Y-L-M-J-M ?

— Celles-là même, monsieur Malcolm.

Le jeune homme poussa un soupir :

— Ce sont les initiales pour « *Tell me that you love me, Junie Moon* ».

— Peut-on dès lors affirmer que vous êtes *amoureux* de l'accusée ?

Malcolm se tourna vers Junie ; son visage s'était fait grave et son regard avait perdu toute trace de raillerie. Junie, elle, l'observait de ses grands yeux gris.

— Oui. Je suis amoureux d'elle.

— Êtes-vous amoureux au point de mentir pour elle ?

— Évidemment, que je serais prêt à mentir pour elle !

— Merci, monsieur Malcolm. J'en ai fini avec le témoin, Votre Honneur, conclut Yuki en tournant le dos à Ricky Malcolm.

76

Sur les coups de 20 heures, Jacobi convoqua tout le monde pour une réunion ; il me demanda de venir donner les instructions concernant l'enquête sur la série d'incendies criminels, et de tenir l'équipe au courant des derniers avancements – à savoir pas grand-chose. Je portais un jean et un pull sans manches orné de perles, une paire de mocassins et une vieille veste en jean que j'avais laissée chez Joe avant l'incendie.

C'était tout ce qui me restait.

J'eus bien sûr droit à quelques sifflets, et le ventripotent McCracken, un vieux de la vieille, me lança : « Sympa, vos fringues, sergent ! »

— La ferme, McCracken ! tonna Rich en réponse, ce qui me fit rougir et n'eut pour seul effet que de prolonger l'instant où je devais supporter les rires et les commentaires salaces de mes collègues.

Jacobi frappa sur son bureau d'un coup sec pour ramener le silence et me permettre de livrer les dernières conclusions de l'enquête sur les meurtres des Meacham et des Malone.

Une fois les tâches attribuées à chacun, je gagnai la voiture de patrouille en compagnie de Conklin. Nous nous rendîmes dans une ruelle sombre et malpropre de Mission. Nous étions de nouveau plongés dans le sale boulot, cramponnés à l'espoir de tomber sur un indice malgré l'absence de toute piste sérieuse.

Notre premier arrêt : un mont-de-piété de Polk Street, le Gold'n'Things, une boutique remplie de matériel électronique périmé et de vieux instruments de musique hors d'âge. Une demi-douzaine de vitrines en verre accueillaient des bijoux de pacotille. Le propriétaire s'appelait Rudy Vitale. Obèse, presque chauve, il portait d'épaisses lunettes. C'était un petit receleur, qui utilisait sa boutique comme son bureau, mais faisait le gros de son chiffre d'affaires dans la rue ou dans des bars.

Je laissai Conklin prendre l'initiative, car j'étais encore patraque à cause des récents évènements survenus dans mon existence, à peine douze heures plus tôt.

J'étais préoccupée en repensant à tout ce que l'incendie avait détruit et qui me rattachait émotionnellement à mon passé : ma veste Willie Mays, mes poteries indiennes, et tout ce qui me venait de ma mère, notamment les lettres dans lesquelles elle me disait à quel point elle m'aimait, un sentiment qu'elle n'avait pu exprimer que par écrit alors qu'elle était mourante, et qu'elle n'avait jamais été capable de dire à voix haute.

Pendant que Conklin montrait à Vitale les photos des bijoux transmises par la compagnie d'assurances, j'examinai le contenu des vitrines. J'étais encore un peu hébétée, et je ne m'attendais pas à découvrir grandchose d'intéressant, lorsque soudain, comme si quelqu'un venait de me crier « Hé ! » très fort dans l'oreille, je tombai sur le collier en saphirs de Patty Malone, posé sur un plateau en veloutine, là, juste sous mes yeux.

— *Rich !* appelai-je. Viens voir un peu ça.

Conklin jeta un coup d'œil, puis demanda à Vitale d'ouvrir la vitrine. Les colifichets s'entrechoquèrent en cliquetant tandis que la grosse paluche de Vitale, large comme un gant de base-ball, tentait d'accéder au collier. Il le tendit à mon coéquipier.

216

— Vous dites que ce sont de vrais saphirs ? demanda-t-il d'une voix innocente.

Le visage de Conklin devint blême lorsqu'il compara le collier avec la photographie. Il s'agissait clairement du même bijou.

— Où avez-vous eu ce collier ? demanda-t-il à Vitale.

— C'est un jeune qui me l'a amené la semaine dernière.

— Montrez-moi les papiers.

— Un petit instant, fit Vitale.

Il retourna vers le comptoir en se dandinant, déplaça une pile de catalogues et de livres sur les bijoux anciens entreposés sur sa chaise de bureau, puis s'installa derrière son ordinateur et tapota sur son clavier.

— Ça y est, je l'ai retrouvé. Je lui ai filé cent dollars en échange du collier. Voilà. Oups, je viens juste de faire attention à son nom.

Je lus la fiche par-dessus l'épaule de Conklin. Y figuraient le nom de « Clark Kent », une adresse quelque part dans la baie, et la description du bijou : « collier en topaze bleu ».

— *Il portait encore son costume et ses lunettes, ou il avait déjà mis sa cape ?* beugla Conklin.

— Je vais vous demander de nous transmettre la bande vidéo, fis-je en pointant du doigt la caméra, fixée dans un coin du plafond telle une étrange araignée aux yeux rouges.

— Vous ne l'y verrez pas, répondit Vitale. Elle n'enregistre que les vingt-quatre dernières heures. Mais je me souviens un peu du gamin, et je sais que ce n'était pas le genre à porter une cape et des collants.

Plutôt le genre BCBG. Je crois qu'il était déjà venu une fois. Je lui avais vendu des B.D.

— Vous pourriez être plus précis ?

— Il me semble qu'il avait les cheveux bruns. Il était un peu grassouillet.

— Nous vous demanderons de venir regarder nos fichiers pour tenter de l'identifier. Sinon, on établira un portrait-robot.

— Je ne suis pas tellement physionomiste, fit Vitale. C'est un problème que j'ai, un peu comme une sorte de dyslexie. Je ne suis pas certain de vous reconnaître si je vous croisais demain dans la rue.

— Assez de blabla, intervint Conklin. Il est question d'une enquête criminelle, Vitale. C'est bien clair ? Si jamais ce jeune revient, appelez-nous. De préférence tant qu'il est encore dans la boutique. Et faites une photocopie de son permis de conduire.

— OK, chef. Je le ferai.

— C'est déjà un début, fit Conklin quelques secondes plus tard en démarrant le moteur. Kelly sera contente de récupérer un objet ayant appartenu à sa mère.

— Oui…

Je me pris à songer à la mort de ma propre mère, et me détournai pour que Conklin ne voie pas les larmes qui embuaient mes yeux.

77

Chuck Hanni, Joe et moi-même, nous trouvions dans le sous-sol froid et humide de l'immeuble où j'avais autrefois vécu. Des gouttes d'eau nous tombaient sur la tête pendant que Chuck nous montrait l'installation électrique, pour le moins vétuste. La porte de la boîte à fusibles était ouverte ; à l'aide de sa Mag-Lite, Chuck éclaira un fusible qu'il voulait que je voie.

— Tu vois cette pièce d'un penny, à l'arrière du fusible ?

Je distinguais tout juste la pièce, qui avait l'air ternie.

— Les étudiantes du deuxième étage... tu les connais ?

— Comme ça. Bonjour, au revoir.

— Eh bien, apparemment, elles n'arrêtaient pas de faire sauter les plombs avec leurs sèche-cheveux, leur climatisation, leurs fers à repasser et Dieu sait quoi encore. Le type chargé des réparations a fini par en avoir ras le bol de se déplacer sans arrêt pour remplacer le fusible, alors il a mis cette pièce de monnaie.

— Dans quel but ?

Chuck nous expliqua ce qui s'était produit : comment l'électricité passait par la pièce en cuivre pour éviter que le circuit ne saute, ce qui avait provoqué une surtension et fait fondre l'installation en son point le plus faible. En l'occurrence, les ampoules du second étage et les prises de courant de mon appartement.

J'essayai de visualiser les flammes s'échappant d'une prise de courant, mais je ne comprenais toujours pas – Chuck prit alors le temps de nous expliquer que mon immeuble, comme beaucoup de vieux immeubles, possédait une construction à ossature croisée, dite *balloon frame*, très sensible aux incendies.

— Les flammes ont grimpé le long des murs, et comme rien n'était là pour stopper leur progression du fait de l'architecture, elles ont atteint ton appartement et se sont échappées par les prises de courant, puis le feu a tout ravagé jusqu'à la toiture, avant de s'éteindre de lui-même.

— Tu es en train de me dire que c'était un accident ?

— Moi aussi, j'avoue que j'ai eu des doutes, me dit Chuck.

Il me raconta qu'il était allé interroger personnellement la gérante de l'immeuble, les étudiantes du deuxième, ainsi qu'Angel Fernandez, l'homme en charge des réparations dans notre immeuble depuis de nombreuses années. Ce dernier avait reconnu avoir placé le penny derrière le fusible pour s'épargner une énième ascension de la colline.

— Si quelqu'un était mort, j'aurais inculpé cet Angel Fernandez pour homicide involontaire, fit Hanni. Pour moi, cet incendie est d'origine accidentelle, Lindsay. Tu n'as plus qu'à remplir une déclaration de sinistre, et tu seras indemnisée sans problème.

J'avais l'habitude de déceler le mensonge chez les personnes que j'interrogeais, mais je ne lisais que franchise et honnêteté sur le visage de Chuck. Pour autant, je ne me sentais pas prête à abandonner aussi facilement mes pires suspicions.

En retournant avec Joe jusqu'à sa voiture, je lui demandai son avis, en tant que personne ayant servi des années dans le FBI.

— Hanni n'a pas allumé cet incendie, Linds. Je pense qu'il est aussi chamboulé que toi par ce qui s'est passé. Et j'ai le sentiment qu'il t'apprécie beaucoup.

— C'est ton avis de professionnel ?

— Crois-moi, trésor. Hanni est dans ton camp.

78.

Yuki était visiblement tendue.

Nous déjeunions à son bureau, triant du bout de la fourchette les ingrédients de nos salades, comme si nous espérions y trouver des pépites d'or et non des morceaux de poulet. Yuki m'avait demandé comment je me sentais, mais n'ayant pas grand-chose à dire, et voyant à quel point elle était sur les nerfs, je lui avais répondu : « Toi la première », et elle ne s'était pas fait prier. Elle était à présent en plein sur sa lancée :

— Donc, Davis appelle à la barre son expert-psychiatre, le Dr Maria Paige. Tu as déjà entendu parler d'elle ?

Je répondis par un signe de tête négatif.

— On la voit parfois sur Court TV. Grande ? Blonde ? Le style Harvard ?

— Non. Vraiment, je ne vois pas.

— Peu importe. Donc, Paige se pointe à la barre et Davis lui demande de parler des faux aveux.

— Et par extension, vous en êtes venus aux « faux » aveux de Junie Moon ?

— Exactement. Cette psy est maligne. Elle a tout mis sur la table, en détail. Pourquoi et comment le fait

221

de lire ses droits à un suspect était devenu obligatoire pour empêcher que les flics contraignent les personnes placées en garde à vue à passer aux aveux. Elle a aussi mentionné les études de Gudjonsson et de Clark sur la suggestibilité de certaines personnes. Sans oublier le livre de la « Reid Technique », la méthode employée par les flics lors des interrogatoires.

» Je te jure, Lindsay, à l'écouter, on aurait cru que c'était elle qui l'avait pondu, ce bouquin ! Elle nous a expliqué d'un ton péremptoire comment les flics s'y prenaient pour intimider les suspects, comment ils les piégeaient et les amenaient à avouer des crimes qu'ils n'avaient pas commis.

— Certains, peut-être, mais ce n'est pas mon cas.

— Évidemment, ce n'est pas ton cas. Bref, elle a poursuivi en expliquant que certaines personnes, un peu limitées sur le plan intellectuel ou ayant peu d'estime de soi, préféraient avouer pour ne pas contrarier les flics. Là, les jurés se sont tournés vers Junie.

— Elle a pourtant avoué de son propre…

— Je sais, je sais. Mais tu connais Junie. On dirait la petite sœur de Bambi. On lui donnerait le bon Dieu sans confession. Donc, Paige a conclu, et moi je me demandais comment j'allais pouvoir détruire son témoignage sans être forcée de diffuser l'intégralité de la cassette de votre interrogatoire de Junie, qui dure quand même deux heures.

— Tu aurais pu, fis-je en rabattant le couvercle de ma boîte de salade, que je jetai dans la poubelle.

Yuki fit de même, puis ajouta :

— Deux heures, Lindsay ? Deux heures pendant lesquelles Junie passe son temps à nier ? Bref, écoute la suite. Je me suis levée et j'ai dit : « Dr Paige, avez-vous jamais rencontré Junie Moon ? » « Non. » « Avez-vous visionné l'enregistrement de l'interrogatoire mené par la police ? » « Oui. » « Vous a-t-il semblé que les policiers cherchaient à intimider l'accusée ? Ont-ils tenté de la piéger ? Lui ont-ils menti délibérément ? » « Non, non. Pas vraiment. »

Yuki s'interrompit pour boire une gorgée de thé, puis reprit le cours de son récit :

— À ce moment-là, j'ai commis une erreur.

— Laquelle ?

— J'étais exaspérée, Lindsay, répondit Yuki en grimaçant.

D'un geste, elle balaya une mèche de cheveux venue barrer son joli visage en cœur.

— Je lui ai demandé : « Alors qu'ont fait les policiers, exactement ? » Je sais qu'il ne faut pas poser une question lorsqu'on n'a pas soi-même la réponse, mais merde ! J'ai vu cet interrogatoire au moins vingt fois, et Conklin et toi n'avez rien à vous reprocher !

» Et là, je vois Red Dog qui me dévisage, et la psy qui répond : « Selon moi, Mlle Moon n'a pas seulement une piètre estime de soi, elle se sent également profondément coupable d'être une prostituée, et le fait d'avouer représentait pour elle un moyen de soulager cette culpabilité. »

» Je n'en croyais pas mes oreilles ! Elle espérait vraiment convaincre les jurés d'avaler cette énormité ! Et donc, je lui demande : « Si je vous comprends bien, vous pensez que Junie Moon a avoué ce crime pour soulager sa culpabilité d'être une prostituée ? » « Oui », répond-elle sans ciller. « C'est effectivement ce que je pense. » Je termine l'interrogatoire là-dessus, Bendinger lui demande de se retirer, moi, je vais me rasseoir derrière Red Dog, et là, qui j'aperçois ? *Twilly !*

— Il ne vient pas tous les jours ?

— Si, mais là, il était carrément assis juste derrière moi. Je l'ai regardé parce que je ne pouvais pas faire autrement. Pendant ce temps-là, j'entends Davis dire qu'elle aimerait appeler Junie Moon à la barre, et le juge qui répond : « Pour le moment, nous allons suspendre l'audience le temps de déjeuner. » Red Dog se lève en repoussant sa chaise, et je me retrouve avec le nez de ce sale type collé contre ma poitrine. Il se met à ricaner ; je sens mon estomac se nouer, mon sang qui se glace, et il me glisse en murmurant : « Un point pour Davis. » Là-dessus, Red Dog se tourne vers moi et me jette de nouveau son petit regard méprisant, et… Oh, mon Dieu, Lindsay ! Je ne vais quand même pas perdre ce procès à cause du témoignage d'une psy ? Non, c'est impossible ! Tu en penses quoi ?

— Ne t'inquiète pas…

— Non, ça n'arrivera pas ! lâcha Yuki entre ses dents en frappant du poing sur la table. Parce que les jurés sauront où est la vérité, et ils ne pourront parvenir qu'à deux conclusions : soit Junie Moon est coupable, soit elle est *plus* que coupable.

79.

Un endroit de rêve. Ainsi aurait-on pu décrire le *Stanford Mall*, une galerie marchande à ciel ouvert où les boutiques étaient regroupées le long de petites allées noyées dans la verdure. Et quelles boutiques ! Des grands magasins tels que Neiman, Nordstrom et Bloomingdale's, jusqu'aux boutiques haut de gamme – Armani, Benetton, Louis Vuitton.

Faucon et Pigeon s'étaient installés sur un banc face au Polo shop, entourés d'une véritable petite forêt d'arbres en pots. Des arômes de fleurs et de café frais flottaient dans l'air. C'était un samedi ; une foule compacte de shoppers habillés en haute couture se pressait le long des allées et défilait devant Pigeon et Faucon en agitant des sacs remplis de vêtements neufs, s'arrêtant au passage pour admirer les vitrines de la boutique Ralph Lauren.

Équipé d'une caméra vidéo de la taille d'un jeu de cartes, Pigeon filmait la scène. Si jamais quelqu'un était venu lui demander ce qu'il faisait, il aurait dit la vérité – ou, du moins, une partie de la vérité. Il faisait partie du labo de vidéo informatique de Stanford, et il réalisait un documentaire.

Mais ce qu'il omettrait de préciser, c'est que Faucon et lui étaient à la recherche des vainqueurs. Les plus gros porcs de la journée. Les plus dégueulasses.

Ils avaient en tête plusieurs concurrents.

Les deux couples en question avaient des autocollants de l'université à l'arrière de leur voiture. Ils étaient des candidats de tout premier choix. Les départager n'allait pas être évident, mais une fois que Faucon et Pigeon se seraient mis d'accord, ils suivraient le couple vainqueur jusqu'à chez eux, histoire de jeter un œil à leur villa.

Alors ? Quel couple ?

Les deux gros, avec leur ribambelle de sacs imprimés des logos des plus grands créateurs ? Ou bien cet autre couple, plus âgé et plus athlétique, habillés de façon voyante, qui sirotaient leurs cappuccinos en arpentant les avenues de la gloutonnerie.

Pigeon était en train de revisionner les séquences, lorsque le vigile s'approcha de lui. La quarantaine bien tassée, l'homme portait un uniforme bleu avec un badge à la poitrine. Chapeau, pistolet, il marchait en plastronnant. C'était à croire que ces derniers temps le moindre type en uniforme se prenait pour un gars des Marines.

— Salut, les jeunes ! lança l'homme d'un ton affable. C'est interdit de prendre des photos ici. Il y a un panneau juste là.

— Ah, fit Pigeon en se levant.

Avec son mètre quatre-vingt-dix, il était beaucoup plus grand que le vigile, qui dut se reculer d'un pas.

— En fait, ce ne sont pas des photos. C'est un film. Un documentaire pour la fac. Je peux vous montrer ma carte d'étudiant, si vous voulez.

— Peu importe que vous soyez étudiants, répondit le vigile. Pour des raisons de sécurité, il est interdit de prendre des photos. Maintenant, je vais vous demander de ranger cet appareil, ou bien je vais devoir vous escorter pour vous faire quitter les lieux.

— Saloperie de flic au rabais, marmonna Faucon.

— Nous sommes désolés, monsieur, fit Pigeon en se plaçant devant son ami. Nous partons tout de suite.

C'était ennuyeux. Des heures et des heures de surveillance pour se retrouver finalement le bec dans l'eau.

— On va devoir faire un arrêt au stand, fit Pigeon.

Les deux garçons se réfugièrent dans les toilettes pour hommes. Pigeon ouvrit sa braguette devant l'urinoir. Lorsqu'il eut terminé, Faucon sortit une pochette d'allumettes, en enflamma quelques-unes et les jeta dans la poubelle.

Ils étaient sur le parking lorsqu'ils entendirent les cris des sirènes sur l'autoroute. Ils prirent place dans la voiture de Pigeon et observèrent les pompiers qui se garaient, déployaient leurs lances et se précipitaient dans le centre commercial.

Dans un mouvement inverse, des centaines de clients quittaient précipitamment les lieux.

— Rien de tel qu'un bel incendie, commenta Faucon.

— Tu l'as dit, bouffi ! renchérit Pigeon.

IV

DEMEURE FLAMBOYANTE

80.

En chemin pour rentrer « chez moi », à savoir l'appartement de Joe, et tandis que je luttais dans les embouteillages, la sonnerie de mon téléphone portable retentit dans l'habitacle. Je pris l'appel en mains libres, et entendis la voix de Yuki qui hurlait :

— *Lindsay !* Il me traque !

— Qui ça ? Qui te traque ?

— Cet enfoiré de Jason Twilly !

— Du calme, Yuki. Comment ça, il te « traque » ?

Je donnai un brusque coup de volant à gauche à l'intersection de Townsend et de Seventh au lieu d'aller à droite, en direction de mon ancien appartement. J'avais l'étrange impression de nager à contre-courant.

La voix de Yuki se fit plus stridente :

— Il me traque, Lindsay. Il me suit partout, il me *harcèle* ! Il y a dix minutes, il était assis sur le siège passager de ma voiture !

— Il est entré par effraction ?

— Je ne sais pas. Je ne me souviens pas si je l'avais fermée à clé. Je transportais au moins vingt kilos de…

La communication fut interrompue. Je pressai la

touche de raccourci et tombai sur le répondeur de Yuki. J'effectuai une nouvelle tentative.

— Vingt kilos de quoi ? m'écriai-je par-dessus le grésillement.

— Vingt kilos de *dossiers*. Je venais de mettre ma clé dans la serrure quand j'ai vu un bras s'avancer vers la poignée pour m'ouvrir la portière à l'intérieur de la voiture.

— Avant cet incident, tu lui avais déjà demandé de te laisser tranquille ?

— Oui ! Oui !

— OK, donc il n'avait pas à entrer dans ta voiture, fis-je tout en négociant un changement de file, dépassant une voiture de location dont le conducteur klaxonna furieusement en me faisant un doigt d'honneur. Tu veux porter plainte ? Il risque de médiatiser l'affaire. Penses-y.

Il y eut un moment de silence pendant que Yuki réfléchissait aux diverses implications que pouvait engendrer une telle décision.

— Ce type est malade, Linds. Il s'adresse à moi comme si j'étais un personnage de son livre. Il est complètement barré. Si ça se trouve, il est même dangereux. Il s'introduit dans ma voiture, et après ? Ce sera quoi, la prochaine étape ?

— OK, fis-je en me garant le long du trottoir.

Je sortis mon carnet et notai ce que Yuki venait de me dire.

— Il faudra que tu ailles au tribunal civil demain matin pour demander une injonction d'éloignement, mais j'ai d'ores et déjà enregistré ta plainte.

— *Demain matin ?* Lindsay, Jason Twilly cherche à me foutre la trouille, et ça marche ! Je suis terrorisée !

81

En arrivant au cinquième étage du St. Regis Hotel, je tombai sur Twilly qui m'attendait sur le pas de la porte avec un petit sourire en biais. Il avait les cheveux en désordre ; sa chemise était déboutonnée et sortie de son pantalon. J'entendis la porte de sortie de secours se refermer en claquant à l'autre bout du couloir faiblement éclairé. Je supposai que l'hôte de Twilly, payée à l'heure, venait de décamper en vitesse.

Je présentai mon insigne à Twilly, dont le regard se posa sur mon décolleté en V, puis détailla la coupe de mon jean avant de remonter lentement vers mon visage. Pendant ce temps, j'observais son incroyable chambre – murs tendus de cuir, vue magnifique sur la ville. Très impressionnant.

— Vous travaillez en civil, sergent ? lança-t-il avec un petit regard concupiscent.

Son comportement avait peut-être effrayé Yuki, pour ma part, il me mettait en rage.

— Je ne crois pas vous avoir déjà rencontré, monsieur Twilly. Sergent Lindsay Boxer, fis-je en tendant la main.

Il fit de même ; d'un mouvement sec, je lui tordis le bras dans le dos pour le forcer à se retourner et lui plaquai le visage contre le mur.

— L'autre main, ordonnai-je. Vite !

— Vous êtes devenue folle ?

— *L'autre main !*

Je lui passai les menottes et le fouillai sans ménagement :

— Vous êtes en état d'arrestation pour effraction. Tout ce que vous direz pourra être retenu contre vous devant un tribunal.

Lorsque j'eus fini de l'informer de ses droits, il me demanda :

— C'est quoi, cette histoire ?

— Vous avez pénétré de façon illégale dans le véhicule de Yuki Castellano. Elle a porté plainte, et d'ici à demain midi, elle aura obtenu une injonction d'éloignement vous concernant.

— Eh ! Tout doux ! Je n'ai jamais rien vu d'aussi exagéré. Elle avait les bras chargés ! Je l'ai seulement aidée à ouvrir la portière !

— Vous expliquerez tout ça à votre avocat, rétorquai-je.

Tout en maintenant Twilly, je saisis mon téléphone portable, et j'étais sur le point d'appeler du renfort, lorsque Twilly s'écria :

— Attendez une minute ! Yuki prétend que je la harcèle ? C'est ça ? Parce que c'est totalement faux. J'admets que je l'ai un peu provoquée, et que je lui ai mis un peu la pression pour la faire parler, mais je suis journaliste. C'est comme ça qu'on procède. Écoutez, si je suis allé trop loin, je le regrette. On peut discuter ? S'il vous plaît ?

J'avais consulté le casier de Twilly – vierge. J'éprouvai comme une sensation de chute libre au fur et à mesure que ma colère retombait. Un avertissement appuyé aurait peut-être été plus approprié. À présent que je lui avais passé les menottes, qu'en serait-il du battage médiatique contre lequel Cindy avait mis Yuki en garde ?

Je voyais déjà Twilly interviewé par Larry King, Tucker Carlson, ou sur le plateau d'*Access Hollywood*. Ce serait mauvais pour Yuki, mauvais pour moi, et une fantastique publicité pour Twilly.

— Sergent ?

Je devais tenter le coup.

— Vous tenez à éviter une comparution devant le tribunal, monsieur Twilly ? Alors laissez Yuki Castellano tranquille ! Ne vous asseyez pas près d'elle dans la salle d'audience. Ne la suivez pas dans les supermarchés, n'entrez pas dans sa voiture, et nous oublierons cet incident.

» Si Yuki dépose plainte à nouveau, je vous embarque. Est-ce clair ?

— Parfaitement clair.

— Bien.

Je lui détachai les menottes et me dirigeai vers la porte.

— Attendez ! lança Twilly.

Il s'avança dans l'autre pièce, au papier peint bleu et où trônait un lit à baldaquin. Il s'empara d'un stylo et d'un calepin posés sur le bureau en bois précieux :

— Je veux m'assurer que j'ai bien tout compris.

Il griffonna quelques notes, puis me récita ce que je venais de lui dire, mot pour mot.

— Cette petite sortie était vraiment excellente, sergent. Qui verriez-vous pour jouer votre rôle dans le film ?

Ce Twilly était en train de se foutre de ma gueule.

Je quittai la suite avec l'impression de m'être pris une tarte à la merde en pleine figure – et je m'étais moi-même infligé cette humiliation. Bordel ! Peut-être avais-je mal joué le coup, et peut-être avais-je eu tort de le menotter, mais pour autant, Jason Twilly me faisait l'effet d'un cinglé.

Un cinglé potentiellement dangereux.

82.

Joe et moi avions pris des plats à emporter au restaurant Le Soleil. Nous avions dîné tôt, et à 22 heures, nous étions couchés. En ouvrant les yeux, je constatai, grâce à l'affichage digital projeté au plafond par le réveil, qu'il était 3 h 04. D'horribles pensées nocturnes me rongeaient le cerveau.

J'avais été réveillée par l'image de Twilly et de son petit sourire méprisant, mais son visage s'était évaporé pour laisser place à la vision des corps calcinés sur la table d'autopsie. Je me remémorai le regard voilé de cette petite fille, devenue orpheline par la faute d'un adolescent anonyme, qui était peut-être lui-même réveillé, allongé sur son lit, à planifier un nouvel incendie.

Combien de personnes allaient-elles encore mourir avant que nous lui mettions la main dessus ?

Allait-il se montrer plus rusé que nous ?

Je repensai à l'incendie qui avait détruit mon appartement et tous mes biens, ébranlant au passage mon sentiment de sécurité. Je songeai à Joe, et à quel point j'étais amoureuse de lui. J'avais voulu qu'il s'installe à San Francisco pour que nous puissions nous construire un avenir commun – et malgré toutes les épreuves, c'était ce que nous faisions. Pourquoi ne pouvais-je me résoudre à accepter ce grand mariage à l'italienne qu'il m'avait proposé, et, par la suite, peut-être fonder une famille ?

J'allais sur mes trente-neuf ans.

Qu'attendais-je au juste ?

J'écoutais la respiration de Joe, et bientôt, les battements de mon cœur se firent plus lents et le sommeil commença à me gagner. Je me tournai de côté, agrippai un oreiller – et le matelas s'affaissa comme Joe se tournait vers moi et m'enveloppait de ses bras.

— Tu as fait un cauchemar ? demanda-t-il.

— Oui. J'ai oublié le rêve, mais en me réveillant, je me suis mis à penser à des gens morts.

— Des gens en particulier ?

— Oui.

— Tu veux en parler ?

— Je voudrais bien – mais ils sont repartis se terrer dans le trou d'où ils étaient venus. Je suis désolée, Joe. Je ne voulais pas te réveiller.

— Ça ne fait rien. Essaie de te rendormir.

Il me fallut une seconde pour comprendre qu'en réalité, Joe me lançait un défi.

Il écarta les cheveux dans mon cou et m'embrassa doucement. J'eus le souffle coupé. Un frisson me parcourut le corps.

Étant donné les circonstances, je ne m'étais pas attendue à éprouver une sensation aussi grisante.

Je roulai sur le côté et plongeai mon regard dans celui de Joe. Il me souriait dans la lueur bleutée du réveil. Je pris son visage entre mes mains et l'embrassai avec fougue, à la recherche d'une réponse que je ne trouvais pas en moi. Il commença à m'enlacer, mais je le repoussai :

— Attends. Laisse-moi faire.

Je mis de côté toutes les pensées qui me tourmentaient, et, d'un petit coup sec, ôtai à Joe son caleçon. Nos doigts s'entremêlèrent et je lui plaquai les mains contre l'oreiller. Il poussa un gémissement tandis que je l'introduisais en moi. Je me retirai, très délicatement, et l'embrassai jusqu'à le rendre fou de désir. Puis je le chevauchai, encore et encore, jusqu'à ce qu'il ne puisse plus se retenir – et moi non plus. Je sentis l'indéniable tension m'envahir, puis s'évacuer par vagues de plaisir successives.

Je m'effondrai haletante sur le torse de Joe, mes genoux de chaque côté de son corps, mon menton posé contre son cœur qui battait la chamade. Il me caressa doucement le dos et je lui murmurai à l'oreille que je l'aimais. Je me souviens du baiser qu'il a déposé sur mon front. Il a remonté la couverture sur mes épaules et j'ai sombré dans le sommeil.

Oh, mon Dieu.

C'était si bon de faire l'amour avec Joe.

83.

Yuki observa Junie Moon qui s'avançait pour prêter serment à la barre.

Les accusés ne sont pas tenus de témoigner sous serment, et il ne peut leur en être tenu rigueur. Cela les aide rarement, et il est bien évidemment risqué, pour l'avocat de la défense, d'appeler son client à la barre. Même si ce dernier est bien préparé, il risque de s'emporter, de se retrouver déstabilisé, de rire à un moment inopportun ou de se mettre les jurés à dos d'une manière ou d'une autre.

Pourtant, Davis venait d'appeler Junie Moon à la barre, et les citoyens de San Francisco, comme tous ceux qui suivaient ce procès à travers le pays, mouraient d'envie d'entendre ce qu'elle avait à dire. Le chemisier blanc de la jeune femme semblait pendre sur ses épaules et sa jupe bleue flottait autour de ses mollets. Elle avait perdu du poids en prison – beaucoup de poids – et tandis qu'elle levait la main droite pour prêter serment, Yuki distingua des bleus sur son avant-bras.

Les spectateurs retenaient leur souffle. On entendait des murmures. Yuki comprenait à présent pourquoi Davis avait pris le risque d'appeler sa cliente à la barre. Junie Moon ne ressemblait en rien à une pute ou à une criminelle.

Elle ressemblait à une victime.

La jeune femme jura de dire toute la vérité, puis s'avança vers le box des témoins et s'assit, les mains sur les genoux, souriant d'un air confiant à Davis qui s'approchait d'elle.

— Comment allez-vous en ce moment ? demanda l'avocate.

— Vous voulez dire, en prison ?

— Oui. Comment ça se passe ?

— Bien, madame.

Davis hocha la tête :

— Tant mieux. Quel âge avez-vous, Junie ?

— J'aurai vingt-trois ans le mois prochain.

— Dites-nous à quel âge vous avez commencé à faire des passes.

— J'avais quatorze ans, répondit Junie d'une voix faible.

— Comment est-ce arrivé ?

— C'est mon beau-père qui me l'a demandé.

— Vous voulez dire que votre beau-père vous prostituait ? C'était votre mac ?

— Oui, on peut dire ça comme ça. En fait, il a commencé à coucher avec moi quand j'avais environ douze ans, et plus tard, il s'est mis à ramener des amis pour qu'ils fassent l'amour avec moi.

— Avez-vous déjà porté plainte pour viol ou pour maltraitance ?

— Non, madame. Il me disait que c'était ma façon de participer au loyer.

— Votre beau-père est-il toujours de ce monde ?

— Non. Il est mort il y a trois ans.

— Et votre mère ?

— Ma mère est en prison. Pour trafic de drogue.

— Je vois… Vous êtes une fille plutôt intelligente, Junie. Étiez-vous vraiment forcée de continuer à vous prostituer ? Vous auriez pu trouver un emploi dans un restaurant ou dans une boutique ? Travailler dans un bureau ?

Junie s'éclaircit la gorge et répondit doucement :

— Faire l'amour, c'est la seule chose que je connaisse. Ça ne me dérange pas. Quand je fais l'amour à un client, je me sens proche de lui.

— Faire l'amour avec des étrangers vous donne cette impression ?

Junie sourit.

— Je sais que ça peut paraître étrange, mais ça me fait du bien.

Davis marqua un temps de pause pour laisser aux jurés le temps de s'imprégner de la tragique histoire de la jeune femme.

— Junie, fit-elle ensuite, répondez à cette question : avez-vous fait l'amour avec Michael Campion ?

— Non, je ne l'ai jamais fait avec lui. Jamais !

— Alors pourquoi avoir dit le contraire à la police ?

— Parce que c'est ce qu'ils voulaient entendre, et que je voulais leur faire plaisir. Je... je suis comme ça, voilà tout.

— Merci, Junie. Maître, le témoin est à vous.

84.

Yuki avait son idée sur la manière de procéder. Une idée simple, irréfutable.

Lorsque Junie était venue à la barre pour assurer sa propre défense, elle était apparue si fragile, si faible, qu'il valait mieux dire « Je n'ai pas de questions », et réserver sa flèche pour le réquisitoire final, ce qu'elle s'apprêtait à faire lorsque Nicky Gaines lui transmit une note rédigée par Red Dog. Elle la lut tout en guettant du coin de l'œil le juge Bendinger, qui faisait claquer l'élastique à son poignet dans un geste d'impatience.

— Avez-vous l'intention d'interroger l'accusée, mademoiselle Castellano ?

La note était brève. « *Achève-la.* »

Yuki fit un signe de tête négatif, et murmura à Parisi : « On ferait mieux de ne pas y aller. »

Parisi se renfrogna :

— Tu veux que je m'en charge à ta place ?

Red Dog avait parlé. Il n'y avait plus rien à faire. Yuki se leva, s'empara de la photocopie du formulaire d'avertissement Miranda et se dirigea vers le box des témoins.

— Mademoiselle Moon, commença-t-elle sans préambule. Ceci est un formulaire d'avertissement Miranda. Ce document vous dit-il quelque chose ?

— Oui, je crois que oui.

— Vous savez lire et écrire, n'est-ce pas ?

— Oui.

— Bien. Ce formulaire vous a été présenté par le sergent Lindsay Boxer et l'inspecteur Richard Conklin lorsque vous avez été interrogée au poste de police le 19 avril.

» Il y est écrit : « *Avant de commencer l'interrogatoire, nous devons nous assurer que vous avez compris vos droits. Vous avez le droit de garder le silence. Tout ce que vous direz pourra être utilisé contre vous devant un tribunal.* » Figurent ensuite des initiales. S'agit-il des vôtres ?

Junie examina le document :

— Oui, ce sont les miennes.

Yuki procéda à la lecture complète du formulaire, s'interrompant à chaque point important pour dégainer une question : « Aviez-vous compris cela ? S'agit-il de vos initiales ? » *Bang, bang, bang.*

Et après chaque question, Junie scrutait le document et répondait : « Oui. ».

— Ici, tout en bas, il est écrit que vous avez compris vos droits, que vous ne voulez pas d'avocat et que vous n'avez subi aucune menace ni pression. Avez-vous signé ce document ?

— Oui, madame. Je l'ai signé.

— Avez-vous dit aux policiers que Michael Campion était mort chez vous, et que vous aviez fait disparaître son cadavre ?

— Oui.

— Aviez-vous le sentiment que les policiers cherchaient à vous piéger ou à vous intimider ?

— Non.

Yuki se dirigea vers le box de l'accusation, reposa la photocopie, prit une nouvelle note de Red Dog et retourna vers l'accusée.

— Pourquoi avez-vous fait ces aveux, mademoiselle Moon ?

— Je voulais aider la police.

— Je ne vous suis pas. Vous dites que vous vouliez aider la police. Vous avez commencé par déclarer n'avoir jamais rencontré Michael Campion, puis vous avez dit qu'il était mort dans vos bras et que vous aviez découpé son corps avant de le jeter dans une benne à ordures. Et enfin, vous dites que vous avez inventé cette histoire pour faire plaisir aux policiers – parce que… c'est dans votre nature !

» Dites-nous, mademoiselle Moon, à quel mensonge voulez-vous nous faire croire ?

Junie décocha un regard interloqué à son avocate, puis dévisagea Yuki et se mit à bégayer de façon incohérente. Ses lèvres tremblaient ; des larmes coulaient le long de son visage blême.

— Je suis désolée. Je… Je ne sais pas quoi dire.

Une voix de femme s'éleva dans la salle, juste derrière le banc de la défense. « ARRÊTEZ ! »

Yuki se retourna vers la voix, comme tous ceux présents dans la salle. La personne qui venait de parler était Valentina Campion, femme de l'ancien gouverneur et mère de Michael. Elle s'était levée, et se cramponnait à l'épaule de son mari.

Yuki sentit son sang se figer.

— Je ne supporte pas ce qu'elle est en train de faire subir à cette pauvre petite, dit-elle à son époux.

Elle se faufila vers l'allée et, sous le regard médusé des deux cents personnes assistant au procès, elle quitta la salle d'audience.

85.

Yuki avait passé la nuit effondrée comme une baleine échouée sur la plage, et elle avait encore des sueurs froides ce matin-là en repensant à la façon dont son boss l'avait littéralement *assommée*. Mais le coup de grâce, c'était Valentina Campion qui le lui avait asséné en la jetant sous un trente-trois tonnes !

Il se tisse des liens parfois étranges entre les gens, au cours d'un procès. Mais que Valentina Campion en vienne à prendre la défense de l'accusée, c'était complètement insensé ! Ne comprenait-elle pas que Yuki était de son côté ? Qu'elle essayait de rendre justice à Michael ?

Une rumeur enfla parmi les spectateurs et les journalistes lorsque L. Diana Davis entra dans la salle d'audience. À voir le petit air suffisant de l'avocate,

Yuki songea qu'elle avait dû passer la soirée de la veille à s'enivrer d'autosatisfaction.

Junie Moon fut escortée dans la salle d'audience. Davis se leva, se rassit lorsque sa cliente s'assit, et aussitôt après, l'huissier lança : « Levez-vous. »

Il y eut un bruissement étouffé tandis que les gens se levaient pour l'arrivée du juge Bendinger, qui grimpa en claudiquant sur son estrade. Les jurés s'installèrent à leur tour. Le juge leur rappela ses directives, puis demanda à Yuki si elle était prête à livrer son réquisitoire. Elle répondit qu'elle l'était.

Mais elle n'en était pas si certaine.

Elle rassembla ses notes et, tête haute dans son ensemble Jimmy Choo, se dirigea d'un pas résolu vers le lutrin. Elle posa ses notes face à elle et focalisa toute son attention sur les jurés. Elle ignora le placide Parisi, Twilly et son sourire moqueur, la morgue de Davis et la fragilité de l'accusée. Elle ignora même Cindy, qui, le pouce levé, lui adressait un petit geste d'encouragement depuis le fond de la salle.

Pour commencer, Yuki installa un portrait de Michael Campion sur le chevalet, qu'elle tourna face au box des jurés. Elle marqua ensuite un temps de pause pour que tout le monde ait le temps de regarder le visage de ce garçon que les gens adoraient, au point d'invoquer son nom tous les soirs dans leurs prières.

Les jurés devaient comprendre que, dans ce procès, il était question de la mort de Michael Campion, et non du triste destin de la prostituée qui l'avait laissé mourir.

Yuki posa ses mains à plat sur le lutrin et s'apprêta à parler du fond du cœur.

— Mesdames, mesdemoiselles, messieurs, Junie Moon est une prostituée. Elle enfreint la loi tous les jours dans le cadre de son métier, et sa clientèle se compose principalement d'étudiants n'ayant pas encore atteint l'âge de la majorité. Cela étant, la profession qu'exerce l'accusée ne doit en rien nous amener à douter de sa crédibilité. Mlle Moon a ses raisons, et le fait qu'elle soit une prostituée ne la rend pas coupable des charges qui pèsent contre elle.

» C'est pourquoi j'aimerais que vous la jugiez comme vous jugeriez n'importe qui. Nous sommes tous égaux devant la loi. C'est sur ce principe que repose notre justice.

» Mlle Moon est accusée de dissimulation de preuves et d'homicide involontaire.

» Lors de mon réquisitoire préliminaire, j'ai dit que pour prouver le meurtre, il fallait prouver qu'il y avait eu une intention criminelle. C'est-à-dire que la personne avait agi avec *négligence et malveillance*.

» Comment caractériser un comportement négligeant ?

» Mlle Moon a expliqué à la police qu'elle avait ignoré les appels à l'aide de Michael Campion et qu'elle l'avait laissé mourir, avant d'effacer les traces de son crime en découpant le corps du jeune homme puis en jetant les morceaux dans une benne à ordures.

» Qui, parmi vous, serait capable de découper un cadavre ? Avez-vous seulement idée de ce que cela représente ? J'ai moi-même bien des difficultés à découper un simple *poulet*, alors comment imaginer qu'on puisse démembrer une personne qui, quelques heures auparavant, vivait, respirait, parlait – une personne qui venait de partager votre lit ?

» Quelle âme, quel cœur est capable de commettre un tel acte ?

» N'est-ce pas là le comportement d'une personne malveillante et négligente ?

» L'accusée a avoué son crime après avoir demandé que la caméra soit éteinte, pensant que, dès lors, ces aveux seraient sans conséquence. Mais Junie Moon s'est trompée. Des aveux sont des aveux, qu'ils soient enregistrés ou non. Elle a avoué, un point c'est tout.

» Il incombe à présent au jury de déterminer la culpabilité de l'accusée au-delà de tout doute raisonnable. Si parmi les questions qui vous sont posées, il s'en trouve certaines auxquelles vous ne savez pas répondre, dites-vous que c'est normal. C'est humain. Et c'est précisément la raison pour laquelle il vous est demandé de déterminer la culpabilité de l'accusée au-delà de tout doute *raisonnable* – et non *hors de tout doute*.

» Nous ignorons où se trouve le corps de Michael Campion, poursuivit Yuki d'une voix vibrante. Tout ce que nous savons, c'est que la dernière personne à l'avoir vu vivant est assise là, devant nous.

» Junie Moon a avoué à plusieurs reprises.

» Et cela, mesdames et messieurs les jurés, devrait vous suffire à la déclarer coupable et à rendre ainsi justice à Michael Campion et à sa famille.

Personne n'avait encore découvert ce qui se cachait derrière le L. de L. Diana Davis. Certains prétendaient qu'il s'agissait d'un prénom exotique : Lorelei ou Letitia. D'autres pensaient que Davis avait simplement rajouté cette initiale pour le côté mystique.

Yuki, elle, y voyait la première lettre de l'adjectif « létale ».

Davis avait revêtu un ensemble Chanel pour sa plaidoirie : un tailleur rose à doublure noire qui rappelait Jackie Kennedy, même s'il n'y avait rien de l'ancienne première dame dans la voix stridente de Davis.

— Mesdames et messieurs les jurés. Lors de mon exposé préliminaire, j'avais évoqué ce fameux slogan publicitaire *« Où est la viande ? »*. Car c'est bien là le fond du problème dans cette affaire. Où est le corps ? Où sont les traces d'ADN ? Où sont les aveux ? Où sont les preuves ?

» Qu'essaie de nous faire croire l'accusation ? Ainsi, une personne avoue un crime, des enquêteurs de la police la placent en garde à vue mais n'enregistrent pas ses aveux, et ne retrouvent sur les lieux aucune trace de sang ?

» Désolée, mais pour moi, il y a quelque chose qui cloche.

Davis s'était rapprochée du box des jurés et se tenait à la balustrade.

» Le Dr Paige, éminente psychiatre, est venue à la barre nous expliquer que, selon elle, Junie Moon avait fait de faux aveux parce qu'elle souffrait d'un profond déficit de son amour-propre, et qu'elle voulait « faire plaisir » aux policiers qui l'interrogeaient. Elle se sentait coupable d'être une prostituée, et ces aveux lui permettaient de se décharger de cette culpabilité.

» Mesdames et messieurs les jurés, je vais vous confier quelque chose. Chaque fois qu'un crime majeur est commis, les faux aveux pleuvent sur les standards téléphoniques de la police. À titre d'exemple, des centaines de personnes ont avoué l'enlèvement du petit Lindbergh. Des dizaines ont avoué le meurtre du Dahlia Noir. Souvenez-vous également de John Mark Karr, qui avait avoué le meurtre de JonBenet Ramsey dix ans après le drame.

» Il n'était pourtant pas l'auteur de ce crime.

» Imaginez-vous que certains vont jusqu'à avouer des crimes alors même que les tests ADN les ont disculpés. Certains font des aveux pour des raisons que vous et moi aurions du mal à comprendre, mais c'est le rôle d'un bon enquêteur d'effectuer le tri entre les faux aveux et les vrais.

» Les aveux de Junie Moon étaient de faux aveux.

» L'absence de preuves dans cette affaire est plus que flagrante. Si la victime avait été Monsieur tout-le-monde, il n'y aurait probablement pas eu de mise en examen, et encore moins de procès. Mais Michael Campion est une célébrité issue de la classe politique, alors que Junie Moon est *au plus bas* du mât totémique.

» On est dans l'univers des paillettes ! trompeta Davis, mais ce procès n'a pourtant rien à voir avec *Showbiz Tonight*. Nous sommes ici dans un tribunal, mesdames et messieurs les jurés. Ce qu'on vous demande, c'est de faire appel à votre bon sens et de vous en tenir aux faits. En agissant ainsi, vous ne pouvez que déclarer Junie Moon *non coupable* des charges qui pèsent contre elle.

88.

J'arrivai au Susie's sur les coups de 19 heures. Parmi les clients accoudés au comptoir, c'était l'hilarité générale. Je ne reconnus pas le morceau joué par le *steel band*, mais il y était question de mer des Caraïbes scintillante et de soleil éclatant.

Cela me donna envie d'aller en Jamaïque et d'y ouvrir une boutique de plongée avec Joe, de boire des mai tais aux fruits de la passion, et de manger du poisson grillé sur la plage…

J'arrivai à notre table habituelle en même temps que Lorraine débarrassait un plateau contenant des restes d'ailes de poulet. Elle prit ma commande – une Corona – et déposa un menu sur la table. Claire occupait la totalité de l'une des banquettes, ce qu'elle appelait « sa place pour deux » ; Cindy et Yuki étaient assises face à elle – Yuki recroquevillée contre le mur, comme un insecte écrasé là par quelque main invisible.

Elle semblait avoir perdu une bataille.

— Qu'est-ce que j'ai raté ? demandai-je en prenant place sur une chaise.

— Yuki a prononcé un brillant réquisitoire, fit Cindy.

— Que Davis a réduit à néant ! l'interrompit Yuki.

— Tu es folle. C'est *toi* qui as eu le dernier mot, Yuki, crois-moi !

Je n'eus pas à réclamer. Sitôt passée notre commande, Yuki se lança dans une imitation impeccable de L. Diana Davis hurlant « *Où est la viande ? Où est la viande ?* ».

Elle s'arrêta pour reprendre son souffle.

— Tu as raison, lui dit Cindy. Ça fait du bien de relâcher la pression.

Yuki eut un petit rire hystérique, essuya des larmes au coin de ses yeux à l'aide d'une serviette et descendit cul sec sa margarita – une boisson qu'elle supportait à peine en temps ordinaire. Elle laissa échapper un rot sonore :

— Je déteste attendre un verdict !

Nous éclatâmes toutes de rire, et Cindy incita Yuki à se joindre à nous en lui donnant des petits coups de coude.

— C'est bon. Ça va !

Enfin, la vraie Yuki était de retour : vive, animée, parlant fort et avec les mains :

— J'ai dit texto : Y a-t-il eu crime, mesdames et messieurs les jurés ? Dites-vous bien que l'accusée n'est pas là par hasard. Elle a été mise en examen par un grand jury, et ce n'est pas à cause de sa condition sociale inférieure à celle de la victime. La police n'a pas choisi un nom dans l'annuaire de façon aléatoire.

» Ces faux aveux, Junie Moon ne les a pas faits par téléphone, en appelant le standard de la police de façon anonyme.

» Non, les enquêteurs ont suivi une piste, et cette piste les a conduits à la dernière personne ayant vu Michael Campion vivant. Cette personne n'est autre que Junie Moon. Elle l'a elle-même reconnu.

— Bien joué, plaça Claire.

Yuki sourit, avant de poursuivre :

— Nous ne savons pas où se trouve le corps de Michael Campion, mais depuis cette rencontre avec Mlle Moon, durant tous ces mois, il n'a plus donné le moindre signe de vie. Il ne s'est pas servi de sa carte de crédit, il n'a pas contacté ses parents ou ses amis, que ce soit depuis son téléphone portable ou par e-mail.

» Jamais Michael ne se comporterait de la sorte. Ce n'était pas son genre. Alors, où est-il ? Où est Michael Campion ? Cette question, Junie Moon y a déjà répondu. Michael est mort. Son corps a ensuite été découpé puis jeté dans une benne à ordures. Par qui ? Par Junie Moon. Il n'y a rien d'autre à ajouter.

— Vous voyez ? s'écria Cindy. Elle a assuré !

89.

Ce même soir, après notre virée au Susie's, Claire et moi étions assises sur son lit pour une soirée pyjama en tête à tête. Edmund était en tournée avec le *San Francisco Symphony*, et Claire m'avait dit : « Je n'ai aucune envie de me retrouver seule ici si je commence à avoir des contractions. »

— Je ne pourrais pas être plus grosse, plaisanta-t-elle, allongée dans le gouffre que ses cent vingt kilos avaient creusé dans la mousse de son matelas à mémoire de forme. C'est tout simplement impossible ! Je n'étais pas aussi énorme pour les deux garçons, alors comment cette petite fille fait-elle pour me transformer en véritable baleine ?

J'éclatai de rire, et songeai qu'à l'époque où elle était tombée enceinte de son premier enfant, vingt ans plus tôt, elle faisait quelques tailles de moins. Je m'abstins toutefois de lui faire la remarque.

— Tu as besoin de quelque chose ? demandai-je.

— Ce que tu trouveras dans le freezer.

— Ça marche !

Je revins avec une boîte de crème glacée *Chunky Monkey* et deux cuillères.

— C'est un peu cruel d'avoir appelé cette glace *Chunky Monkey*. C'est justement à ça que tu ressembles à force d'en manger ! fis-je en m'installant sur le lit.

Claire lâcha un petit gloussement, puis elle ôta le couvercle, et tandis que nous plongions nos cuillères dans la boîte, elle me demanda :

— Alors, comment ça se passe entre Joe et toi ?

— À quel propos ?

— À ton avis ? À propos du fait que vous vivez ensemble, idiote ! Tu es de plus en plus accro ? Tu penses au mariage ?

— J'aime ta manière subtile d'aborder le sujet.

— Va te faire voir ! Toi non plus, tu n'es pas toujours très subtile.

Je pointai ma cuillère dans sa direction – *touché !* – puis je me mis à parler. Claire savait déjà presque tout : mon mariage raté, mon histoire d'amour avec Chris, abattu pendant son service. J'évoquai aussi ma sœur, Cat, divorcée avec deux enfants, qui menait une brillante carrière professionnelle et entretenait une relation conflictuelle avec son ex.

— Et quand je te regarde, Butterfly, avec ta grande maison, ton mari adorable et tes deux bambins ; quand je vois qu'il te reste assez de courage et d'amour pour refaire un bébé...

— Mais toi, tu en es où par rapport à tout ça ? Tu attends que Joe renonce à t'épouser parce qu'il pensera que tu ne l'aimes pas assez ? Tu attends qu'une autre femme le séduise ? Je suis sûre que beaucoup aimeraient te le piquer.

Je m'effondrai sur mon oreiller et fixai le plafond. Je songeai à mon métier de flic, au fait de travailler avec Rich dix-sept heures par jour et d'en tirer une profonde satisfaction. En dehors du travail, il me restait très peu de temps. Cela faisait une éternité que je n'avais plus fait de tai-chi ; je ne jouais plus de guitare ; même la balade du soir avec Martha, c'était désormais Joe qui s'en chargeait.

J'essayai de me projeter dans une autre situation : Joe et moi, mariés avec un enfant ; j'essayai d'envisager les changements que cela impliquerait de savoir que des gens s'inquiéteraient pour moi chaque fois que je quitterais la maison. Et si je me faisais tuer ?

Je considérai alors une autre alternative.

Avais-je envie de vivre seule ?

J'étais sur le point d'expliquer tout cela à Claire, mais j'étais restée silencieuse si longtemps qu'elle choisit ce moment pour intervenir :

— Après tout, tu verras bien, fit-elle en replaçant le couvercle sur la boîte de crème glacée à présent vide.

Elle déposa sa cuillère dans une soucoupe qui traînait sur la table de nuit.

— Laisse les choses se décanter et, au moment voulu, tu sauras ce que tu veux. Tu sauras ce qui est bon pour toi.

Vraiment ?

Comment Claire pouvait-elle en être aussi sûre alors que j'étais moi-même dans le brouillard le plus complet ?

90.

À quelques encablures du palais de justice se trouve le restaurant La Fleur du Jour, un endroit très fréquenté le matin par les flics. 6 h 30, une bonne odeur de pain frais embaumait le marché aux fleurs. Joe, Conklin et moi étions assis à l'une des tables installées sur le patio, qui donnait sur les stands remplis de fleurs. C'était une première, et je ressentais un malaise que j'aurais détesté avoir à expliquer.

Joe était en train d'expliquer à Conklin son point de vue concernant la série d'incendies criminels. Il partageait notre opinion selon laquelle une personne seule n'aurait pas été en mesure de maîtriser les victimes.

— Ces jeunes sont du genre à se la raconter, fit Joe. *Quidquid latine dictum sit, altum videtur.*

— Ce qui signifie ? m'exclamai-je en haussant un sourcil. Je suis la seule personne au monde à ne pas connaître le latin, ou quoi ?

Joe me lança un petit sourire :

— On pourrait le traduire par : « Ce qu'on dit en latin a toujours l'air profond. »

Conklin hocha la tête. Son regard, ce matin-là, restait neutre. Je lui avais déjà vu cette expression, lorsqu'il interrogeait un suspect. Je savais qu'il soumettait Joe à une inspection en règle. Peut-être espérait-il découvrir que mon homme, avec sa carrière prestigieuse au sein des forces de l'ordre, disposait d'une théorie solide.

Ou mieux, que c'était un pauvre type.

Il n'y avait pas à douter que, de son côté, Joe le jaugeait également.

— Ils sont vraiment rusés, fit Conklin. Peut-être un peu plus que nous.

— Vous connaissez l'histoire de Leopold et Loeb ? demanda Joe en se reculant pour laisser au serveur la place de poser devant lui une assiette de pancakes à la fraise.

Le serveur contourna ensuite la table pour nous apporter, à Conklin et à moi, des œufs Bénédicte.

— Leur nom me dit quelque chose.

— C'était en 1924. Ces deux jeunes sociopathes, aussi brillants qu'imbus de leur personne, et issus d'un milieu privilégié, ont décidé de commettre un meurtre pour le simple exercice intellectuel, pour voir s'ils pouvaient réaliser le crime parfait.

Joe avait réussi à capter notre attention.

— Leopold avait un QI très élevé, qui dépassait les 200. Celui de Loeb était d'au moins 160. Ils avaient choisi un jeune garçon au hasard, l'avaient froidement assassiné, mais malgré toute leur intelligence, ils avaient commis de grossières erreurs.

— Vous pensez que nos pyromanes sont animés des mêmes intentions ? Commettre le crime parfait ?

— C'est le sentiment que j'ai.

— La télé a été très instructive pour toute une génération de criminels, observa Conklin. Ils ont appris à ne pas laisser de traces, à ramasser leurs mégots, leurs épluchures de cacahuètes… Nos pyromanes se montrent extrêmement prudents. Les seuls indices que l'on trouve sont ceux qu'ils veulent bien nous laisser.

À cet instant, je cessai d'écouter leur dialogue pour me concentrer sur leur langage corporel. Joe s'enflammait par moments plus que nécessaire en s'adressant à Conklin, lequel écoutait avec déférence sans pour autant se laisser impressionner. J'étais tellement attachée à ces deux hommes. Je me tournais vers l'un, puis vers l'autre, comme si j'assistais à un match de tennis à Wimbledon.

Yeux bleus. Yeux bruns. Mon amant. Mon coéquipier.

Je repoussai mes œufs sur le bord de l'assiette.

C'était probablement la première fois de ma vie que je ne trouvais rien à dire.

91.

Yuki s'installa dans le box de l'accusation, entre Nicky Gaines et Len Parisi. On était vendredi. Les jurés avaient délibéré pendant trois jours, et l'on avait appris la veille, tard dans la soirée, qu'ils étaient parvenus à un verdict. Yuki se demandait si les jurés n'avaient pas un peu précipité leur décision à l'approche du week-end, histoire d'en finir et de se libérer de toute cette pression. Si tel était le cas, cela se révélerait-il bon, ou mauvais, pour le ministère public ?

Yuki se sentait en overdose de caféine, et elle l'était. Depuis 6 heures du matin, elle avait bu expresso sur expresso, et n'avait dormi en tout et pour tout que deux petites heures.

— Ça va ? demanda-t-elle à Nicky, qui respirait par la bouche et exhalait une puissante odeur de VapoRub.

— Ça va. Et toi ?

— Super !

À la droite de Yuki, Red Dog prenait des notes dans son calepin. Il apparaissait blasé et d'un calme olympien, mais tout n'était que façade. Intérieurement, il était au bord de l'éruption. De l'autre côté de l'allée, L. Diana Davis, coiffée et maquillée, semblait fraîche et dispose. Elle avait passé son bras autour des frêles épaules de sa cliente en un geste maternel.

À 9 heures tapantes, l'huissier, un homme nerveux vêtu d'un uniforme vert, lança :

— Levez-vous.

Yuki se leva, puis se rassit lorsque le juge fut installé. Nicky toussa dans son mouchoir. Parisi rangea son stylo dans la poche de sa veste. Yuki posa les mains jointes devant elle ; sa tête se tourna vers la droite au moment où les jurés entrèrent dans la salle d'audience.

Les douze hommes et femmes étaient endimanchés pour l'occasion, les hommes en veste et cravate, et les femmes étincelantes de bijoux.

La présidente du jury, une femme du nom de Maria Martinez, était âgée d'une trentaine d'années, comme Yuki. Elle était professeur de sociologie et mère de deux enfants. Yuki ne l'imaginait pas pencher en faveur d'une prostituée qui avait laissé mourir un jeune homme, puis s'était débarrassée du corps en le jetant dans une benne à ordures.

La jeune femme posa son sac à main au pied de sa chaise.

Yuki ressentit un picotement dans la nuque et les bras tandis que le juge Bendinger ouvrait son ordinateur portable. Il glissa une plaisanterie au greffier, que Yuki n'entendit pas, puis pivota sur son siège et lança :

— Je réclame le silence !

La salle se tut, et Bendinger demanda aux jurés s'ils étaient parvenus à un verdict.

— Oui, Votre Honneur.

La feuille circula jusqu'à Bendinger, puis revint à Martinez. Nicky Gaines toussa à nouveau, et Parisi lui appliqua une petite tape derrière la tête en lui jetant un regard noir.

— Veuillez lire le verdict, demanda Bendinger.

Martinez se leva. Elle semblait minuscule dans son ensemble gris foncé. Elle s'éclaircit la gorge, puis annonça :

— Nous, le jury, déclarons l'accusée, Junie Moon, *non coupable* du chef d'accusation d'homicide involontaire.

» Nous déclarons l'accusée, Junie Moon, *non coupable* du chef d'accusation de dissimulation de preuves…

Dans la salle d'audience remplie à craquer, de vives exclamations s'élevèrent, ponctuées par les coups de marteau de Bendinger qui demandait le silence.

— Qu'est-ce qu'elle a dit ? Qu'est-ce qu'elle a dit ? demanda Gaines à Yuki en même temps que le juge remerciait les jurés et les congédiait.

Yuki se sentait physiquement abattue. *Elle avait perdu !* Elle avait perdu, et elle avait déçu tout le monde – les policiers, les gens du *DA's office*, les

259

Campion, et même Michael. Elle s'était battue avec passion pour que justice soit rendue au jeune homme qui avait perdu la vie, et elle avait échoué lamentablement.

— Je ferais peut-être mieux de tout arrêter, marmonna-t-elle à part soi.

Elle se leva de façon abrupte, sans un mot à Gaines ou à Parisi, puis se tourna vers les Campion :

— Je suis vraiment désolée.

Tête basse, elle se fraya un chemin à travers la foule et quitta la salle d'audience.

92.

Du coin de l'œil, Yuki aperçut Twilly se lever et la suivre vers la sortie. *L'enfoiré !* Elle se faufila entre les groupes de gens réunis dans le couloir, poussa la porte des toilettes pour femmes et entra dans l'un des compartiments vides. Elle ferma le loquet derrière elle et resta assise sur la cuvette de longues minutes, la tête entre les mains. Elle se rendit ensuite à un lavabo, se passa de l'eau froide sur le visage et chaussa ses lunettes de soleil.

De retour dans le couloir, elle se dirigea vers la sortie de secours. Le cœur toujours battant, elle descendit les marches quatre à quatre, son esprit ressassant en boucle l'énoncé du verdict. Elle était choquée que le jury ait déclaré Junie Moon non coupable. Le public allait être furieux en apprenant que Junie Moon était sortie libre de la salle d'audience. Ils en feraient porter la responsabilité à Yuki et ils auraient raison.

C'était son procès, et elle l'avait perdu.

Elle ouvrit la porte donnant sur le hall, et, tête basse, quitta le bâtiment gris pour se retrouver sous un ciel de la même teinte. Len Parisi se tenait en haut des marches du palais de justice, tel un séquoia roux au milieu d'un massif de journalistes qui lui tendaient leurs micros en hurlant des questions.

Tous les reporters vedettes des journaux télé étaient présents : Anderson Cooper et Rita Cosby, Diane Dimond et Beth Karas. Caméras braquées sur lui, Parisi répondait avec ce blabla politiquement correct qu'emploierait n'importe quel fonctionnaire ayant déjà subi un pontage et susceptible d'en subir un nouveau.

Trois marches plus bas, Maria Martinez et plusieurs autres jurés étaient également assaillis par les journalistes.

Yuki entendit Martinez dire : « Nous avons eu un doute raisonnable. » Et puis les caméras se déplacèrent en même temps qu'apparaissait L. Diana Davis, qui franchit l'imposante double-porte en compagnie de Junie Moon. Elle tenait la jeune femme par l'épaule.

Yuki se hâta de descendre les quelques marches qu'il lui restait à parcourir. En bas, elle vit Connor Campion et sa femme au bord du trottoir. Ils étaient sur le point d'entrer dans leur voiture ; le chauffeur leur tenait la portière ouverte. Jason Twilly était là également, en grande discussion avec Connor Campion. Yuki pressa le pas.

Elle traversa Bryant Street sans attendre que le feu soit rouge, les yeux rivés sur le parking, soulagée de passer inaperçue au milieu de la foule matinale ; soulagée surtout de savoir que Twilly était occupé avec quelqu'un d'autre. Ses clés en main, elle arrivait à hauteur de sa voiture lorsqu'elle entendit quelqu'un appeler son nom à l'autre bout du parking. Elle se retourna, l'air mauvais. C'était Jason Twilly, qui s'approchait d'un pas cadencé, les pans de sa veste noire grande ouverte flottant derrière lui comme les ailes d'un vautour.

— *Yuki ! Attendez-moi !*

Ce Twilly de malheur n'avait donc pas renoncé à la harceler !

93.

Yuki introduisit la clé dans la serrure. Elle entendit le bip indiquant l'ouverture automatique des portes.

— Yuki !

Elle se retourna de nouveau, agrippa d'une main la bandoulière de son sac, de l'autre la poignée de sa mallette, et lança :

— Je n'ai rien à vous dire, Jason. Allez au diable.

Twilly se renfrogna, et son visage changea soudain d'expression. C'était le visage d'un meurtrier, d'un homme qui pouvait devenir violent d'un instant à l'autre.

— Maintenant, tu vas m'écouter, jeune fille, lâcha-t-il entre ses dents. Réjouis-toi d'avoir perdu ce procès, parce que Junie Moon n'a *pas* tué Michael Campion. Je sais, moi, qui est l'assassin.

Quoi ? Que venait-il de dire ?

— Regarde-moi, Yuki ! Et si c'était moi qui l'avais tué ?

Yuki s'installa derrière le volant et lui claqua la portière au nez. Twilly se pencha à la vitre, et se mit à la marteler violemment, *bam-bam-bam*. Sentant que la partie lui échappait, il hurla :

— On n'en a pas fini, tous les deux ! Reste ici !

Yuki enclencha la première, appuya sur l'accélérateur et démarra dans un crissement de pneus. Elle quitta le parking et téléphona à Lindsay depuis son portable.

— Lindsay ! cria-t-elle d'une voix stridente par-dessus le bruit de la circulation. Twilly sait qui a tué Michael Campion, il vient de me le dire. Il veut me faire croire que c'est lui, l'assassin. Lindsay. Et si c'était vraiment lui ?

Apercevant la Mercedes de location de Twilly dans son rétroviseur, elle grilla un feu rouge et prit un brusque virage pour s'engager dans une ruelle. Lorsqu'elle fut certaine de ne plus être suivie, elle se gara sur un emplacement réservé aux pompiers, devant le palais de justice.

Elle présenta sa carte au vigile, franchit les détecteurs de métal au pas de course et grimpa d'une traite les trois étages jusqu'aux locaux de la brigade. Elle était hors d'haleine en arrivant à la porte, où l'attendait Lindsay.

— Ne t'inquiète pas, lui dit Lindsay. J'assure tes arrières.

94.

Deux heures après avoir quitté le palais de justice, Yuki prépara un sac avec ses affaires pour la nuit et la journée du lendemain, et quitta la ville. Tandis qu'elle traversait le Golden Gate Bridge en direction de Point Reyes, elle essaya de chasser la voix de Twilly qui résonnait en écho dans sa tête.

Pouvait-il réellement avoir assassiné Michael Campion ? Et si oui, dans quel but ?

Et surtout pourquoi le lui avoir dit, *à elle* ?

Elle alluma la radio, sélectionna un programme de musique classique, monta le volume et laissa la mélodie emplir l'habitacle et pénétrer peu à peu son esprit. C'était un après-midi splendide. Elle se rendait à Rose Cottage, où elle comptait prendre le temps d'aller marcher sur la plage, réfléchir, se rappeler qu'elle n'était pas le genre de personne à baisser les bras au premier obstacle.

Elle n'allait quand même pas tout abandonner à cause d'un échec !

Elle s'engagea sur la route nationale, et bientôt, l'incomparable beauté du paysage la submergea. Elle éteignit la radio et descendit toutes les vitres pour entendre les vagues rugissantes se fracasser sur les rochers en contrebas. Les embruns vivifiants lui mettaient du rouge aux joues. Elle observa la mer d'un bleu limpide, cette mer infinie qui s'étendait jusqu'à l'horizon – enfin, jusqu'au Japon – et inspira profondément l'air frais avant d'expirer consciencieusement, laissant s'évacuer toute la tension accumulée.

Parvenue dans la petite ville d'Olema, elle quitta la nationale, passa devant les échoppes à l'intersection, et, de là, suivit de mémoire les petites routes secondaires. Elle jeta un coup d'œil à sa nouvelle montre. Il n'était que 14 h 30 ; le soleil brillait encore d'un éclat intense.

La pancarte indiquant ROSE COTTAGE 1/4 MILE était à moitié dissimulée par la végétation, mais Yuki la repéra à temps. Elle prit le virage et s'engagea à travers un vallon boisé menant à une route non goudronnée qui s'élevait à flanc de colline. Cette piste pleine d'ornières se terminait en allée privée, et décrivait une boucle devant la cabane de la gérante, une grande femme blonde nommée Paula Vaughan.

Paula lui souhaita la bienvenue pour son retour à Rose Cottage. Les deux échangèrent quelques plaisanteries pendant que Paula passait la carte de crédit de Yuki dans la machine. C'est à cet instant que la gérante fit le lien :

— Je viens de voir les infos. Quel dommage que vous ayez perdu le procès !

— Vous avez des menus à emporter, je crois ? répondit Yuki en levant la tête. Non ? Au Farm House ?

Quelques minutes plus tard, elle entrait dans le cottage. Elle déposa ses sacs sur le plus grand des deux lits, et ouvrit la porte coulissante qui donnait sur le porche. Le sentier de randonnée de la Bear Valley passait à droite du cottage, puis grimpait sur un dénivelé d'environ cent vingt mètres de zones boisées, avant de déboucher sur une corniche avec une vue magnifique sur l'océan.

Elle avait déjà parcouru ce chemin avec Lindsay.

Yuki changea de tenue, enfila un jean et des chaus-sures de marche, puis ouvrit sa mallette et en sortit son Smith & Wesson .357. Elle glissa l'arme dans une poche de son coupe-vent, son téléphone portable dans l'autre. À cet instant, quelqu'un frappa à la porte de façon insistante. Son cœur se mit à cogner lourdement dans sa poitrine.

95.

Jason Twilly portait un pantalon chino, un sweat-shirt bleu marine et un sac de cuir jeté en bandoulière sur son épaule droite. Il était beau, raffiné, comme sorti tout droit des pages de *Town & Country*, et son sourire narquois avait perdu de son agressivité.

— Que faites-vous ici, Jason ? demanda Yuki en gardant la porte entrouverte de quelques centimètres, juste assez pour le voir et l'entendre.

Elle porta la main à son pistolet et empoigna la crosse. Elle ressentit aussitôt la puissance de l'objet – elle savait de quoi cette petite arme était capable.

— Vous savez, Yuki, si je n'avais pas de l'affection pour vous, je me sentirais blessé. Je passe la plupart de mon temps à repousser les avances des femmes, et vous, vous n'arrêtez pas de me claquer les portes au nez.

— Comment m'avez-vous trouvée ?

— Le plus simplement du monde. J'ai attendu que vous quittiez votre appartement et je vous ai suivie. Écoutez, je suis désolé de m'être emporté ce matin.

Il poussa un soupir :

— À vrai dire, je suis un peu dans le pétrin. J'ai touché une grosse avance pour ce livre, et l'argent s'est déjà évaporé.

— Oh, vraiment ?

— Oui. Je fais des paris sportifs… C'est l'une de mes petites faiblesses, ajouta-t-il avec un sourire charmeur. Pour être honnête, c'est même plus qu'une petite faiblesse – et ces derniers temps, c'est devenu compulsif. Si je vous dis ça, c'est pour que vous compreniez la situation. Je dois de l'argent à des gens vraiment peu recommandables. Et ces gens se foutent de savoir si mon livre est publié ou pas.

— C'est votre problème, Jason. Pas le mien.

— Attendez, attendez. Écoutez simplement ce que j'ai à vous dire, d'accord ? D'une part, je ne peux pas rendre l'avance que j'ai touchée, d'autre part j'ai ces dettes de jeu que je dois régler à tout prix. Tout ce que je veux, c'est recueillir votre sentiment sur cette affaire. Je veux votre point de vue, avec vos propres mots – voilà comment nous pourrons trouver une issue satisfaisante à toute cette histoire.

— Vous êtes sérieux ? Après la façon dont vous m'avez traitée ? Je n'ai rien à vous dire, Jason.

— Il n'y a rien de personnel, Yuki. Je suis en train de vous parler business. Je n'ai pas l'intention de vous sauter dessus. J'ai juste besoin que vous m'accordiez une heure. Rien qu'une toute petite heure de votre temps. Et puis vous avez un bénéfice à en tirer. Vous êtes l'avocate dévouée dont la conviction profonde a été foulée aux pieds par une petite catin au cœur de pierre. Elle vous en a dépossédé, Yuki !

— Et si je n'ai pas envie de répondre à vos questions ?

— Dans ce cas, je vais devoir inventer, et ça, excusez-moi, mais ça craint un peu ! Allez, ne m'obligez pas à vous supplier.

Yuki sortit le Smith & Wesson de sa poche :

— C'est un .357, lança-t-elle en lui montrant le pistolet.

— Je vois ça, répondit Twilly.

Son sourire s'élargit, et ne tarda pas à se transformer en rire :

— Ça coûte bonbon, ces petits jouets là !

— Contente de voir que ça vous amuse.

— Je suis journaliste, Yuki. Pas un dangereux truand… Écoutez, je veux que vous vous sentiez en sécurité. Ce que je vous propose, c'est que vous preniez votre arme et que nous allions faire un petit tour. Ça vous va ?

— De ce côté, indiqua Yuki.

Elle franchit le seuil et referma la porte derrière elle.

96.

Yuki gardait la main posée sur la crosse de son pistolet tandis qu'elle marchait avec Twilly à travers bois. Il monopolisait largement la parole, lui demandant son point de vue sur les jurés, sur l'avocate de la défense, sur le verdict. Pendant un moment, elle redécouvrit l'homme charmant qui l'avait attirée quelques semaines plus tôt – puis elle se rappela qui il était *réellement*.

— Je ne comprends pas le verdict qui a été rendu, et je le trouve étrange, expliqua Yuki. Je ne vois pas ce que j'aurais pu faire différemment.

— Ce n'est pas votre faute, Yuki. Junie *est* innocente.

— Ah oui ? Et qu'en savez-vous ?

Ils avaient à présent atteint la corniche, où un affleurement rocheux surplombait une vue à couper le souffle sur Kelham Beach et l'océan Pacifique. Twilly s'assit sur un rocher ; Yuki s'installa à quelques mètres de lui. L'écrivain ouvrit son sac et en sortit deux bouteilles d'eau. Il en déboucha une, qu'il tendit à Yuki.

— Vous ne trouvez pas étrange qu'aucun indice n'ait été retrouvé sur la soi-disant scène de crime ? demanda-t-il.

— Étrange, peut-être, mais ça n'a rien d'impossible, répondit Yuki.

Elle but une grande gorgée d'eau.

— Cette piste que la police a suivie... il s'agissait d'un appel anonyme, n'est-ce pas ?

— Comment le savez-vous ?

— Je vous rappelle que j'écris un livre sur Michael Campion. Je le suivais en permanence. C'est moi qui l'ai suivi jusque chez Junie Moon, ce soir-là. En le voyant entrer, je me suis dit, génial ! Michael Campion rendant visite à une professionnelle... Ça me donnait de quoi pimenter mon bouquin ! J'ai attendu, planqué dans ma voiture, et je l'ai vu ressortir de chez elle... vivant ! Bien sûr, à ce moment-là, j'ignorais que plus personne ne le reverrait.

— Hmmm ? s'exclama Yuki.

Elle était venue ici pour que Twilly lui révèle le nom de l'assassin de Michael Campion, ou pour l'entendre avouer que c'était lui qui l'avait tué – mais soudain, elle sentait sa tête devenir cotonneuse.

Que se passe-t-il ?

Des formes se mettaient à tourner autour d'elle, et la voix de Twilly devenait floue, comme si elle lui parvenait par vagues. *Mais qu'est-ce qu'il raconte ?*

— Ça va, Yuki ? demanda-t-il. Vous n'avez pas l'air dans votre assiette.

— Ça va...

Prise de nausées et de vertiges, elle s'agrippa au rocher sur lequel elle était assise.

Heureusement, je suis armée !

Quelle heure est-il ?

Je suis censée surveiller l'heure, non ?

97.

Twilly l'observait d'un œil mauvais. Son visage lui apparaissait en gros plan ; son nez était énorme, ses dents semblables à celles des citrouilles d'Halloween. Plus que par le sens qu'ils contenaient, elle était fascinée par la sonorité élastique des mots qui sortaient de sa bouche.

Ressaisis-toi, se dit-elle. *Ressaisis-toi maintenant !*

— Pardon ?

— Lorsque Michael a été porté disparu, répéta patiemment Twilly, les flics se sont retrouvés sans indice, sans suspects. J'ai attendu plusieurs mois.

— Ah…

— L'affaire Campion piétinait, alors j'ai fait mon devoir, en bon citoyen. J'ai appelé les flics pour les mettre sur une piste. Je leur ai donné un suspect. C'était parfaitement légitime. J'avais vu Michael entrer chez cette pute.

— C'est vous… vous qui… avez fait ça ?

— Oui, c'était moi. Et comme si quelqu'un avait entendu ma prière, Junie Moon a avoué. Des fois, j'en viens même à me demander si elle n'est pas réellement coupable ! Le problème, c'est que tu ne l'as pas fait condamner, Yuki. Je me retrouve avec une fin nulle à chier pour mon livre, et en plus l'assassin de Michael court toujours. Je ne vois qu'une seule manière de créer un final digne de ce nom, et c'est là que tu interviens. Je suis certain que tu apprécieras le côté dramatique et poétique.

Il y eut des éclairs dans le ciel, des couleurs vives et des images qu'elle ne parvenait pas à distinguer. Un chuintement résonna dans ses oreilles, comme si le sang lui montait à la tête, ou comme un bruit d'animaux courant se réfugier dans les broussailles. *Que se passe-t-il ?*

— Que… que m'arrive-t-il ?

— Tu fais une dépression nerveuse, Yuki.

— Moi ?

— Oui, toi. Tu… es… très… déprimée.

— Nooooon.

Yuki tenta de se relever, mais ses pieds refusaient de la porter. Elle jeta un regard à Twilly, qui l'observait de ses yeux immenses, sombres comme deux trous noirs.

Où est passé mon flingue ?

— Tu es *maladivement* déprimée, Yuki. C'est ce que tu m'as dit ce matin, dans le parking. Tu m'as confié que tu n'avais plus goût à la vie. Que ta mère était morte parce que tu n'avais pas pu la sauver. Et tu m'as dit que tu n'arriverais pas à surmonter le fait d'avoir perdu ce procès.

Il est en train de me laver le cerveau.

— Espèce de cingléééée !

— C'est toi, qui es cinglée ! On t'a vue, à la télé, Yuki. Des milliers de gens t'ont vue t'enfuir du palais de justice en courant, articula Twilly de façon bien distincte, même si ce qu'il disait n'avait aucun sens.

» C'est ce que j'écrirai dans mon livre. J'expliquerai que tu t'es enfuie jusqu'au parking, que je t'ai suivie, et que tu m'as avoué vouloir te suicider parce que tu avais trop honte. Comme ces Japonais qui se font hara-kiri pour laver leur honneur.

— Nooooon !

— Si, Yuki. C'est ce que tu m'as dit. Et je m'inquiétais tellement pour toi que je t'ai suivie en voiture jusqu'ici.

— Quoi… ?

— Oui, Yuki. Tu m'as montré l'arme avec laquelle tu comptais mettre fin à tes jours et tu m'as donné l'idée géniale pour écrire la fin grandiose que mon livre mérite !

Le flingue ! Le flingue ! Elle était incapable de bouger son bras. Elle le sentait mou, mou comme du caoutchouc. Des éclairs illuminaient le ciel.

— Nooooon, je… Je ne…

Elle glissa du rocher où elle était assise, mais Twilly l'agrippa sans ménagement par le bras.

— Yuki a perdu son procès et mis fin à sa misérable

existence. C'est le pouvoir de l'argent. Tu comprends ? Bang. Un coup bien net dans la tempe, et un gros paquet de fric sur mon compte en banque grâce à ta fin tragique, digne des plus grands films hollywoodiens.

» J'ajoute que tu peux y voir quelque chose de personnel, Yuki. Car je te déteste.

— Quelle heure est-il ? demanda Yuki en clignant des yeux pour distinguer le visage de Twilly ; elle ne voyait plus qu'une vague forme étoilée.

98.

J'étais dans tous mes états.

Le système audio installé sur la montre bracelet de Yuki avait parfaitement fonctionné jusque-là, mais nous venions de perdre le signal ! J'attrapai Conklin par le bras pour le forcer à s'arrêter. Le chemin venait de déboucher sur une petite clairière, et se scindait en trois directions.

— *J'ai perdu la transmission !*

— Stop, fit Conklin dans son micro.

Les hommes du *SWAT* – les forces spéciales d'intervention – avaient commencé à quadriller les bois et entamé leur progression.

Soudain, les bruits parasites cessèrent et je retrouvai le signal. Je n'entendais pas Yuki, mais je percevais distinctement la voix de Twilly :

— En y pensant, un peu plus tôt, je m'imaginais que tu allais ouvrir tes ailes et t'envoler du haut de la falaise, mais tu vois, j'ai changé d'idée. Tu vas plutôt te tirer une balle dans la tête, Yuki.

Hurlement strident de Yuki.

Twilly menaçait de la tuer ! Pourquoi n'utilisait-elle pas son arme ?

— *Là-haut. Sur la corniche*, criai-je à Conklin.

Nous étions à environ deux cents mètres du sommet. *Deux cents mètres !* Que Twilly risque de nous entendre n'avait plus d'importance. Je m'élançai en courant.

Dans mon ascension, je devais lutter contre les ronces qui me lacéraient les chevilles et les branches qui me giflaient le visage. Je trébuchai sur une racine et me rattrapai en catastrophe à un tronc d'arbre. À bout de souffle, je distinguai au loin leurs silhouettes qui se détachaient contre le ciel, mais Twilly était trop proche de Yuki pour que je tente un tir.

— *Twilly ! Écartez-vous d'elle, c'est un ordre !*

Il y eut un bruit de détonation.

OH, MON DIEU, NON ! YUKI !

Les oiseaux s'envolèrent des arbres alentour tandis que l'écho retentissait à travers la colline. À cet instant, huit de nos hommes surgirent des bois environnant la corniche. Yuki était à genoux au bord du précipice, le front contre le sol. Elle tenait encore son pistolet à la main.

Je m'accroupis auprès d'elle et la secouai par les épaules :

— Yuki ! Yuki ! Parle-moi, je t'en supplie !

99

Twilly leva les mains en l'air.

— Grâce à Dieu, vous êtes là, sergent Boxer ! J'essayais de la raisonner, mais votre amie semblait déterminée à se suicider.

Je pris Yuki dans mes bras. Il flottait dans l'air une odeur de poudre, mais je ne voyais ni traces de sang, ni blessure. Elle avait heureusement tiré dans le vide.

— Je suis là, Yuki. Je suis là, tout va bien.

Elle marmonna une réponse incompréhensible. Elle semblait hébétée, mais son haleine ne sentait pas l'alcool. Avait-elle été droguée ?

— Que se passe-t-il ? hurlai-je à Twilly. Que lui avez-vous fait ?

— Mais rien du tout. Je l'ai trouvée dans cet état.

— Et toi, tu es en état d'arrestation, espèce d'ordure, lança Conklin. Mains derrière le dos.

— Sous quel motif, si la question n'est pas indiscrète ?

— On va commencer par tentative de meurtre, ça me paraît bien, non ?

— Vous plaisantez, j'espère. Je ne l'ai pas touchée.

— Yuki portait un micro caché, mon pote. Tu l'as incitée à se jeter du haut de la falaise. Tout est enregistré.

Conklin serra les menottes suffisamment fort pour arracher à Twilly un cri de douleur. J'appelai un hélicoptère sanitaire en renfort, puis serrai Yuki dans mes bras en attendant l'arrivée de l'appareil.

— Lindsay ? Je… j'ai tout… dans ma montre ? Ça a marché ?

— Ça a marché, ne t'en fais pas, répondis-je en l'étreignant de plus belle, tellement soulagée qu'elle soit saine et sauve.

Je songeai à tout ce qui venait de se passer. Nous détenions Twilly en garde à vue pour tentative de meurtre, mais si nous l'avions pris en filature, c'était en raison des aveux qu'il avait faits à Yuki le matin même, dans lesquels il prétendait avoir tué Michael Campion. Ce qu'il lui avait dit quelques minutes plus tôt venait contredire ces aveux.

Conklin s'accroupit à côté de nous :

— Tout ça était donc un piège ? Ce cinglé voulait créer de toutes pièces une fin pour son livre ?

— Apparemment…

Et il était presque parvenu à ses fins. Sauf que c'était lui, en réalité, qui venait clore l'histoire en beauté : son arrestation, son procès, et, du moins l'espérais-je, sa condamnation.

Yuki tenta de parler, mais seules des bribes de sons s'échappèrent de sa bouche.

Elle luttait visiblement pour respirer.

— Qu'est-ce qu'il t'a fait prendre, Yuki ? Tu sais quelle drogue il t'a donnée ?

— De l'eau.

— Oui, ne t'inquiète pas. Tu auras à boire dans une minute.

Yuki était allongée, la tête sur mes genoux lorsque arriva l'hélicoptère transportant l'équipe médicale.

Je baissai les yeux pour me protéger de la poussière, et à cet instant, j'aperçus un reflet brillant sur le sol.

— Twilly a mis de la drogue dans l'eau ? hurlai-je

par-dessus le bruit des pales. C'est bien ça, Yuki ?
C'est l'eau qu'il t'a fait boire ?

Yuki hocha la tête. Quelques minutes plus tard,
Conklin avait emballé les preuves – deux bouteilles en
plastique – et Yuki était hélitreuillée à bord de la cabine
pour être rapatriée dans un hôpital.

V
DÉSIR BRÛLANT

100.

Pigeon et Faucon quittèrent leur voiture à l'angle d'une gigantesque demeure de style victorien, dans le quartier de Pacific Heights. Elle avait beau côtoyer d'autres villas à plusieurs millions de dollars, toutes avec vue imprenable sur la baie, c'était la plus grande et la plus impressionnante du voisinage.

À la fois imposante et accueillante, elle était si « américaine » qu'elle en devenait emblématique. En tout cas, c'était le genre de maison que seuls les gens richissimes pouvaient s'offrir.

Les deux garçons levèrent les yeux vers les fenêtres à petits carreaux, les coupoles, les grands arbres qui bordaient la propriété et marquaient la limite avec le bâtiment des domestiques, au-dessus du garage, et les voisins de part et d'autre. Ils avaient étudié les plans sur le site Web de l'agence immobilière, et connaissaient par cœur les moindres recoins. Ils étaient préparés, enthousiastes, mais n'en oubliaient pas pour autant de rester prudents.

Ç'allait être la dernière, et la plus belle de leurs mises à mort. Ils comptaient bien se faire des souvenirs ce soir-là. Après avoir laissé leur carte de visite, ils disparaîtraient et retourneraient à leur vie habituelle, mais cette soirée resterait gravée dans leur mémoire à tout jamais. Des semaines durant, l'affaire allait faire les gros titres. À coup sûr, des films seraient tirés de leur histoire, et les gens en parleraient encore des années et des années plus tard.

— J'ai l'air comment ? demanda Pigeon.

Faucon remonta le col de son ami et inspecta sa tenue des pieds à la tête :

— Tu déchires, mec. Vraiment !

— Pareil pour toi.

Ils se serrèrent la main à la romaine, comme Charlton Heston et Stephen Boyd dans *Ben-Hur*.

— *Ubi fumus*, lança Faucon.

— *Ibi ignis*, répondit Pigeon.

Il n'y a pas de fumée sans feu.

Pigeon referma soigneusement la feuille d'or autour de la bouteille de Cointreau, puis les deux garçons s'engagèrent dans la longue allée pavée qui menait au porche. Un écriteau était apposé sur la porte : « À l'attention des journalistes : laissez-nous tranquilles. »

Faucon appuya sur la sonnette.

Ding-dong.

À travers les petits carreaux de la fenêtre du salon, il aperçut la silhouette bien connue qui traversait la maison en direction de la porte d'entrée, allumant les lumières sur son passage.

La porte s'ouvrit.

— C'est vous qui avez appelé ? demanda Connor Campion.

— Oui, monsieur, répondit Pigeon.

— Comment vous appelez-vous ?

— Appelez-moi Pigeon pour le moment. Lui, c'est Faucon. Nous devons rester prudents. Ce que nous avons à vous dire pourrait nous coûter la vie.

— Vous devez nous faire confiance, embraya Faucon. Nous étions des amis de Michael, et comme je vous l'ai expliqué au téléphone, nous détenons des informations capitales. Nous ne pouvions plus continuer à nous taire.

Connor Campion les observa des pieds à la tête. Ces deux jeunes avaient tout l'air de petits plaisantins, mais avec un peu d'espoir, peut-être allaient-ils lui révéler quelque chose d'important. Évidemment, ils allaient réclamer de l'argent.

Il ouvrit la porte en grand et les invita à entrer.

101.

Campion les conduisit à travers le vestibule et le salon jusqu'à la bibliothèque. En entrant, il alluma la lampe vitrail Tiffany qui trônait sur le bureau, un meuble qui lui venait de l'époque où il était gouverneur. Il alluma également les néons tamisés au-dessus des étagères, où, du sol au plafond, s'alignaient d'innombrables ouvrages juridiques.

— Votre femme n'est pas là ? demanda Faucon.

— Elle a passé une journée très éprouvante. Elle n'avait pas la force de veiller. Voulez-vous boire quelque chose ?

— En fait, nous avons amené ceci, fit Pigeon en lui tendant la bouteille de Cointreau.

Campion remercia le jeune homme, ôta la feuille d'or qui enveloppait la bouteille et étudia l'étiquette.

— Je peux l'ouvrir pour vous, si ça vous dit. Ou si vous préférez autre chose… Personnellement, je vais boire un whisky.

— Rien pour nous, merci.

Campion plaça la bouteille sur la tablette finement sculptée de la cheminée, à côté d'une photo de Michael, puis il se pencha pour ouvrir le meuble à alcools. Il sortit une bouteille de Chivas et un verre, et en se retournant, il vit l'arme dans la main de Faucon.

Campion sentit ses muscles se figer tandis qu'il observait le revolver ; il releva les yeux vers Pigeon. Ce dernier l'observait d'un air narquois.

— Vous n'êtes pas bien ? Pourquoi me braquez-vous ?

Derrière Pigeon, Faucon, les yeux brillants, souriait d'avance en sortant de sa poche la bobine de fil de pêche. Un sentiment d'horreur envahit Campion en même temps que la suspicion s'insinuait dans son esprit. Tournant soudain le dos aux deux garçons, il lança d'une voix neutre :

— Je suppose que je n'aurai pas l'occasion de boire ça.

Il fit semblant de replacer la bouteille dans le meuble tout en parcourant du plat de la main la surface de l'étagère.

— Nous allons devoir vous ligoter, monsieur, fit Pigeon. Il faut que ça ait l'air d'un cambriolage. C'est pour votre sécurité.

— Et vous allez demander à votre femme de nous rejoindre, ajouta Faucon. Elle sera intéressée par ce que nous avons à dire.

Campion pivota brusquement sur ses talons, pointa son SIG sur Faucon et pressa la détente. *Bang !*

Une lueur d'étonnement traversa le visage du jeune homme. Il baissa les yeux et observa la tache de sang qui s'était formée sur sa chemise :

— *Hé !*

Ces voyous ne s'étaient donc pas doutés qu'un homme tel que lui risquait d'avoir des flingues cachés un peu partout ? Il tira à nouveau. Le garçon s'écroula à genoux, releva la tête vers Campion, tira à son tour, mais la balle alla se loger dans le miroir accroché au-dessus de la cheminée, qui vola en éclats, puis Faucon s'effondra face contre terre.

Pigeon, qui s'était figé en entendant les coups de feu, sortit bien vite de sa torpeur.

— *Enfoiré !* beugla-t-il. *Regarde ce que tu as fait !*

Il s'éloigna lentement à reculons. Parvenu à l'entrée de la bibliothèque, il se retourna et se précipita vers la porte. Campion s'approcha de Faucon, repoussa d'un coup de pied l'arme qui gisait dans sa main, mais ce geste le déséquilibra et il tomba lourdement ; son menton heurta le bord du bureau. Il se releva tant bien que mal, tituba jusqu'au vestibule et pressa le bouton de l'interphone relié au cottage du gardien :

— Glen, hurla-t-il. Appelez le 911. J'ai tiré sur un homme !

Le temps que Campion arrive dans l'allée, Pigeon avait disparu. Le gardien accourut à travers le jardin armé d'un fusil, et Valentina, qui venait d'apparaître sur le porche, les yeux exorbités, lui demanda ce qui se passait.

Des lumières s'allumèrent dans les maisons alentour ; le berger allemand des voisins se mit à aboyer.

Mais Pigeon s'était volatilisé.

Campion serra la crosse de son arme de toutes ses forces et hurla dans le noir :

— *C'est toi qui as tué mon fils, enfoiré ? C'est toi qui as tué mon fils !*

102.

Quinze minutes après avoir reçu le coup de fil de Jacobi, j'arrivai à la demeure des Campion. Une horde de véhicules de police barrait déjà la rue, et j'aperçus les ambulanciers qui sortaient de la maison en transportant une civière.

Je me dirigeai vers eux afin d'observer un peu la victime. Un masque à oxygène recouvrait son visage, et il avait une couverture remontée jusqu'au menton. J'estimai son âge à une vingtaine d'années. C'était un Blanc ; il avait les cheveux blond cendré soigneusement coupés et mesurait dans les un mètre quatre-vingts.

Et le plus important, il était en vie.

— Il va s'en sortir ? demandai-je à une ambulancière.

La jeune femme haussa les épaules :

— Il a deux balles dans le corps et il a perdu pas mal de sang.

À l'intérieur, je trouvai Jacobi et Conklin qui recueillaient les témoignages de Connor et Valentina Campion. L'ancien gouverneur et sa femme étaient assis sur un sofa, épaule contre épaule, main dans la main. Conklin me jeta un petit regard : il voulait me faire comprendre quelque chose.

Jacobi me renvarda brièvement sur les premiers éléments qui avaient transpiré. Aucune identification n'avait pour l'instant été établi concernant le jeune homme sur lequel Campion avait tiré.

— Vous dites que vous pourriez reconnaître l'autre garçon, monsieur ? demanda Jacobi à l'ancien gouverneur. Vous pourriez nous aider à établir un portrait-robot ?

Campion hocha la tête :

— Absolument. Jamais je n'oublierai le visage de ce jeune homme.

Il semblait terriblement marqué par ce qu'il venait de vivre. Il avait tout de même tiré sur un homme quelques minutes plus tôt, et lorsqu'il me demanda de venir m'asseoir sur un fauteuil près de lui, je crus qu'il voulait aborder le sujet. Mais je me trompais.

Michael voulait être comme ses amis, me dit-il. Il voulait sortir. S'amuser. Du coup, j'étais constamment sur son dos, vous voyez ? Quand je le surprenais à faire le mur, je le réprimandais, je lui mettais des interdictions, et il me détestait à cause de ça.

— C'est faux, Connor, l'interrompit brutalement Valentina Campion. Ne dis pas ça. Tu faisais ce que je n'avais pas le courage de faire.

— Monsieur ? intervins-je, me demandant où ils voulaient en venir.

Les traits tirés de Campion trahissaient une intense fatigue.

— Il se montrait complètement irresponsable, poursuivit l'ancien gouverneur. J'essayais simplement de le protéger. Je pensais à l'avenir. Je pensais que les scientifiques allaient finir par trouver quelque chose… Un nouveau traitement, je ne sais pas…

» Un jour, je lui ai dit franco : « Quand tu auras décidé de te conduire en adulte, tu me feras signe. » Je n'étais pas en colère contre mon fils, sergent. J'avais peur pour lui, tout simplement.

Sa voix se brisa :

— Je l'avais déjà perdu avant de le perdre !

Son épouse tenta de le réconforter, mais rien n'y faisait. Connor Campion était effondré.

— Je me suis comporté en tyran. Pendant le dernier mois de sa vie, Mike et moi ne nous sommes pas adressé la parole. Si j'avais su qu'il lui restait si peu de temps… Il me répétait souvent : « C'est la *qualité* de la vie qui compte, pas la quantité. »

Campion me fixa de ses yeux injectés de sang :

— Vous m'avez l'air d'une personne bienveillante, sergent. Je vous dis tout ça pour que vous compreniez ce qui s'est passé. J'ai laissé ces voyous entrer chez moi parce que je pensais qu'ils détenaient des informations importantes à propos de Michael, et qu'il fallait à tout prix que je sache de quoi il s'agissait.

» J'en viens maintenant à me demander si ce ne sont pas eux qui ont tué Michael. Qu'en pensez-vous ? Et ce soir, ils comptaient nous cambrioler. Mais pourquoi ? Pourquoi ?

— Je l'ignore, monsieur.

J'expliquai à Campion que nous le tiendrions au courant des moindres avancées de l'enquête. C'était le mieux que je pouvais faire pour lui. En outre, j'avais à présent compris pourquoi Conklin m'avait jeté ce drôle de regard à mon arrivée.

Je fis signe à mon coéquipier de me rejoindre à l'extérieur.

103.

Appuyés contre la portière de la voiture face à la maison des Campion, Conklin et moi observions les lumières qui scintillaient doucement à travers la multitude de petits carreaux. Campion et sa femme ignoraient tout de la mort que Faucon et Pigeon leur avaient réservée. Nous, en revanche, le savions parfaitement – et de penser au drame qui avait failli se produire me donnait la chair de poule.

Si Connor Campion n'avait pas eu l'initiative de sortir son arme, les deux garçons les auraient fait rôtir vivants sa femme et lui.

Rich sortit un paquet de cigarettes et m'en proposa une – cette fois-ci, j'acceptai.

— Qui sait ? lança-t-il en se tournant vers moi. On trouvera peut-être des empreintes sur la bouteille de Cointreau.

Je hochai la tête en songeant qu'avec un peu de chance ces deux jeunes étaient peut-être fichés, leurs empreintes répertoriées dans l'AFIS – mais je n'y croyais pas trop.

— Faucon et Pigeon. En voilà des noms étranges, observa Conklin.

— J'ai eu le temps de bien observer Faucon. Il colle parfaitement à la description faite par Molly Chu de son « ange gardien ».

Conklin exhala longuement sa fumée dans l'obscurité de la nuit.

— Et la description que le gouverneur nous a donnée de Pigeon semble correspondre à celle du jeune venu déposer le collier de Patty Malone au mont-de-piété.

— Sans oublier le fil de pêche. Alors ? Que peut-on en conclure ? Que Faucon et Pigeon sont les assassins de Michael Campion ? Franchement, je ne les vois pas commettre ce crime. Leur mode opératoire est toujours le même : ils se rendent chez un couple aisé, ils les ligotent, puis ils laissent une inscription en latin dans un livre et ils incendient la maison. Ça n'a aucun rapport.

— Non, moi non plus je n'y crois pas. Alors, selon toi, pourquoi s'en sont-ils pris aux Campion ?

— Parce qu'ils font les gros titres du moment. Maison gigantesque. Incendie spectaculaire. Manchettes des journaux et tout ce qui s'ensuit.

Conklin eut un petit sourire :

— Sauf qu'ils ont merdé.

— Sauf qu'ils ont merdé, confirmai-je en souriant moi aussi.

Nous commencions à ressentir cette euphorie si fréquente, lorsque, après des semaines d'errance sur des pistes sans issue, tout semble se démêler et l'on progresse enfin. J'étais certaine que Faucon et Pigeon étaient bien les sadiques à l'origine de la série d'incendies criminels sur lesquels nous enquêtions. Le problème, c'est que nous étions dans l'incapacité de le prouver, et que nous ignorions qui se cachait derrière ces pseudonymes.

— Cet enfoiré de Faucon a intérêt à survivre, fis-je en écrasant mon mégot sur le trottoir.

— Au moins le temps de cracher le morceau, ajouta mon coéquipier.

104.

Le chirurgien qui s'occupait de Faucon, le Dr Dave Hammond, était un homme au physique compact, aux cheveux roux foncé, dont les manières rigides laissaient transparaître le perfectionnisme du technicien qui avait passé la nuit entière à rafistoler son patient. Conklin et moi avions passé ces mêmes huit heures dans une petite salle d'attente déprimante du St. Francis Hospital.

Il était 18 h 15 lorsque le Dr Hammond entra dans la pièce pour nous livrer son rapport.

— Il s'est révcillé ? demandai-je aussitôt en bondissant sur mes pieds.

— Pour le moment, il est entre la vie et la mort. Il pissait le sang quand on nous l'a amené. L'une des balles a perforé un poumon et endommagé l'aorte. L'autre lui a pour ainsi dire pulvérisé le foie.

— Quand pourrons-nous l'interroger ? lança Conklin.

— Avez-vous compris ce que je viens de vous dire, inspecteur ? retourna le chirurgien. Pour information, nous avons dû le transfuser, lui dilater les poumons et lui retirer un morceau de foie. C'est ce qu'on appelle dans le métier une « opération lourde ».

— OK, fit Conklin avec un sourire qu'il s'efforça de rendre engageant. J'ai entendu. Alors, on peut lui parler, oui ou non ?

Hammond poussa un soupir de dégoût :

— Il vient juste d'ouvrir les yeux. Je vous laisse une minute pour l'interroger.

Une minute, c'était largement suffisant pour obtenir de cet enfoiré deux simples renseignements – son nom et son prénom. Je franchis la porte surmontée du panneau SALLE DE RÉVEIL et m'approchai du lit de Faucon. La vision était choquante.

Le corps du jeune homme était totalement entravé, pour éviter qu'en bougeant il ne défasse le travail des chirurgiens. Même sa tête était maintenue immobile. Des perfusions distillaient dans son corps divers liquides, un système de drainage thoracique assurait l'élimination des sécrétions bronchiques, et un cathéter était relié à un réceptacle placé sous le lit. Il respirait de l'oxygène grâce à une canule insérée dans le nez.

Faucon avait l'air mal en point, mais il était vivant.

Je devais à présent le faire parler.

— Salut, fis-je en posant ma main sur la sienne. Je m'appelle Lindsay.

Faucon cligna des yeux :

— Où... Où suis-je ?

Je lui expliquai qu'il avait reçu deux balles de revolver, qu'il se trouvait dans un lit d'hôpital et que son état était bon.

— Pourquoi je ne peux pas bouger ?

— Vous êtes maintenu pour ne pas risquer de faire

sauter vos points de suture. Dites-moi, je dois à tout prix contacter votre famille, mais j'ignore votre nom.

Faucon me dévisagea longuement, puis son regard se porta sur le badge au revers de ma veste, sur le renflement provoqué par l'étui de mon revolver. Je dus tendre l'oreille pour entendre la réponse qu'il marmonna.

— C'en est fini pour moi.

— Non ! m'écriai-je en agrippant sa main. Vous n'allez pas mourir. Vous avez un excellent médecin, et nous voulons tous vous aider. Mais avant ça, je dois connaître votre nom. S'il vous plaît, dites-moi votre nom, Faucon.

Faucon ouvrit les lèvres pour articuler un mot – et soudain, comme si un courant électrique le traversait, son dos se cambra et son corps se rigidifia. Simultanément, un bip sonore se mit à retentir dans la pièce. J'aurais voulu *hurler*.

Sa main toujours dans la mienne, je vis ses yeux chavirer vers l'arrière, et un gargouillis s'échappa du fond de sa gorge, semblable au bruit d'un soda pétillant que l'on verse dans un verre. Le moniteur surveillant son rythme cardiaque indiqua 170 avant de retomber à 60, puis d'augmenter à nouveau tandis que sa tension s'effondrait.

— Que se passe-t-il ? demanda Conklin.

— *Il est en train de mourir !* beugla Hammond en surgissant dans la pièce.

Le bip rapide se changea en un sifflement continu ; les lignes vertes du moniteur étaient devenues plates.

— *Où est le chariot ?*

Les aides-soignants arrivèrent avec le matériel, et on nous écarta du lit. Une infirmière tira le rideau, nous empêchant de voir ce qui se passait. J'entendais les médecins s'affairer avec frénésie pour tenter de ranimer Faucon.

— *Allez, allez,* lança le Dr Hammond.

Puis :

— Et merde. Heure du décès, 6 h 34.

— C'est pas vrai ! pesta Conklin. C'est pas possible !

105.

À 7 h 45 ce matin-là, j'ôtai ma veste, la posai sur le dossier de la chaise et m'installai derrière mon bureau, face à Conklin, un gobelet de café fumant à la main.

— Il a fait exprès de mourir, ce monstre, fis-je à mon coéquipier.

— Il est peut-être mort, mais je t'assure qu'on n'en tient pas moins une piste sérieuse, grommela Conklin.

— Tu me le promets ?

— Parole de scout !

J'ouvris mon tiroir et en sortis deux pâtisseries emballées dans du papier sulfurisé, qui dataient de moins d'une semaine. J'en lançai une à Conklin, qui l'attrapa au vol.

— J'adore les femmes qui cuisinent !

— Réjouis-toi et savoure, répliquai-je en riant. Qui sait dans combien de temps on pourra se sustenter à nouveau ?

Nous attendions d'éventuels appels téléphoniques. Une photo un peu floue de Faucon, prise alors qu'il était sur la civière devant la maison des Campion, allait être publiée dans l'édition matinale du *Chronicle*. Il était assez peu probable que quelqu'un parvienne à l'identifier, mais on ne savait jamais. Juste après 8 heures, la sonnerie de mon téléphone retentit. C'était Charlie Clapper.

— Salut, Lindsay.

— Tu as de bonnes nouvelles, j'espère ?

— On a retrouvé plusieurs séries d'empreintes sur la bouteille et le papier qui l'enveloppait, mais pour le moment, on a pu isoler uniquement celles de Faucon. Après vérification, il n'est pas répertorié dans l'AFIS.

— Il reste donc un parfait anonyme… Et j'imagine que c'est la même chose pour Pigeon !

— Désolé. Les seules autres empreintes que nous sommes parvenus à identifier étaient celles de Connor Campion.

Je poussai un profond soupir :

— OK. Merci quand même, Charlie.

Je raccrochai et pris aussitôt un autre appel sur ma deuxième ligne. C'était Chuck Hanni. À sa voix, je le sentis nerveux.

— Content de pouvoir te joindre, Lindsay. Il y a eu un autre incendie.

Je pressai le bouton du haut-parleur pour que Conklin entende notre conversation.

— C'était il y a quelques heures, à Santa Rosa. Le sinistre a fait deux victimes. Je me rends actuellement sur place.

— Un incendie criminel ? Tu penses qu'il est lié à notre affaire ?

— Le shérif m'a expliqué que l'une des victimes avait été retrouvée avec un livre sur les genoux.

J'observai Conklin. Je savais qu'il pensait la même chose que moi : ce salopard de Pigeon n'avait pas perdu de temps.

— On se retrouve sur place, Chuck.

Je notai l'adresse et raccrochai.

106.

La villa, de style Tudor, était entourée de hauts sapins. Nous étions dans un lotissement de Santa Rosa, le long d'un luxueux parcours de golf, où le prix des maisons dépassait allégrement le million de dollars. Conklin se gara à côté des véhicules de patrouille et des camions de pompiers, tous sur place depuis plusieurs heures. Les soldats du feu étaient en train de remballer leur matériel au milieu des allées et venues des enquêteurs de la police scientifique et du médecin légiste, qui se baissaient à chaque fois pour passer sous le ruban installé tout autour de la villa.

J'étais furieuse ; une fois de plus, Pigeon avait frappé dans un comté où ni Rich, ni Chuck, ni moi n'étions habilités à enquêter.

Chuck nous appela de loin et nous nous dirigeâmes vers la maison.

— L'incendie est resté circonscrit au garage, nous dit-il tout en massant la cicatrice sur sa main.

Conklin et moi nous avançâmes à l'intérieur. C'était un espace prévu pour trois voitures, avec des outils de bricolage et de jardinage rangés le long des murs. Au milieu trônait un monospace haut de gamme dévoré par les flammes. La carrosserie allait du gris poussiéreux au noir charbon ; çà et là, seules de rares traces de peinture bleue subsistaient. Hanni nous présenta au shérif Paul Arcario, au médecin légiste, le Dr Cecilia Roach, et à l'enquêteur spécialisé, Matt Hartnett, un ami de Chuck.

— Le propriétaire s'appelle Alan Beam, nous apprit Hartnett. Il est encore à l'intérieur du véhicule. Il y a une autre victime. Une femme. Elle a été retrouvée sur le sol, à côté du monospace. On l'a placée dans une housse mortuaire pour plus de sûreté. Autrement, nous n'avons touché à rien.

Hanni braqua le faisceau de sa lampe vers l'habitacle de la voiture pour que Conklin et moi puissions voir le corps calciné d'Alan Beam. Le siège était incliné vers l'arrière. Une lourde chaîne reposait sur les jambes de la victime, et un petit livre était posé sur ses genoux ; on distinguait les protubérances rosâtres de son gros intestin.

Je sentis mes jambes se dérober.

Les odeurs de chair brûlée et d'essence m'accablaient. J'entendais presque résonner les cris, les supplications, le craquement de l'allumette et l'embrasement soudain. Rich me demanda si ça allait. Je répondis que oui, mais je songeai que ce qui s'était produit ici, aux premières heures du jour, avait dû être le paroxysme de la terreur et de l'agonie.

Ni plus ni moins que l'horreur de l'enfer.

Le Dr Roach remonta la fermeture éclair de la housse mortuaire et demanda à ses assistants de transporter le corps dans la camionnette. Roach était une femme menue d'une quarantaine d'années, aux épais cheveux grisonnants coiffés en queue-de-cheval. Elle portait de grosses lunettes retenues par une chaîne en perles.

— On n'a pas encore pu l'identifier, m'expliqua-t-elle. Tout ce que je peux vous dire, c'est qu'elle a l'air assez jeune. Peut-être une adolescente.

— Ce n'est pas la femme de Beam ?

— L'ex-Mme Beam habite à Oakland, intervint le shérif en refermant son téléphone portable. Elle sera là dans peu de temps.

Hanni nous fit un petit compte-rendu :

— Le feu a démarré au niveau de la banquette passager. Il y avait du papier et des morceaux de bois empilés directement derrière le siège conducteur. Et ceci est une chaîne de remorquage, ajouta-t-il en désignant les lourds maillons sur les genoux de la victime.

Il pointa du doigt une barre en métal, nous expliqua qu'il s'agissait d'un antivol mécanique pour volant que le pyromane avait passé à travers la chaîne et fixé à la colonne de direction.

— Selon moi, il a ensuite aspergé les journaux et le bois avec de l'essence, puis il a aspergé les victimes avant de placer le bidon derrière les sièges pour...

— Désolé, l'interrompit Hartnett en ouvrant sa mallette, mais le travail m'attend, et j'ai mon supérieur sur le dos !

— Attendez juste une petite minute, demandai-je.

J'empruntai un stylo à Chuck, et tandis qu'il m'éclairait par-dessus mon épaule, je me servis de la pointe de la mine pour ouvrir le livre posé sur les genoux de la victime.

Quel genre de message Pigeon nous avait-il laissé ? L'habituel petit dicton absurde, façon *fortune cookie* ?

Ou bien, dans sa fureur, nous avait-il adressé un message sensé qui allait nous permettre de remonter jusqu'à lui ? J'observai la page de garde, mais elle ne comportait que le titre, *Le Nouveau Testament*. Rien d'autre. Pas de phrase en latin, pas même une signature.

— Lindsay, regarde un peu ça.

En regardant mieux, je vis un morceau de ruban noirci par le feu qui dépassait entre deux pages. Utilisant de nouveau la pointe du stylo, j'ouvris la bible. C'était l'Évangile selon Matthieu 3 :11.

Un passage avait été surligné.

Je dus presque coller ma joue contre les os nus et calcinés de la victime pour pouvoir le déchiffrer. Je lus à voix haute :

« Moi, je vous baptise dans l'eau en vue de la conversion mais celui qui vient après moi est plus fort que moi : je ne suis pas digne de lui ôter ses sandales ; il vous baptisera dans l'Esprit Saint et le feu. »

108

Conklin poussa un grognement :

— La purification par le feu. C'est l'un des principaux thèmes bibliques.

À cet instant, la porte du garage s'ouvrit derrière nous. Je me retournai et vis apparaître une femme d'une quarantaine d'années, en costume tailleur très chic. Son visage trahissait la colère et la peur.

— Je suis Alicia Beam, lança-t-elle. Qui est le responsable, ici ?

— Paul Arcario, fit le shérif en lui tendant la main. On s'est parlé au téléphone. Pourquoi n'irions-nous pas discuter à l'extérieur ?

Mme Beam le contourna et s'avança vers le monospace. Conklin tendit le bras pour l'arrêter, mais il était trop tard. La femme observa fixement la scène, puis elle eut un mouvement de recul et se mit à hurler : « *Oh, mon Dieu ! Alan ! Que t'est-il arrivé ? Alan !* »

Elle fouilla du regard autour d'elle, puis ses yeux se posèrent sur moi :

— Où est Valerie ? *Où est ma fille ?*

Je me présentai, puis expliquai à Mme Beam qu'elle devait quitter le garage et me suivre à l'extérieur. Je la conduisis vers la sortie, et nous nous rendîmes devant la maison.

— Ma fille passait le week-end chez son père, m'expliqua-t-elle. C'était son tour de garde.

Elle ouvrit la porte principale et, sitôt le seuil franchi, se précipita d'une pièce à l'autre en appelant sa fille :

— Valerie ! *Val !* Où es-tu, ma chérie ?

Je la suivis ; elle s'arrêta bientôt, se tourna vers moi et me dit :

— Peut-être a-t-elle passé la nuit chez une amie ?

L'espoir qui se lisait sur son visage titillait mon cœur et ma conscience. Le cadavre dans la housse mortuaire était-il celui de sa fille ? Je l'ignorais, et si tel était le cas, ce n'était de toute manière pas à moi de lui annoncer la nouvelle. Pour le moment, je devais m'efforcer d'en apprendre un peu plus sur Alan Beam.

— J'aimerais que nous bavardions quelques minutes, madame Beam.

Nous prîmes place dans la cuisine autour d'une table en pin. Alicia Beam m'expliqua que son mariage avec Alan avait duré vingt ans, et qu'ils étaient séparés depuis un an.

— Alan était dépressif depuis plusieurs années. Il avait le sentiment d'être passé à côté de sa vie, de n'avoir pensé qu'à l'argent. Il regrettait d'avoir négligé sa famille et la religion. Il s'est repenti et est devenu très pratiquant. Il répétait sans cesse qu'il ne lui restait pas suffisamment de temps...

Alicia Beam s'interrompit en pleine phrase. Je suivis son regard, qui s'était dirigé vers le plan de travail, où une feuille de papier bleu était posée près d'une enveloppe.

— C'est peut-être un mot de Val.

Elle se leva, s'empara de la lettre et lut à voix haute :

— Chère Val, ma petite fille. S'il te plaît pardonne-moi. Je n'en pouvais plus...

Elle releva la tête :

— C'est un mot d'Alan.

Hanni apparut dans l'embrasure de la porte et me demanda de l'accompagner à l'extérieur.

— Une voisine a trouvé un message d'Alan Beam sur son répondeur, un message d'adieu dans lequel il explique qu'il est désolé mais qu'il n'en pouvait plus.

Tout devenait clair. Voilà pourquoi il n'y avait ni inscription en latin, ni fil de pêche pour ligoter les victimes, qui elles-mêmes n'étaient pas un couple marié.

Pigeon n'était pas à l'origine de ce drame.

Il n'avait rien à voir dans tout ça. Tous mes espoirs de découvrir un indice qui m'aurait permis de le débusquer étaient morts – aussi morts que l'homme de la voiture.

— Alan Beam s'est donc suicidé…

Hanni hocha la tête :

— Nous allons attendre d'en être certains, mais selon sa voisine, il avait déjà fait plusieurs tentatives. Il était atteint d'un cancer du poumon en phase terminale.

— Il se serait donc lui-même enchaîné dans sa voiture, avant de… *s'immoler* ?

— Il craignait peut-être de changer d'avis au dernier moment, et voulait s'assurer que cette fois rien ne viendrait contrarier la réussite de son projet… Quoi qu'il en soit, j'ai comme l'impression que sa fille a voulu le sauver – mais qu'elle n'en a jamais eu l'occasion. Elle a dû s'évanouir à cause des gaz toxiques et de l'air surchauffé.

109

En rentrant chez moi ce soir-là, j'avais tant de choses à dire à Joe que j'espérais rester éveillée assez longtemps pour pouvoir tout lui raconter. Il était dans la cuisine, en short et t-shirt, la tenue qu'il portait lorsqu'il allait courir avec Martha. Il avait un verre de vin à la main, et à la délicieuse odeur d'ail et d'origan qui flottait dans la pièce, j'en déduisis qu'il avait préparé le dîner.

Mais en découvrant l'expression de son visage, je me figeai sur place.

— J'étais à l'hôpital, cette nuit, et…

— Oui, c'est ce que m'a dit Jacobi. Si je n'avais pas remarqué les empreintes de pieds humides sur le tapis de la salle de bains, je n'aurais même pas su que tu étais rentrée entre-temps.

— Tu dormais, Joe, et je devais me dépêcher. Qu'est-ce que c'est, au juste ? Une nouvelle règle domestique ? Je dois pointer à chaque fois que je rentre ?

— Tu appelles ça « pointer ». Moi, j'appelle ça « avoir un minimum de considération pour la personne avec qui tu vis ». Tu as pensé à moi, et au fait que je risquais de m'inquiéter ?

Pourquoi ne l'avais-je pas appelé ? Pourquoi ?

— Je vais me servir un verre de merlot, fit-il.

Joe et moi nous disputions rarement, et cette fois, j'éprouvais la désagréable sensation d'être dans mon tort.

— Je suis désolée, Joe. Tu as raison, j'aurais dû te prévenir et te dire où j'allais.

Je m'approchai de lui, passai mes bras autour de sa taille – mais il me repoussa.

— Pas de ça, Blondie. Je ne suis pas d'humeur.

Il me tendit un verre de vin.

— Joe, je t'ai dit que j'étais désolée, et je le suis.

— Tu sais quoi ? lâcha-t-il.

Martha poussa un gémissement et quitta la cuisine en trottinant.

— J'ai l'impression qu'on se voyait beaucoup plus quand j'habitais encore à Washington.

— Ne dis pas ça, Joe. C'est faux !

— Alors je vais te poser une question, Lindsay. Rien qu'une question, et je veux que tu me dises la vérité.

Non, je t'en prie, songeai-je, *ne me demande pas si je veux vraiment me marier avec toi. Je t'en supplie. Je ne suis pas prête.* J'observai l'orage qui se préparait dans le regard bleu de Joe.

— Je veux que tu me dises ce qu'il y a entre toi et Conklin.

Pour le coup, j'étais sidérée.

— Tu ne crois quand même pas… Joe, ne me dis pas que tu imagines des choses entre lui et moi.

— L'autre jour, à la terrasse de ce café, j'ai bien vu qu'il y avait quelque chose de spécial entre vous. Et ne me dis pas que c'est simplement le fait d'être collègues. J'ai travaillé avec toi, Lindsay. On a été coéquipiers, ne l'oublie pas… Et regarde où on en est !

J'ouvris la bouche pour répondre, mais la refermai sans trouver quoi dire. Je me sentais tellement coupable qu'il m'était impossible de simuler l'indignation. Joe avait raison sur toute la ligne. Oui, Rich et moi étions liés par un sentiment spécial ; oui, je négligeais Joe, et oui nous étions beaucoup plus proches l'un de l'autre à l'époque où plusieurs fuseaux horaires nous séparaient.

Lorsque Joe avait pris l'engagement de venir s'installer à San Francisco, il était devenu mien. À moi, rien qu'à moi. Je tenais ça pour acquis. J'avais tort. Je devais le reconnaître. Mais je sentais monter les larmes. C'était toujours cela qui venait briser les mariages entre flics.

Le Job. L'obsession, le dévouement.

C'était bien de cela qu'il était question – non ?

J'étais malade de honte. En aucun cas je ne souhaitais blesser Joe. Je posai mon verre sur le comptoir, et lui enlevai le sien.

— Écoute, Joe, il ne se passe rien entre Rich et moi. Tout ça, c'est à cause du boulot.

Il me fixa droit dans les yeux, comme s'il fouillait l'intérieur de mon cerveau. Il me connaissait par cœur.

— Remue la sauce d'ici deux ou trois minutes, tu veux bien ? Je vais aller prendre une douche.

Je me dressai sur la pointe des pieds et passai mes bras autour de son cou. Joe, l'homme en qui je voyais mon futur mari… Je pressai ma joue contre la sienne. Je voulais qu'il m'enlace, et c'est ce qu'il finit par faire. Ses bras autour de ma taille, il m'attira contre lui.

— Je t'aime tellement, Joe. Je vais tout faire pour te le montrer à partir de maintenant. Promis.

110

À mon arrivée, je trouvai Rich assis derrière son ordinateur, pianotant sur son clavier à un rythme effréné. Je le remerciai pour le *Krispy Kreme* qu'il avait déposé sur une serviette en papier à côté de mon téléphone, et pris place sur mon fauteuil.

— C'était mon tour, lança-t-il sans même prendre le temps de lever les yeux de son écran. Ah, le Dr Roach a appelé, ajouta-t-il. Il y avait cinquante-cinq centimètres cubes d'essence dans l'estomac d'Alan Beam.

— Ça équivaut à combien ? Cent grammes ? Mon Dieu. Elle pense qu'il l'a bue ?

— Oui. Directement au bidon, a priori. Beam avait vraiment tout mis en œuvre pour ne pas se rater. Roach dit que l'essence l'aurait tué même sans l'incendie. Pour elle, il s'agit clairement d'un suicide. Tiens, regarde ça.

— Tu as trouvé quelque chose ?

— Viens voir.

Je contournai le bureau et jetai un œil par-dessus l'épaule de Conklin. L'écran affichait une page d'un site Internet appelé *Crime Web*. Conklin pressa la touche « Entrée », déclenchant le début d'une petite animation. Une araignée traça une ligne depuis le haut de l'écran, avant de tisser sa toile autour d'un titre en lettres rouge sang et de revenir à son point de départ. Je lus le titre de l'article :

Cinq fusillades mortelles en une semaine.
La police et le bureau du procureur vont-ils enfin unir leurs forces ?

Le texte consistait en une virulente critique du système judiciaire de San Francisco – et ce qu'il dénonçait s'avérait exact. Le nombre des homicides était en progression, celui des poursuites judiciaires en régression, conséquences d'un manque d'argent, de personnel, de temps.

Rich déplaça le curseur vers la colonne recensant tous les articles disponibles sur le site, et cliqua sur un lien appelé *Meurtres récents non élucidés*.

Plusieurs photos apparurent à l'écran.

Un portrait de famille des Malone. Un autre des Meacham. Rich cliqua sur celui des Malone pour l'agrandir :

— Je te lis la page :

« Les meurtres de Patricia et Bertram Malone ont-ils été commis par les mêmes tueurs que ceux de Sandy et Steven Meacham ?

Nous le pensons.

Et d'autres meurtres odieux portent la même signature. Les Jablonsky, à Palo Alto, George et Nancy Chu, à Monterey, ont également péri dans d'horribles incendies criminels.

Pourquoi le SFPD ne parvient-il pas à résoudre cette enquête ?

Si vous disposez d'informations, écrivez-nous à CrimeWeb.com. Diem dulcem habes. »

Mon Dieu, une phrase en latin !

— Nous n'avons jamais mentionné les phrases en latin à la presse, observai-je. Que signifie-t-elle ?

— « Bonne journée ».

— Espérons qu'elle sera même plus que bonne !

J'appelai le bureau du procureur et demandai à parler à Yuki, mais ce fut Nicky Gaines qui prit l'appel. Je lui expliquai qu'il me fallait un mandat pour obtenir le nom d'un responsable de site auprès de son fournisseur Internet.

— Je m'en occupe de toute urgence, fit Gaines. Juste pour information, sergent : vous avez un motif ?

— On y travaille, répondis-je avant de raccrocher. Et maintenant ? demandai-je en me tournant vers Rich.

Il cliqua sur l'icône « Nous contacter », et pianota le message suivant : « J'aimerais m'entretenir avec vous à propos des affaires Malone et Meacham. Merci de bien vouloir me contacter. » L'adresse e-mail de Conklin indiquait clairement qu'il faisait partie du SFPD. Si jamais le Webmaster était Pigeon, nous risquions de l'effrayer...

Mais je n'avais pas à m'inquiéter, car presque immédiatement, Rich reçut une réponse :

« En quoi puis-je vous être utile ? »

Le message était signé Linc Weber. Un numéro de téléphone était indiqué en dessous.

111.

Le rendez-vous avec Weber était prévu pour 16 heures. Conklin et moi prévînmes Jacobi, donnâmes nos instructions à l'équipe, et nous mîmes en route pour une librairie de Noe Valley appelée Damned Spot. Les inspecteurs Chi et McNeil se trouvaient à bord d'une camionnette garée dans la 24e, et j'étais équipée d'un système audio. Les inspecteurs Lemke et Samuels rôdaient en civil aux abords de la boutique.

Les mains moites, j'attendais avec Conklin dans la voiture de patrouille. Certes, la veste en Kevlar que je portais me tenait assez chaud, mais c'était surtout mon esprit en ébullition qui me faisait transpirer.

Linc Weber pouvait-il être Pigeon ? Étions-nous à deux doigts de le coincer ?

À 15 h 30, nous quittâmes la voiture et tournâmes au coin de la rue en direction de la boutique.

Damned Spot était une librairie à l'ancienne, sombre, remplie de romans à énigmes et de livres de poche d'occasion, avec un rayon *deux-pour-le-prix-d'un*. Elle ne ressemblait en rien aux grandes surfaces climatisées offrant à leurs clients machines à cappuccino et jazz atmosphérique.

Le caissier était un jeune androgyne d'une vingtaine d'années tout de noir vêtu, aux cheveux savamment ébouriffés, au visage couvert de piercings en tous genres. Je demandai à parler à Linc Weber, et le jeune homme me répondit, avec une douce voix féminine, que Linc travaillait à l'étage.

J'entendais presque les grattements des souris nichées dans les rayonnages tandis que nous longions les allées étroites où erraient des clients donnant l'impression d'être psychologiquement *borderline*. Dans le fond de la boutique, nous arrivâmes à un escalier en bois barré par une chaîne au milieu de laquelle pendait un écriteau ENTRÉE INTERDITE.

Conklin souleva la chaîne, et nous nous engageâmes dans l'escalier, qui débouchait sur une petite mansarde. Le plafond était de style cathédrale, mais plutôt bas, deux mètres cinquante en son point le plus haut, et à peine un mètre au niveau des arches qui rejoignaient les murs latéraux. Dans le fond de la pièce se trouvait un bureau où de hautes piles de magazines, journaux et autres livres entouraient un ordinateur pourvu de deux écrans larges.

Assis derrière le bureau, il y avait un jeune Black d'une quinzaine d'années, fin comme un roseau, portant des lunettes à monture noire et visiblement dépourvu de tatouages ou de bijoux, exception faite des bagues sur ses dents, que je vis dès qu'il leva la tête et m'adressa un sourire.

Tous mes espoirs s'évanouirent d'un seul coup.

Cet ado n'était pas Pigeon. La description du gouverneur faisait état d'un Blanc plutôt trapu, aux longs cheveux châtains.

— Linc Weber, fit le garçon. Bienvenue à *Crime-Web.com* !

112.

Linc Weber se dit « honoré » de notre venue. Il nous indiqua deux gros cubes en plastique en guise de sièges, et nous proposa de l'eau en bouteille provenant d'une glacière entreposée derrière son bureau.

Nous prîmes place sur les cubes, mais refusâmes le verre d'eau.

— Nous avons lu ton commentaire sur le site, lança Conklin sur un ton désinvolte, et on se demandait quel était ton point de vue concernant les incendies qui ont eu lieu chez les Malone et chez les Meacham.

310

— J'aimerais tout reprendre depuis le début, fit le garçon.

C'était la meilleure chose à faire, mais ce jour-là, j'étais tellement à cran que j'aurais seulement voulu l'entendre répondre à deux questions, et le plus succinctement possible : *Pourquoi cette phrase en latin sur ton site Web ? Est-ce que tu connais un certain Pigeon ?*

Weber nous expliqua qu'il n'avait encore jamais reçu la visite de policiers, et que ce rendez-vous, dans son propre bureau, légitimait au-delà de ses espérances son ambition et la création de son site Internet. Pendant environ quinze minutes, il nous raconta que son père était le propriétaire de la librairie, qu'il était un aficionado des polars depuis qu'il était en âge de lire, qu'il comptait publier un jour ses propres romans, aussi bien des histoires fictives que des livres retraçant des enquêtes réelles.

— Linc, fis-je en l'interrompant dans l'histoire de sa vie. Pourquoi as-tu écrit « Bonne journée » en latin sur ton site Web ?

— L'idée m'est venue à cause de ça.

Il farfouilla un instant parmi ses piles de magazines et en tira un livre à la couverture souple, d'environ 20 × 30 cm, avec un titre inscrit en caractères élégants : *7ᵉ Ciel*. Il me tendit l'ouvrage. Je retins mon souffle et commençai à le feuilleter. Même si cela ressemblait à un magazine illustré un peu épais, il s'agissait en fait d'une véritable bande dessinée.

— Au départ, il a été publié sous forme de blog, nous expliqua Weber. C'est mon père qui a financé la première édition.

— Quel rapport avec le latin ? demandai-je à nouveau.

Je sentais ma gorge se serrer sous la pression engendrée par les perspectives que j'entrevoyais.

— Tout est dans la BD, me dit Weber. Les personnages ont souvent recours à des expressions en latin. Dites, est-ce que je pourrai indiquer sur mon site que j'ai participé à l'enquête au titre de consultant ? Vous n'imaginez pas ce que ça représenterait pour moi.

J'observai la page de titre du livre que je tenais entre mes mains. Y figuraient les noms de l'illustrateur et du scénariste.

Hans Vetter et Brett Atkinson.

Sous chacun des noms figurait une icône.

Hans Vetter était symbolisé par un pigeon, Brett Atkinson par un faucon.

113.

À 17 heures, nous étions de retour derrière nos bureaux. Conklin explorait le Web à la recherche d'informations concernant Atkinson et Vetter. Quant à moi, je tournais les pages de la bande dessinée sans pouvoir décoller les yeux.

J'étais fascinée.

Les dessins, en noir et blanc, s'avéraient assez austères. Les visages étaient dotés de grands yeux immenses, et rappelaient le style de certains mangas pornographiques importés du Japon. Les dialogues étaient vifs, en argot moderne ponctué de phrases latines. L'histoire, complètement folle, se révélait étrangement captivante.

Dans ce livre, « Pigeon » était à la fois le cerveau et les muscles. « Faucon », lui, était dépeint comme une sorte d'utopiste. Ils étaient présentés comme des vengeurs animés par un désir de justice. Leur mission : sauver l'Amérique de ce qu'ils considéraient comme un univers de fantasmes obscènes au service des plus riches. Ils faisaient référence à cette « porcherie » en employant le terme « 7ᵉ Ciel », qu'ils décrivaient comme une spirale sans fin où se mêlaient gloutonnerie, assouvissement des désirs et gaspillage effréné. La solution préconisée par Pigeon et Faucon consistait à supprimer les riches et autres aspirants milliardaires, en leur montrant ce qu'était la *vraie* consommation – la consommation par le feu.

Les deux héros était intégralement vêtus de noir : t-shirts, jeans, bottes de cheval, vestes de cuir noir resserrées à la taille et ornées des logos de leurs oiseaux emblématiques. Ils possédaient le pouvoir de faire jaillir des étincelles au bout de leurs doigts, et avaient pour devise : *Aut vincere aut mori.*

Vaincre ou mourir.

Faucon – le vrai, pas le personnage – avait fait les deux.

Selon moi, ils n'avaient jamais envisagé un seul instant que l'une de leurs victimes survivrait assez longtemps pour dévoiler leurs pseudonymes.

Les motivations et les méthodes employées par les tueurs apparaissaient clairement dans le livre, mais sous une forme fictive. Et cela me rendait folle de rage. Huit personnes bien réelles étaient mortes à cause de ces absurdités, et nous n'avions pratiquement aucune

313

preuve pour démontrer que les vrais Faucon et Pigeon étaient leurs assassins.

Je lus la bande dessinée jusqu'à la dernière page, puis parcourus les critiques dithyrambiques au dos de l'ouvrage. Certaines étaient écrites par des blogueurs très influents.

— Tu sais quoi ? Le plus dingue, c'est que Bright Line s'intéresse à ce livre.

— Hmmm ? marmonna Richie sans quitter des yeux son écran d'ordinateur.

— Bright Line est un studio de cinéma indépendant. L'un des meilleurs. Ils veulent faire une adaptation pour le grand écran.

— Brett Atkinson est en troisième année de littérature à Stanford. Hans Vetter étudie dans la même université. Il est en informatique. Ces deux connards vivent chez leurs parents à Mountain View, dans le même quartier, à seulement quelques kilomètres du campus.

Rich tourna l'écran vers moi :

— Regarde. C'est la photo de Brett Atkinson que j'ai trouvée dans l'annuaire de l'université.

Brett Atkinson, alias Faucon, n'était autre que le garçon sur lequel Connor Campion avait tiré, ce beau garçon blond aux traits patriciens que nous avions vu à l'hôpital juste avant sa mort.

— Et voici Pigeon.

Hans Vetter était un beau jeune homme au visage de dur ; illustrateur et étudiant en sciences de l'informatique, il avait oublié d'indiquer qu'il pratiquait l'activité de tueur en série à ses heures perdues.

— Des mandats, on en obtiendra ! m'écriai-je d'une voix rauque.

314

Je m'éclaircis la gorge, et ajoutai :

— Peu importe qui je devrai supplier pour ça.

Rich affichait un air déterminé que je ne lui avais encore jamais vu.

— Entièrement d'accord, approuva-t-il. On n'a plus le droit à l'erreur.

— *Aut vincere aut mori !*

Rich sourit, tendit le bras vers moi et cogna son poing serré contre le mien. J'appelai Jacobi, qui contacta Tracchio, qui lui-même appela un juge, lequel, d'après ce qu'on me rapporta par la suite, s'étonna : « Vous me demandez de délivrer un mandat d'arrêt à cause d'une simple bande dessinée ? ! »

Je dormis peu cette nuit-là. Le lendemain matin, Rich et moi nous rendîmes au cabinet du juge munis de *7ᵉ Ciel*, des photos de scènes de crime réalisées chez les Malone, les Meacham et les Jablonsky, ainsi que des photos des Chu prises à la morgue. J'apportais aussi la déclaration de Connor Campion, où il affirmait que les deux garçons venus chez lui avec une arme et une bobine de fil de pêche avaient dit s'appeler Faucon et Pigeon. Je lui montrai également les photos de l'annuaire universitaire, sous lesquelles figuraient leurs vrais noms.

À 10 heures, nous repartions avec des mandats signés et tous les effectifs dont nous allions avoir besoin.

L'université de Stanford, un campus de prestige réservé aux étudiants les plus brillants, est située à cinquante-quatre kilomètres au sud de San Francisco, juste à la sortie de la nationale 280, près de Palo Alto.

Hans Vetter, alias Pigeon, passait ses journées au labo vidéo du Gates Computer Science Building, un bâtiment en L de cinq étages, aux murs clairs, avec un toit en tuiles. Les laboratoires et les salles de recherche étaient regroupés autour de trois amphithéâtres principaux. L'édifice en lui-même était isolé sur une sorte d'îlot, séparé des autres bâtiments par plusieurs routes.

Conklin et moi avions inspecté les plans du Gates Building avec les US marshals, lesquels étaient coordonnés avec les services de sécurité du campus. À cause des multiples fenêtres, de tous les côtés de l'édifice, nos hommes auraient été facilement repérables.

Nous nous étions donc garés hors de vue, un peu à l'écart, le long d'une bretelle d'accès. Conklin et moi portions des gilets pare-balles sous nos vestes du SFPD. Nous avions chargé nos armes, mais attendions les directives des US marshals.

Je sentis un flot d'adrénaline me parcourir lorsqu'on nous donna le signal. Des hommes étaient placés en faction à proximité des entrées latérales, et nous étions douze à pénétrer dans le hall par la porte principale. Nous empruntâmes l'escalier et commençâmes à nous disperser par groupes de deux, afin de quadriller chaque étage.

Je réfléchissais à toute vitesse.

Avions-nous été trop bruyants ? Était-il possible que nous soyons déjà repérés ? Si jamais Hans Vetter avait réussi à passer une arme à travers les détecteurs de métaux, il pouvait décider de prendre ses camarades de classe en otage avant que nous n'ayons eu le temps de le neutraliser. Conklin et moi atteignîmes bientôt le dernier étage. Les marshals prirent position de chaque côté de la porte du labo. Conklin jeta un œil par la fente, puis tourna la poignée et ouvrit d'un coup sec.

Couvert par Conklin et les US marshals équipés de fusils automatiques, je m'avançai dans la salle en hurlant :

— *PLUS UN GESTE ! Tout le monde reste à sa place !*

Une étudiante poussa un cri strident, et ce fut aussitôt le chaos. Les gens se précipitèrent sous les tables en renversant leurs chaises. Dans la précipitation, plusieurs caméras et ordinateurs tombèrent au sol en se fracassant.

Des images kaléidoscopiques tournoyaient autour de moi. J'entendais les cris de terreur se répercuter en ricochets contre les murs. De tendue, la situation était en passe de devenir incontrôlable. Je scrutai la pièce à la recherche d'un garçon baraqué aux longs cheveux châtains, à la mâchoire carrée, au regard de tueur – mais je ne le voyais pas.

Où était donc Hans Vetter ?

Où était-il ?

Le responsable du labo s'était figé à notre arrivée. Son visage blême devint livide tandis que le choc laissait peu à peu place à l'indignation. C'était un homme d'une trentaine d'années à la calvitie naissante. Il portait un cardigan vert et ce qui ressemblait à des pantoufles sous les revers tombants de son pantalon. Il tendit les deux mains devant lui, comme s'il voulait nous chasser de la pièce.

— Je suis le Dr Neal Weinstein, annonça-t-il. Pouvez-vous me dire ce que signifie cette intrusion ?

Si la situation n'avait pas été aussi terrifiante, il y aurait eu un côté presque comique à voir Weinstein, armé de son seul doctorat, défier ainsi les forces spéciales d'intervention.

— J'ai un mandat d'arrêt concernant Hans Vetter, expliquai-je en brandissant le papier et mon revolver.

— Hans n'est pas ici ! hurla Weinstein.

Une étudiante arborant des dreadlocks et un piercing à la lèvre inférieure leva la tête par-dessus une table retournée :

— J'ai parlé à Hans ce matin. Il m'a dit qu'il partait.

— Vous l'avez vu ce matin ?

— Je lui ai parlé au téléphone.

— Il vous a dit où il comptait aller ?

— Non, il m'a seulement dit ça parce que je voulais lui emprunter sa voiture.

Je laissai aux marshals le soin d'interroger Weinstein et ses étudiants, et tandis que Conklin et moi quittions le bâtiment, je sentis la terre ferme se dérober sous mes pieds.

La mort de Faucon, la nuit dernière, avait incité Pigeon à prendre le large.

Il pouvait se trouver n'importe où, à présent.

Sur le parking situé face au Gates Building, nous croisâmes des groupes d'étudiants serrés les uns contre les autres, en état de choc ; d'autres erraient, l'air hagard. Certains, en revanche, riaient et semblaient réjouis par l'événement inattendu qui venait de se produire. Les hélicoptères des équipes de télé survolaient déjà la zone pour rendre compte à la population de cette opération policière qui avait tourné au fiasco intégral.

J'appelai Jacobi pour lui résumer la situation. Je passai sous silence le fait que je craignais d'avoir tout fait foirer, et que Vetter était encore dans la nature. Je m'efforçai de contrôler ma voix, mais il n'y avait pas moyen de duper Jacobi.

Je l'entendis pousser un soupir.

— En gros, Boxer, tu es en train de me dire que Pigeon a quitté le pigeonnier ?

116.

Le groupe d'intervention du shérif arriva à hauteur de notre voiture de patrouille en même temps que nous. Nous étions à seulement quelques kilomètres du campus de Stanford, dans un quartier luxueux, et devant nous se dressait une maison coloniale de trois étages entourée d'une pelouse verte entretenue avec soin. Les détails architecturaux indiquaient qu'elle était d'époque. Sur la boîte aux lettres, ce nom de famille : VETTER.

La voiture d'Hans Vetter était garée dans l'allée.

Les talkies-walkies jacassaient tout autour de nous, et les fréquences radio avaient été libérées. Le périmètre était bouclé, et le SWAT avait maintenant pris position. Conklin et moi quittâmes notre voiture.

— Cette maison me rappelle toutes celles que Faucon et Pigeon ont réduites en cendres, observai-je.

Réfugié derrière une portière ouverte qui lui faisait office de bouclier, Conklin appela Hans Vetter à l'aide d'un mégaphone :

— *Vetter. Tu ne peux pas t'échapper. Sors les mains en l'air et tout se passera bien.*

J'aperçus du mouvement à travers les fenêtres du deuxième étage. C'était Vetter, qui se déplaçait d'une pièce à l'autre. Il semblait s'adresser à quelqu'un en hurlant, mais nous n'entendions pas ce qu'il disait.

— Il parle à qui, à ton avis ? me demanda Conklin par-dessus le toit de notre voiture.

— Sûrement à sa mère. Elle doit être avec lui à l'intérieur. Mauvaise nouvelle !

Le bruit d'une télévision se déclencha dans la maison. Le volume était monté au maximum, et je distinguais nettement les paroles du présentateur. Il était en train de décrire la scène que nous vivions ! « *Une opération qui a débuté deux heures plus tôt à l'université de Stanford, et qui s'est à présent déplacée dans un quartier luxueux de Mountain View, dans une rue appelée Mill Lane.* »

– *Vetter ? Est-ce que tu m'entends ?* tonitrua la voix de Rich dans le mégaphone.

Je sentis des gouttes de sueur couler sous mes aisselles. Les dernières pages de *7ᵉ Ciel* dépeignaient une scène de fusillade avec la police. Je me remémorai les images : des corps ensanglantés gisant au sol, Pigeon et Faucon qui parvenaient à prendre la fuite… *en emmenant avec eux un otage !*

Nous nous concertâmes avec Pete Bailey, capitaine du SWAT et ancien US Marine, afin de monter un plan d'action, puis Conklin et moi nous dirigeâmes rapidement jusqu'à la maison et flanquâmes la porte d'entrée, prêts à intercepter Vetter au moment où il sortirait. Le SWAT était posté de manière à pouvoir l'abattre si jamais les choses tournaient au vinaigre.

En m'approchant, je sentis une odeur de fumée.

— Tu sens ? demandai-je à Rich. Tu crois que…

— Ouais. Ce cinglé a foutu le feu à la baraque !

Je percevais encore le bruit de la télé à l'intérieur. Le présentateur interviewait le reporter présent à bord de l'un des hélicoptères qui survolaient la maison. Évidemment, Vetter se servait de ces informations. Et si Rich et moi étions sous l'œil d'une caméra, Vetter connaissait notre position exacte.

Le capitaine Bailey me contacta sur mon Nextel : *« On va entrer, sergent. »* Mais avant qu'il n'ait eu le temps de donner ses instructions, une voix de femme nous parvint à travers la porte : *« Ne tirez pas. Je sors. »*

— Attendez ! hurlai-je à Bailey. L'otage va sortir.

La poignée s'actionna.

La porte s'ouvrit, laissant échapper une fumée grise qui s'éleva en tourbillonnant dans le ciel maussade. Un bruit de moteur bien huilé se fit entendre, et derrière le panache de fumée, je vis apparaître une femme en fauteuil motorisé, qu'elle manœuvra jusqu'au seuil de la porte.

Elle était petite et frêle, peut-être paralytique. Elle portait un long châle de couleur jaune drapé autour de la tête, qui se déployait autour de ses épaules, et dont elle avait lâchement noué les pans par-dessus ses genoux osseux. Elle avait les traits tirés, et je voyais des diamants briller à ses doigts.

La frayeur se lisait dans son regard lorsqu'elle se tourna vers moi :

— Ne tirez pas, implora-t-elle. Je vous en supplie, ne tuez pas mon fils !

117.

Je plongeai mon regard dans les yeux bleu métallique de Mme Vetter jusqu'à ce qu'elle rompe le charme.

— Hans, fais ce qu'ils te disent ! s'écria-t-elle en tournant la tête.

Ce geste eut pour effet de faire glisser son châle. Mon cœur bondit dans ma poitrine comme je découvrais qu'il n'y avait non pas une, mais *deux personnes* assises dans le fauteuil.

Mme Vetter était assise sur les genoux de son fils !

— *Hans, fais ce qu'ils te disent !* singea Vetter.

Le fauteuil s'avança sur la pelouse. Je distinguais à présent nettement la main droite de Vetter, posée au niveau de la tablette de contrôle. Il avait passé son bras gauche autour du corps de sa mère, et tenait la gueule d'un fusil calibre douze, à double canon scié, pressée sous sa mâchoire.

J'abaissai mon Glock 9. Même si, intérieurement, je bouillonnais, je m'adressai à Vetter en tâchant de maîtriser ma voix :

— Hans, je suis le sergent Boxer, du SFPD. Nous ne voulons blesser personne, alors vous allez jeter votre fusil à terre, OK ? Si vous faites ce que je dis, je n'aurai pas à me servir de mon arme.

— Ouais, OK, répondit Vetter en rigolant. Maintenant, c'est vous deux qui allez m'écouter, ajouta-t-il en nous désignant d'un geste du menton Conklin et moi. Placez-vous entre nous et les flics, et lâchez tout de suite vos flingues, ou il risque d'y avoir des morts.

Dire que j'avais peur aurait été faux. J'étais carrément *terrifiée*.

Je déposai mon arme sur le sol, et Conklin fit de même. Nous nous plaçâmes ensuite devant le fauteuil, faisant ainsi rempart entre Mme Vetter et son misérable fils, et les hommes du SWAT, en faction au bord de la pelouse. Des fourmillements me parcouraient le corps. J'avais froid et chaud à la fois. Nous restâmes ainsi figés, tels des personnages de BD dans une vignette effrayante. La fumée s'épaississait autour de nous.

Avec un bruit d'explosion assourdi, les flammes percèrent les fenêtres du rez-de-chaussée. Le salon venait de s'embraser. Des tessons de verre furent projetés en tous sens. Des projectiles enflammés pleuvaient sur nos têtes. Conklin leva ses mains en l'air pour que Vetter puisse les voir.

— Vetter, hurla-t-il. Nous avons fait ce que tu nous as demandé. Alors maintenant, lâche ton putain de fusil ! On te couvrira. On s'assurera qu'il ne t'arrive rien, mais pose d'abord ton arme.

Il y eut le grondement d'un retour de flammes, puis j'entendis le couinement suraigu des sirènes des véhicules de pompiers. À en croire l'éclat sauvage que je voyais briller dans les yeux de Vetter, ce dernier ne comptait pas capituler.

Le problème, c'était que Pigeon ne s'était laissé aucune porte de sortie.

Qu'allait-il faire ?

118.

Vetter partit d'un grand éclat de rire.

L'espace d'une demi-seconde, je ne vis plus que les dents magnifiques d'un jeune homme qui avait dû bénéficier des soins de l'un des meilleurs dentistes au monde.

— Vous n'imagineriez pas Francis Ford Coppola en train de diriger la scène ? lança-t-il à Conklin.

J'entendis un déclic, suivi d'une énorme détonation.

Je n'avais encore jamais rien vu de tel.

Une minute plus tôt, je fixais le regard de Mme Vetter ; l'instant d'après, sa tête explosait et le haut de son crâne s'ouvrait comme une fleur. Une gerbe de sang s'éleva dans les airs et nous recouvrit Vetter, Conklin et moi, d'un voile rouge et luisant.

— *Non !* hurlai-je.

De nouveau, Vetter éclata de rire, ses dents d'une blancheur aveuglante, son visage tel un masque de sang. Avec le canon de son fusil, il poussa le corps de sa mère, qui chuta et roula jusqu'à mes pieds. Puis il leva son arme, visa entre Conklin et moi et tira à nouveau. Cette seconde salve de chevrotine passa au-dessus de la tête des hommes postés au bord de la pelouse.

Je ne me remettais toujours pas de l'horrible scène à laquelle je venais d'assister. Au lieu de se servir de sa mère comme d'un bouclier pour assurer sa sécurité, Vetter lui avait fait exploser la cervelle. Et les hommes du SWAT ne pouvaient l'atteindre sans nous toucher.

Vetter actionna la culasse et rechargea son fusil. J'entendis le cliquetis lorsqu'il referma l'arme d'un petit mouvement sec du poignet. Un bruit caractéristique.

Vetter s'apprêtait de nouveau à tirer.

Pour moi, cela ne faisait plus l'ombre d'un doute. Je vivais mes derniers instants. *Hans Vetter avait décidé de nous tuer.* Jamais je ne pourrais dégainer à temps pour l'en empêcher.

L'air était chargé d'une fumée de plus en plus épaisse. Le feu brûlait à présent avec intensité. Les flammes s'étaient propagées aux étages et avaient atteint le toit. La chaleur séchait peu à peu ma sueur et le sang qui recouvrait mon visage.

— Poussez-vous, nous dit Vetter. Si vous tenez à la vie, poussez-vous.

119

Les sensations me revinrent au bout des doigts, et l'espoir s'infiltra dans toutes les cavités de mon cœur. À présent, je comprenais. Vetter voulait se faire descendre par le SWAT, et mourir avec panache à la façon d'un superhéros. Il voulait peut-être mourir, mais moi, je voulais qu'il *paie*.

Comme si mes pensées avaient été suivies d'effet, Vetter poussa un cri et se mit à se convulser dans le fauteuil, comme pris d'une crise d'épilepsie.

J'aperçus les filaments et me tournai vers Conklin.

À la faveur d'une seconde d'inattention de Vetter, Rich en avait profité pour dégainer le Taser accroché à sa ceinture. Les dards s'étaient plantés dans le bras droit et la cuisse droite de Vetter. Tout en maintenant l'impulsion électrique, Conklin renversa le fauteuil puis, d'un coup de pied, envoya valdinguer le fusil de Vetter.

Tandis que le jeune homme continuait à se tordre dans tous les sens, les hommes du SWAT se précipitèrent vers nous.

— On t'a déjà dit que tu étais rusé ? glissai-je à Rich en toussant.

— Jamais.

— Tout est OK ?

— Pas encore.

Je tâtonnai dans l'herbe à la recherche de mon Glock, puis le braquai contre le front de Vetter. À cet instant seulement, Rich relâcha l'impulsion électrique. Toujours en proie aux convulsions, Vetter m'observa en souriant :

— Je suis au paradis ?

— Ferme-la, enfoiré ! hurlai-je hors de moi, haletante, les yeux larmoyants à cause de la fumée.

Les battements de mon cœur cognant contre mes tympans me rendaient à moitié sourde.

Les véhicules des pompiers s'avancèrent le long du trottoir et les hommes du SWAT nous encerclèrent. Le capitaine Bailey perçut la colère dans le regard de Conklin.

— Je vais aller vous chercher de quoi vous nettoyer, annonça-t-il d'un ton calme et posé.

Il s'éloigna vers sa camionnette, suivi par ses hommes. Profitant de l'écran de fumée qui s'épaississait et masquait la vue aux hélicoptères des équipes de télé, Rich décocha un coup de pied dans les côtes de Vetter.

— Tiens, ça c'est pour les Malone ! lâcha-t-il.

Il le frappa encore et encore, jusqu'à ce que ce psychopathe perde son sourire, jusqu'à ce qu'il crache ses dents :

— Pour les Meacham, les Jablonsky et les Chu !

Il lui assena un dernier coup dans la cuisse.

— Et celui-là, il est pour moi !

120.

Conklin et moi avions eu beau nous frotter le visage avec du papier linge humide, la puanteur de la fumée et de la mort nous collait encore à la peau.

— Qu'est-ce que c'est que cette odeur ? Vous sortez des égouts ou quoi ? lança Jacobi, qui se tenait dans le sens du vent.

Je le remerciai pour sa charmante remarque, mais mon esprit était ailleurs.

Deux rues plus loin, les flammes étaient en train de ravager la maison des Vetter. Il y avait peut-être à l'intérieur de précieux indices qui nous auraient permis de relier Hans Vetter et Brett Atkinson à la série d'incidents criminels.

Tout était parti en fumée !

Nous nous trouvions à présent devant la maison où Brett Atkinson, alias Faucon, avait vécu avec ses parents. C'était une villa contemporaine qui s'élevait vers le ciel, avec des terrasses en porte-à-faux jouissant d'un panorama à perte de vue. Les gens qui vivaient ici comptaient parmi les riches des riches.

Les Atkinson n'avaient répondu ni aux coups de sonnette des policiers, ni à nos appels téléphoniques, et le corps de leur fils n'avait toujours pas été réclamé à la morgue. Un porte-à-porte dans le voisinage avait confirmé leur absence. Personne ne les avait vus depuis plusieurs jours, et ils n'avaient dit à personne qu'ils partaient en voyage.

Les capots de leurs voitures étaient froids. Le courrier s'entassait dans la boîte aux lettres, et le type qui s'était arrêté de tondre la pelouse à notre arrivée nous expliqua qu'il n'avait pas croisé Perry et Moira Atkinson de toute la semaine.

Je pouvais dire adieu à la maison des Vetter, mais il me restait un espoir de découvrir, au domicile des Atkinson, une preuve que les deux garçons étaient bien les auteurs de ces horribles crimes. Trente-cinq minutes s'étaient écoulées depuis que Jacobi avait appelé Tracchio pour demander un mandat de perquisition.

Pendant ce temps, Cindy m'avait contactée sur mon portable pour m'annoncer qu'elle et une bonne poignée d'équipes de télé attendaient au niveau de la barricade installée en haut de la rue.

— Si ce n'est pas un cas de force majeure, lança Conklin en repoussant une mèche de cheveux imbibée de sang qui lui tombait devant les yeux, alors je me demande ce que c'est.

— Du calme, Conklin, répondit Jacobi. Si on merde sur ce coup-là, on est foutus. Je serai mis à la retraite et vous deux, vous finirez, au mieux, agents de sécurité à la Brink's.

Quinze longues minutes plus tard, j'étais sur le point de mentir en affirmant que je sentais une odeur de cadavre en décomposition, lorsqu'une employée du bureau du procureur arriva à bord d'une vieille Chevrolet. Elle se précipita dans l'allée, et une demi-seconde plus tard, Conklin forçait la fenêtre avec un démonte-pneu.

121.

L'intérieur ressemblait à un musée. Des kilomètres de parquets cirés en bois massif, de grands tableaux modernes accrochés sur les immenses murs blancs. Les lumières se déclenchaient automatiquement chaque fois que nous entrions dans une pièce.

C'était un musée aux heures de fermeture : la maison était vide.

Cet intérieur donnait la chair de poule. Pas d'animaux, pas de journaux ou de magazines, aucun couvert dans l'évier. Exception faite de la nourriture dans le frigo et des vêtements soigneusement alignés dans le dressing, il était dur de croire que des gens vivaient ici.

C'était du moins l'impression ressentie avant d'atteindre la chambre de Faucon, située dans une aile à l'écart de la suite parentale.

Le perchoir de Faucon était une grande pièce très lumineuse. Les fenêtres donnaient plein ouest, avec une vue sur les montagnes. Un lit une place avec un couvre-lit bleu uni encadré par des enceintes stéréo, un casque branché à un lecteur de CD. Contre l'un des murs, un long plan de travail où étaient installés ordinateurs, écrans plats et imprimantes laser dernier cri. Sur le mur adjacent, un grand panneau de liège où étaient affichés les dessins de Faucon. Certains étaient tirés de *7ᵉ Ciel* ; d'autres, en revanche, semblaient faire partie d'un nouveau projet.

— J'imagine que c'était leur atelier, fis-je à Conklin. C'est ici qu'ils ont tout manigancé.

Conklin s'installa derrière le bureau, et j'entrepris d'examiner le panneau.

— Leur deuxième livre devait s'intituler *Lux et Veritas*. Tu as une idée de ce que ça signifie ?

— Facile, répondit Conklin en actionnant la manette pour abaisser le siège. Lumière et vérité.

— Ouais, c'est accrocheur… On dirait qu'ils avaient projeté d'autres incendies…

— Eh ! Faucon a un journal ! m'interrompit Conklin. J'ai touché la souris, et il s'est affiché à l'écran.

— Génial !

Tandis que Rich parcourait les pages du journal, je poursuivis mon inspection des dessins punaisés sur le panneau de liège. L'un d'eux me cloua littéralement sur place. Il montrait un homme et une femme d'âge moyen, enlacés. Leurs visages étaient vides, sans expression. Une légende était inscrite en dessous.

Je reconnus aussitôt l'écriture, la même que celle figurant sur les pages de garde des livres retrouvés sur les lieux des incendies.

— *Requiescat in leguminibus*, articulai-je en détachant les syllabes. Repose en quoi ?

Rich ne m'écoutait pas.

— Il y a une carte sur l'ordinateur d'Atkinson ! s'exclama-t-il. Il a coché San Francisco, Palo Alto, Monterey. Incroyable. Et regarde ça ! Des photos des maisons incendiées. Ce sont des preuves, Lindsay ! Des preuves, enfin !

Effectivement, nous tenions enfin des éléments probants.

Je jetai un œil par-dessus l'épaule de Conklin, qui parcourait à présent le Web à la recherche d'informations concernant les victimes, incluant dans ses mots-clés les noms de leurs enfants et les dates auxquelles les incendies avaient eu lieu. De longues minutes s'écoulèrent avant que je me remémore le dessin punaisé sur le panneau.

— *Requiescat in leguminibus*, répétai-je.

Rich s'approcha du mur et observa le dessin de ce couple qui pouvait fort bien représenter les Atkinson. Il lut la légende.

— *Leguminibus*. Ça doit vouloir dire « légumineuses », je pense. Ce n'est pas une variété de légumes ? Comme les pois ou les haricots ?

— Légumineuses ? m'écriai-je. Oh, mon Dieu !

— Quoi ? Qu'est-ce qui se passe ?

Je rejoignis Jacobi, qui explorait le reste de la maison en compagnie des hommes du shérif, puis, suivie de Conklin et de Jacobi, je me rendis au sous-sol, où je trouvai le congélateur. C'était un modèle du genre extra large.

J'ouvris le couvercle et une bouffée d'air froid me saisit.

— *Requiescat in leguminibus*, fis-je. En anglais, ça pourrait se traduire par « Rest in peas[1] ».

Je me mis à soulever les sacs de légumes surgelés et découvris le visage d'une femme.

— Ce congélateur est assez grand pour accueillir deux cadavres, marmonna Jacobi.

— Oui, fis-je en arrêtant de fouiller.

D'après son âge approximatif, j'étais presque certaine que la femme n'était autre que Moira Atkinson. Vêtue de ses plus beaux habits, morte congelée.

122.

En entrant dans la salle d'autopsie, le lendemain, je portais un tout nouvel uniforme bleu. La veille, je m'étais lavé les cheveux treize fois de suite, et une quatorzième par superstition. Je trouvai Claire juchée en haut d'un escabeau, occupée à prendre des clichés

---

1. *Rest in peas, Rest in peace* / Repose en paix.

du corps nu et décapité de Mieke Vetter à l'aide de son Minolta. Vue d'en bas, elle paraissait énorme et semblait en équilibre instable.

— Personne d'autre ne peut s'en charger ? demandai-je.

— Ne t'inquiète pas, j'ai fini.

Elle descendit l'escabeau d'un pas lourd, en s'arrêtant à chaque marche.

— Je peux te faire gagner du temps, fis-je en indiquant la femme allongée sur la table d'autopsie. Il se trouve que je sais comment est morte la victime !

— Tu sais bien que je dois quand même effectuer ce travail pour établir légalement les causes du décès.

— OK, mais juste pour que tu saches. Hier, ta patiente m'a aspergée de sang, de fragments d'os et de morceaux de cerveau. As-tu la moindre idée de ce qu'on ressent lorsqu'on a des morceaux de cerveau dans les cheveux ?

— Ça fait penser à des morceaux de bonbons à la gélatine un peu chauds ! répondit Claire en souriant.

— Ouais, c'est exactement ça.

— L'une de mes premières affaires était un cas de suicide, fit Claire en reprenant son travail.

Elle pratiqua une incision en Y à l'aide de son scalpel, depuis les clavicules jusqu'au pubis.

— C'était un ancien soldat, qui s'était tiré une balle de calibre douze dans le menton. Moi, toute fraîch promue, j'entre dans son camping-car, je me pench au-dessus du corps pour prendre des photos, et les fl qui étaient avec moi se mettent à pousser des *beur* des *pouah*.

— Pourquoi ça ?

— Je n'en avais pas la moindre idée, c'est bien ça le problème !

Je partis d'un grand éclat de rire, le premier depuis un bon moment.

— Et donc, pendant que j'étais penchée au-dessus du corps, un gros morceau de cerveau qui était collé au plafond s'est détaché et m'est tombé dessus ! Là, juste derrière l'oreille !

Elle posa la main dans son cou pour me montrer, et je ris de bon cœur à son anecdote.

— Des bonbons à la gélatine un peu chauds, c'est vraiment le terme qui convient ! Alors, comment ça s'est passé ? me demanda-t-elle.

— Quoi ? L'interrogatoire de la diabolique progéniture de ta patiente, ou bien le rendez-vous avec le maire ?

— Les deux, ma cocotte. J'ai le temps, tu peux y aller. À cause de tes amis les oiseaux, je vais encore devoir passer toute la nuit ici.

— Eh bien, en ce qui concerne Vetter, il a tout de suite demandé un avocat. Il n'a aucune déclaration à faire. Mais je te parie cent billets que dès qu'il se mettra à parler, ce sera pour dire que c'est son pote qui a torturé et tué toutes ces personnes, et qu'il s'est contenté de regarder.

— Ça n'a pas tellement d'importance, si ? Qu'il ait tué ou qu'il soit seulement complice, il est quand même dans un sacré pétrin. Sans compter que tu l'as vu tuer cette pauvre femme.

— Moi et une trentaine d'autre flics. Mais par égard pour les familles des victimes, je veux qu'il soit condamné pour tous ces meurtres.

— Et ton rendez-vous avec le maire ?

— Ah ! Déjà, Conklin et moi avons été félicités par Jacobi. Il était tellement fier de nous qu'il s'est presque mis à pleurer. Je me suis dit, cool, notre taux de crimes élucidés va remonter un peu, et passer du sous-sol au rez-de-chaussée. Mais la conversation a dévié sur la question de la juridiction en charge de Vetter puisque les meurtres ont eu lieu à Monterey et dans le comté de Santa Clara – Claire ? Claire, ça va ?

Le visage de Claire était déformé par la douleur. Elle lâcha son scalpel, qui tomba en résonnant sur la table en inox, et se prit le ventre à deux mains. Elle m'observa, l'air choqué.

— Je suis en train de perdre les eaux, Lindsay. Je devais arriver à terme dans trois semaines.

J'appelai aussitôt une ambulance et aidai mon amie à s'asseoir sur une chaise. Une minute plus tard, les portes battantes s'ouvraient, et deux types musclés faisaient leur entrée dans la salle d'autopsie avec une civière.

— Quoi de neuf, doc' ? lança le plus baraqué des deux.

— Devinez laquelle de nous deux est sur le point d'accoucher ? fis-je.

123.

La petite Ruby Rose étant une enfant prématurée, nous avions toutes revêtu des combinaisons stériles, ainsi que des masques et des charlottes en papier. Claire semblait exténuée, comme si elle venait de participer à une course en tractosaure, mais sous le teint pâle, on lisait son bonheur. Et comme ce bonheur était du genre contagieux, nous étions toutes euphoriques et un peu gagas.

Cindy se vantait d'avoir réussi à décrocher un entretien avec l'oncle d'Hans Vetter, et Yuki, qui avait repris du poil de la bête depuis le jour où Twilly avait failli la tuer après l'avoir droguée au LSD, gloussait à chacune de ses blagues. Les filles me trouvaient resplendissante et l'air heureux, ce qui aurait dû être le cas puisque je vivais avec l'homme idéal.

— Combien de temps va-t-elle nous faire attendre ? demandai-je à Claire pour la énième fois.

— Un peu de patience, ma cocotte. Ils l'amèneront quand ils seront prêts. Tiens, reprends une part.

Je venais juste d'enfourner un gros morceau de gâteau fondant au chocolat et aux noix lorsque la porte s'ouvrit – et Conklin entra dans la pièce. Il portait lui aussi un ensemble combinaison-charlotte-masque, mais c'était l'un des rares hommes que je connaissais à avoir l'air gauche et maladroit tout en restant incroyablement séduisant. Ses beaux yeux bruns brillaient d'un éclat intense.

Il tenait un gros bouquet de fleurs derrière son dos. Il commença par faire le tour de la pièce pour saluer tout le monde, fit la bise à Cindy et Yuki, me pressa l'épaule, et embrassa Claire avant de lui offrir son bouquet d'un geste théâtral. Des roses rouges.

— Ce sont des roses couleur rubis, fit-il avec une version timide de son sourire charmeur.

— Mon Dieu, Richie. Il y en a au moins trois douzaines. Tu sais que je suis mariée, quand même ? s'écria Claire, provoquant l'hilarité générale.

Lorsque les rires cessèrent, elle se tourna vers lui en souriant :

— Merci beaucoup, Rich. De ma part et de la part de ma petite fille, qui te remerciera dès qu'elle sera là.

Cindy observait Conklin comme si c'était la première fois qu'elle voyait un homme.

— Prends une chaise, Richie, lança-t-elle. Installe-toi. On va aller manger un bout chez Susie dans pas longtemps. Ça te dit de nous accompagner ?

— Excellente idée, approuvai-je. On doit trinquer pour fêter l'arrivée de notre nouvelle associée au sein du Women's Murder Club – tu seras notre chauffeur !

— J'aimerais bien, les amies. Mais j'ai un avion à prendre, et il décolle dans… deux heures, fit-il en consultant sa montre.

— Où vas-tu ? lui demanda Cindy.

Moi aussi, j'étais curieuse de connaître sa destination. Il ne m'avait pas dit qu'il partait en voyage.

— Je passe le week-end à Denver, répondit Rich.

Je détournai les yeux, et mon regard croisa brièvement celui de Claire. Elle remarqua aussitôt que j'étais sonnée – et que ce coup, je ne l'avais pas vu venir.

— Tu vas voir Kelly Malone ? demanda Cindy, incapable de faire taire le reporter qui sommeillait en elle.

— En effet.

À son regard – sauf à imaginer qu'il avait lui aussi été contaminé par l'euphorie générale –, il semblait extrêmement enthousiaste.

— D'ailleurs, je ferais bien d'y aller si je ne veux pas être pris dans les embouteillages. Claire, j'étais venu te féliciter pour cet heureux événement. Je veux à tout prix une photo de Ruby Rose pour la mettre en fond d'écran sur mon ordinateur.

— Promis, répondit Claire en lui pressant affectueusement la main. Merci encore pour les fleurs.

— Passe un bon week-end, fis-je à Rich.

— Toi aussi. Bon week-end à vous toutes.

La seconde d'après, il quittait la pièce. Il était à peine sorti que Cindy et Yuki se mettaient à parler de lui : « Quel beau mec, ce Rich ! » ; « Et Kelly Malone ? Ils sortaient ensemble à l'époque du lycée, non ? ». La porte se rouvrit peu de temps après, et une infirmière entra en poussant devant elle un petit chariot. Nous nous penchâmes toutes au-dessus du berceau.

Ruby Rose Washburn était un bébé adorable.

Elle bâilla, ouvrit ses grands yeux sombres aux longs cils et plongea son regard dans celui de sa mère. Mon amie Claire resplendissait de bonheur.

Nous joignîmes les mains et formâmes un cercle autour du berceau afin de dire une prière silencieuse pour ce nouvel enfant. Puis Claire prit Ruby Rose dans ses bras.

— Bienvenue au monde, petite fille, fit-elle en l'embrassant partout sur le visage.

Cindy se tourna vers moi :

— Alors, elle disait quoi ta prière ?

— Mais... Il ne peut donc rien y avoir de sacré avec toi, espèce de fouineuse ? m'écriai-je en riant. Je ne peux même plus m'adresser à Dieu sans avoir à te rendre des comptes ?

Cindy éclata de rire, sa main devant ses mignonnes petites dents qui se chevauchaient.

— Désolée, désolée, dit-elle avec des larmes au coin des yeux.

Je posai ma main sur son épaule :

— Puisque tu tiens tant à le savoir, j'ai prié pour que Ruby Rose soit entourée d'amis tout au long de sa vie.

124.

— Maintenant, je comprends ce qu'on entend par *feeling no pain*, fit Yuki en descendant de la voiture de Lindsay.

— Il n'y a pas eu moyen de te dissuader de descendre cul sec ces deux margaritas, et pourtant Dieu sait qu'on a essayé. Tu es un trop petit gabarit pour absorber autant de carburant. Je vais t'aider à rentrer.

— Ça va aller, t'en fais pas, fit Yuki en gloussant. Je vais aller me mettre au lit sans tarder. On s'appelle lundi ?

Elle souhaita bonne nuit à Lindsay et pénétra dans le hall du Crest Royal. Elle salua Sam, le concierge, puis grimpa d'un pas chancelant les trois marches menant aux boîtes à lettres. Après plusieurs tentatives, elle parvint finalement à introduire la minuscule clé dans la minuscule serrure. Elle s'empara de son courrier et s'engouffra dans l'ascenseur.

Son appartement avait beau être vide, l'esprit de sa mère hantait encore les meubles, et Yuki s'adressa à elle tout en déposant le courrier sur la console du vestibule. Une enveloppe lui glissa des mains et tomba par terre. C'était une enveloppe matelassée, de taille moyenne, de couleur marron foncé. L'adresse était écrite à la main.

— Bah, ça attendra demain ! Ta fille est ronde comme une queue de pelle, ma petite maman, dit-elle à voix haute en ôtant ses talons hauts d'un petit mouvement sec.

D'un autre côté, cette lettre avait quelque chose d'intrigant.

Yuki s'appuya d'une main sur la console et se pencha pour ramasser l'enveloppe. Elle observa l'écriture, mais ne la reconnut pas. L'adresse de retour, en revanche, attira son regard. Elle comportait un simple nom, celui de Junie Moon. Yuki déchira l'enveloppe et tituba jusqu'au sofa vert de sa mère.

Junie avait été acquittée pour la mort de Michael Campion. Pourquoi lui écrivait-elle ?

Elle s'installa et retourna l'enveloppe pour en verser le contenu sur la table basse : une lettre, ainsi qu'une seconde enveloppe à son nom.

Yuki déplia la lettre avec une impatience fébrile.

Chère Mlle Castellano,

Lorsque vous lirez ceci, je serai en route pour une destination qui m'est encore inconnue. Je veux voir l'Amérique, car pour l'instant, je n'ai jamais quitté San Francisco.

J'imagine que vous vous demandez pourquoi je vous écris, alors j'irai droit au but.

La preuve que vous attendiez se trouve dans la seconde enveloppe, et je suis certaine qu'elle vous sera utile pour apporter aux Campion des réponses à leurs questions.

J'espère que vous comprenez pourquoi je ne peux vous en dire plus.

Prenez soin de vous,
Junie Moon.

Yuki relut la lettre.

La tête lui tournait un peu. Elle se concentra pour essayer de comprendre. « *La preuve que vous attendiez se trouve dans la seconde enveloppe.* »

Elle ouvrit ladite enveloppe, qui contenait deux éléments. Le premier était une manchette de chemise comportant un monogramme aux initiales de Michael Campion. Le tissu était imbibé de sang séché. Le second était une petite mèche de cheveux bruns d'environ huit centimètres de long, avec les racines encore attachées.

Yuki avait les mains qui tremblaient, mais elle commença aussitôt à dessoûler en pensant au coup de fil qu'elle allait devoir passer à Red Dog. Elle se demanda combien de temps serait nécessaire pour effectuer des analyses, lesquelles ne manqueraient pas d'indiquer que l'ADN était bien celui de Michael Campion.

Même s'ils parvenaient à mettre la main sur Junie Moon, la loi était claire : Junie Moon ne pouvait être inculpée une seconde fois pour le meurtre de Michael Campion. Ils pouvaient lui coller pas mal de choses sur le dos – faux serment, entrave à la justice. Mais à moins de parvenir à établir la façon dont Junie Moon s'était retrouvée en possession de ces preuves, il y avait fort à parier que le procureur ne chercherait même pas à la mettre en examen.

Yuki observa la mèche de cheveux, qui venait de tomber sur ses genoux. Elle décrocha son téléphone et composa le numéro de Lindsay. Tandis qu'elle écoutait sonner, elle repensa à Jason Twilly.

Il était accusé de tentative de meurtre sur la personne d'un représentant de la paix, et risquait, en cas de condamnation, une peine de prison à perpétuité sans possibilité de libération conditionnelle. Ou bien il pouvait engager le meilleur avocat, le plus cher, gagner le procès et *ressortir libre* !

Yuki l'imagina assis à la terrasse d'un café de Los Angeles, en train de rédiger son livre en y incorporant tous les ingrédients nécessaires pour un final digne d'un blockbuster hollywoodien. Les médias apprendraient l'existence de la mèche de cheveux et du morceau de chemise ensanglanté, les résultats des tests ADN ne tarderaient pas à être connus eux aussi.

Qui était l'assassin ?

Cela, Twilly n'avait pas à le démontrer. Il pouvait très bien faire d'elle un personnage de son livre. Et simplement montrer Junie Moon du doigt.

— Yuki ? fit soudain la voix de Lindsay.

— Linds ? Est-ce que tu peux revenir ? J'ai quelque chose d'intéressant à te montrer.

125

Junie Moon jeta un œil par le hublot et s'émerveilla à nouveau de cette sensation délicieuse qu'elle éprouvait à voler dans le ciel. Au-dessous, l'eau était d'un incroyable bleu turquoise. Au loin, on apercevait déjà une petite ville côtière, une ville dont elle ne savait même pas prononcer le nom.

La voix du pilote se fit entendre dans les haut-parleurs. Junie remonta sa tablette et boucla sa ceinture, l'œil toujours rivé au hublot. Elle distinguait à présent les plages, les voiliers, les gens.

Oh, mon Dieu, c'est tout simplement fantastique !

Elle repensa à cette nuit lointaine, quand Michael Campion n'était déjà plus un client. Cette nuit où ils avaient évoqué leur amour impossible, leur désespoir.

— J'ai une idée, lui avait dit Michael en jouant avec une mèche de cheveux qui lui tombait dans la nuque. Une idée qui nous permettra de vivre ensemble.

— Je ferais n'importe quoi, mon chéri. Je suis prête à tout.

— Moi aussi.

Cette nuit-là, ils avaient scellé un pacte.

Durant les semaines qui avaient suivi, ils avaient planifié ce qui allait se passer six mois plus tard. Et puis une nuit, Michael était parti de chez lui et avait purement et simplement disparu. Trois mois plus tard, quelqu'un avait appelé la police pour dire qu'il avait vu Michael entrer chez Junie. Les flics étaient venus l'interroger, Junie s'était embrouillée, et elle avait inventé une histoire qui l'avait mise dans un sérieux pétrin.

Ç'avait été l'enfer : la prison, le procès, et surtout le fait de ne pouvoir ni recevoir de courrier, ni passer de coups de fil. Mais tout au long de cette épreuve, elle avait su qu'il l'attendrait, et qu'il serait revenu si jamais elle avait été condamnée. Junie avait tenu bon, et grâce à son intelligence et à l'avocate que Dieu lui avait donnée, elle avait tenu son rôle avec conviction.

Dieu merci, elle avait été acquittée.

Trois jours plus tôt, elle avait mis dans une enveloppe le tissu et les cheveux que Michael lui avait fait parvenir, et l'avait ensuite envoyée à Yuki Castellano. Le plus dur était maintenant derrière elle, et Junie voyageait le cœur léger. Elle avait porté des vêtements d'homme dans le bus jusqu'à Vancouver, puis dans le vol jusqu'à Mexico. À présent, elle se trouvait à bord d'un autre avion, et était en route pour un petit village du bord de mer, au Costa Rica.

Cet endroit reculé et paradisiaque était l'endroit où ils allaient désormais passer leur vie, et Junie espérait de tout son être que le cœur de Michael allait un jour être réparé et que cette vie enchanteresse durerait à jamais.

Elle s'était changée dans les toilettes pour revêtir une petite robe de plage. Elle avait ébouriffé ses cheveux récemment lissés et teints en brun, et chaussé ses lunettes de soleil. L'avion atterrit sur la piste en rebondissant et tous les passagers applaudirent. Junie se joignit à eux. L'appareil s'immobilisa bientôt.

Quelques instants plus tard, la porte de la cabine s'ouvrit et Junie posa un pied prudent sur la passerelle de débarquement. Elle scruta la foule venue accueillir les passagers.

Il était là !

Il s'était rasé le crâne et laissé pousser la barbe. Le soleil avait donné à sa peau un beau teint cuivré. Il portait un t-shirt de couleur vive et un jean coupé en guise de short.

— Chérie, chérie ! lança-t-il en l'apercevant, le visage illuminé par un grand sourire.

Elle serait désormais la seule à pouvoir le reconnaître.

C'était sa nouvelle vie.

Et elle commençait maintenant.

REMERCIEMENTS

Nous tenons à exprimer nos remerciements et notre gratitude à ces grands professionnels qui ont bien voulu nous accorder un peu de leur temps et nous faire partager leurs connaissances : Dr Humphrey Germaniuk, Captain Richard Conklin, Chuck Hanni, Dr Allen Ross, Philip R. Hoffman, Melody Fujimori, Mickey Sherman, Dr Maria Paige.

Nous remercions également nos excellents collaborateurs : Ellie Shurtlef, Don MacBain, Lynn Colomello et Margaret Ross, et enfin Mary Jordan, grâce à qui tout est possible.